Einaudi

Giampaolo Simi
Rosa elettrica

Einaudi

© 2007 Giulio Einaudi editore s.p.a., Torino

www.einaudi.it

ISBN 978-88-06-18958-7

Tutte le creature degli abissi sono carnivore.

Rosa elettrica

per Anna Maria

Uno

Da piccola mi chiamavano la bambina elettrica.

Quando ci mettevano a dormire, mio fratello Diego spegneva la luce e voleva che «facessi le lucciole». Qualsiasi maglia sintetica, appena la sfilavo dalla testa, mandava schiocchi e scintille.

Gli piaceva da matti, gli sembrava una magia. A me piaceva un po' meno quando prendevo la scossa dalla portiera dell'auto, dal tostapane o dall'antenna della Tv portatile. Diego giunse alla conclusione che io avessi dei superpoteri, cosí un giorno mi chiese di stringere in mano per tutta la notte le pile ministilo del walkman che gli avevano regalato per Natale.

La mattina dopo il suo walkman funzionava. Allora era vero, avevo un superpotere. Ricordo di averci creduto senza grosse meraviglie. Mi sembrava ragionevole che ogni persona potesse avere qualche superpotere.

Il mio superpotere doveva restare un segreto fra me e Diego, ma il giorno in cui fui costretta a mettermi l'apparecchio ai denti capii che la mia popolarità in classe stava per avere un calo verticale e lo rivelai. Anzi, me ne vantai proprio e una mia compagna mi dette da ricaricare le mezze torce di quei bambolotti che strillano.

Dato che erano pile piú grosse, annunciai con fare da esperta che mi ci sarebbero volute almeno due notti. Con il terrore che mio fratello se ne accorgesse, strinsi le pile fra le dita per tre notti, l'ultima delle quali insonne. Ma quello stupido bambolotto non ne volle sapere di piangere.

Diventai lo zimbello della classe. Confessai tutto a mio fratello e la sua sentenza fu ovvia: chi rivela il proprio superpotere lo perde per sempre.

Un mese dopo mio padre mi spiegò che era sempre stato Diego a sostituire le pile mentre dormivo. Quanto alle pile ricaricabili, un giorno sarebbero state diffusissime e per la natura sarebbe stato molto meglio. A me, della natura non fregava nulla e ci rimasi malissimo, piú che altro del fatto che nessuno avesse i superpoteri.

Glielo chiesi un paio di volte, a mio padre.

– No, nessuno, – mi ripeté.

– Neanche tu, papà?

– Figuriamoci.

Di colpo mi parve di vivere in un mondo tristissimo.

Neanche una comunità di recupero è un posto tanto allegro.

Questa però è dentro un'abbazia benedettina (e lamentatevi). Si chiama Spaccavento e l'ho sempre vista da lontano. Devo dire che, ad arrivarci dal vecchio sentiero coperto da croste d'asfalto, fa il suo effetto (tutte queste buche invece fanno il loro effetto al mio principio di cistite).

Dopo l'ultima (spero) curva il muro di cinta mi arriva quasi addosso, alto e verticale come una diga che argina ondate di rampicanti.

Spengo il motore e mi appoggio al volante. Il campanile della chiesa è ruvido e squadrato, fra le lingue scure dei cipressi. Recupero una salviettina dalla borsa, mi controllo nel retrovisore e decido di ripassare il rossetto (non sciatta, non troppo in tiro).

Apro la portiera. Se Dio esiste, saprà bene quanto ora, a trent'anni, avrei bisogno di un superpotere. Uno qualsiasi, a sua scelta, non importa.

Invece l'unica cosa elettrica che sento è un formicolio alle ginocchia. Per il resto anche il cellulare è a zero. Di batteria e di campo.

Qui dentro è pieno di scheletri.

Mi ritrovo circondata da lunghe ossa. Ricurve e antiche.

Dall'altra parte del tavolo mi squadrano a lungo. Sono in tre.

– Mastronero Daniele, contronome *Cocíss*, – inizia l'uomo nel centro, quello con il completo blu. – Sí, come il capo apache. Pare che lo chiamino cosí perché ha due cicatrici uguali, sotto gli occhi. Tipo i segni di battaglia degli indiani. Questo qua è stato capozona del blocco K, area nord della 167, due piazze di spaccio, una decina di soldati, piú i pusher, le vedette e le sentinelle. Eroina, cocaina, crack e *bottigliette* a prezzi popolari. Sembra che da qualche mese ormai trattasse direttamente con i fornitori.

L'uomo con il completo blu ha i capelli quasi bianchi e le sopracciglia nere. Gli occhi piccoli e sospettosi di uno che sorride ogni anno bisestile. Chiude la cartellina, si schiarisce la voce.

– L'abbiamo preso di mattina presto, in un campo nomadi abbandonato. Il Mastronero si era nascosto in una roulotte che utilizzava con i suoi compari per risolvere certe questioni di lavoro. Cosí le ha chiamate lui. Qui ci sono le foto del sopralluogo e una lista, parziale, del materiale repertato.

Gira verso di me una decina di fogli spillati.

– Vuole dare un'occhiata? Prego.

(Non ci tengo).

– Grazie.

Mi fissano tutti e tre, piú o meno distrattamente. È una prova. Dalle teche, addossate alla parete senza apparente criterio, mi fissano anche le orbite tristi di crani vuoti.

Le foto sono numerate da uno a venticinque. Le pareti della roulotte sono coperte di schizzi colati verso terra. In inquadrature successive si vedono una batteria d'auto con cavi e morsetti, un paio di tronchesine, dei flaconi bianchi di plastica, una scarpa. Passo a scor-

rere la lista del materiale repertato. «N. 2 unghie di al-
luce, intere, n. 1 falange distale scheggiata a un'estre-
mità, n. 5 frammenti di cartilagine di padiglione auricolare, n. 1 premolare, n. 1 sezione di cuoio capelluto
approx rettangolare di circa cm 3,5 x cm 1,2 con bordi sfrangiati...»

Chiudo il dossier. L'uomo in blu non sembra aver intenzione di dilungarsi oltre, forse si aspetta che dica
qualcosa io, ma lo deludo. Guardo prima lui, poi gli altri due schierati oltre il lungo tavolo con il pianale di
marmo. Mi aggiusto il collo della maglietta e sgrano gli
anelli di quarzo del braccialetto, come fosse un piccolo
rosario. Guardo l'orologio: le due. Sopra di noi il sole
cuoce le tegole e qui dentro l'aria sa di armadio chiuso.

– Vuol aggiungere qualcosa lei, dottor Alamanni? –
fa l'uomo in blu al tipo seduto alla sua sinistra. Polo rosa, sulla quarantina, finora ha guardato verso lo spiraglio della finestra socchiusa mordicchiando la stanghet-
ta degli occhiali. È uno psicologo, viene dal Servizio
centrale di Roma. Prima di parlare, sospira e si stropic-
cia le palpebre.

– Il Mastronero è un soggetto spiccatamente antisociale, dai tratti paranoidi. Presenta forti scompensi
umorali, con probabilità legati anche all'uso abituale di
sostanze stupefacenti. L'astinenza e la perdita del con-
testo relazionale... normale, se cosí vogliamo dire, possono causargli picchi depressivi di cui è difficile prevedere le caratteristiche. E anche la gravità.

Di peggio non poteva capitarmi, al primo incarico.
Annuisco, ma vorrei solo alzarmi e andarmene.

– Quando arriva? – mi informo.

Mi risponde l'altro, quello a destra.

– In nottata. Non prima dell'una, credo.

Camicia a righe arancione fuori dai pantaloni, fisi-
co palestrato e faccia da spadaccino (il piú simpatico,
direi: se non altro mi ha dato subito del tu). Si chiama
Reja, è sovrintendente, in sostanza è l'ufficiale di collegamento fra il Servizio centrale di protezione e il Nu-

cleo regionale di cui, da oggi, faccio parte a tutti gli effetti.

– Viene trasferito qui da solo?

– Sí.

– Moglie e figli non sono sotto protezione?

Lo psicologo si schiarisce la voce. L'uomo in completo blu mi risponde quando ha già le mani appoggiate sul tavolo per alzarsi. Ha un anello d'oro, piú largo di una fede, e poi lo porta al dito medio.

– Mastronero Daniele ha compiuto diciotto anni il mese scorso.

Fra gli scheletri immagazzinati alla rinfusa siamo rimasti Reja e io. Il sovrintendente passeggia fra le grandi teche per sgranchirsi le gambe. Lui s'è fatto 300 chilometri, gli altri due anche di piú. Guarda incuriosito il teschio di mammuth imbracato al soffitto con cinghie di cuoio larghe venti centimetri (solo sulla zanna, starebbero seduti una decina di ragazzini. E anche comodi).

– Che roba è la *bottiglietta*? – chiedo. (A ognuno le sue curiosità).

– Piú o meno acidi dell'Lsd, coca non cloridrata e bicarbonato. La preparano dentro le bottiglie di plastica da mezzo litro. Si inala con la cannuccia, mi pare.

– Il soggetto ha deciso di collaborare appena arrestato?

Reja si volta di scatto, come se fosse stato sovrappensiero fino a un secondo prima, solleva le spalle monumentali e apre un marsupio nero nascosto dalla camicia abbondante.

– Pare di sí. Secondo la procura rischia grosso. La Commissione deve decidere per il programma di protezione entro una settimana. Ma se dovessero tirarla alle lunghe, lo trasferiamo in un posto piú sicuro.

Guardo dalla finestra. La strada gialla interrompe i filari perfetti, rettilinei come coste di velluto.

– Qui non è abbastanza al sicuro?

– No.

– Il posto è tranquillo.

– Troppo.

Mi porge una busta da lettere chiusa, bianca e senza intestazione, raccomandandomi che bastino per tutta la settimana. La infilo in borsa senza aprirla (dallo spessore direi un migliaio di euro, da cinquanta).

– Abbiamo pensato che neppure il direttore della Comunità deve sapere come si chiama veramente il nostro nuovo arrivo, – fa, e ricomincia a frugare nel marsupio. Faccio presente che padre Jacopo è tenuto a sapere a chi dà accoglienza e potrebbe piantarmi una grana.

– E tu risolvila. Il suo nome è quello che sta sui documenti di copertura e stop.

– E dove sono, i documenti di copertura?

– Arrivano stanotte con lui.

Si siede sul tavolo, si scosta i riccioli dalla fronte umida. Fra le dita ora gli spunta una barretta verde fluo. Non capisco bene cosa sia.

– E nella comunità? Qualcuno sa già che sei della polizia?

– No. Solo padre Jacopo.

– Perfetto. Per tutti gli altri, operatori compresi, sei la sorella maggiore di questo qua. E questo qua deve limitare i contatti con gli altri ospiti al minimo indispensabile.

– Che cosa intendi?

– Intendo zero.

– Nella comunità non ci sono altri pregiudicati.

Mi squadra sorpreso, però con sufficienza.

– Vorrei vedere, collega. Andiamo avanti: lui sa che ti chiami Rosa e sei della polizia, qualsiasi problema, tu glielo risolvi. Stop. Non deve sapere dove abiti, come ti chiami di cognome, se sei sposata, niente. Non deve avere il tuo numero, anche perché al momento è bene che si scordi com'è fatto un telefono. Qualsiasi cosa, giorno e notte, ti rintraccia padre Jacopo, ci siamo?

– Ci siamo.

– Un'altra cosa. Nei posti qua intorno una faccia nuova la notano tutti. Quindi, gran passeggiate dentro la tenuta, e solo se ci sei tu. Chiaro?

(È chiaro che a questo punto, con uno cosí, faccio piú o meno da agente di polizia penitenziaria). Vorrei dire che non me la sento piú. Ma ormai non posso, è il mio primo incarico, e mi appiglio all'unico lato positivo della situazione. Questione di una settimana al massimo, poi il «soggetto sottoposto a misure di protezione urgenti e straordinarie» se ne va in una grande città, lontano da qui, a farsi proteggere in modo meno urgente e straordinario da qualcun altro.

Reja finisce la sua lista di raccomandazioni. La situazione è particolare, ma questo qua le regole se le deve ficcare in testa bene, e subito. Il soggetto deve sapere che io relaziono al Servizio centrale su tutto, anche su quante sigarette fuma. Al minimo sgarro, fine della vacanza, torna in galera.

– E sono cazzi suoi, – conclude, poi alza le sopracciglia e stira le labbra. Non è un sorriso, è solo pelle che si tende, sulla sua faccia angolosa da spadaccino. Alla fine riduco le possibilità a due, che poi sono una: questo in galera o ci passa i prossimi tre anni in isolamento o al massimo tre giorni, giusto il tempo che trovino la maniera di aprirgli la gola.

Reja si alza e va alla finestra.

– Qua si muore di caldo.

– Padre Jacopo ha detto di non toccare niente e di non aprire le finestre.

In queste sale non deve entrare nessuno da un bel po'. Dicono che la collezione di Scienze naturali dell'abbazia riaprirà fra un anno. Reja osserva un vecchio igrometro, io mi fermo davanti a una teca alta un metro e mezzo. Dentro c'è lo scheletro perfetto di un piccolo dinosauro. Uno di quelli bipedi, con le zampe davanti cortissime. La targa ossidata dice che è una ricostruzione, dono di un museo argentino.

Reja sbuffa. Io non dovrei fare altre domande, e invece:

– Arriverà qui anche il suo avvocato?

– Al momento non si sa.

– Avrà degli interrogatori, in questi giorni?

– Certo. Ma dove e quando lo sapremo solo all'ultimo momento. Adesso, pensiamo a dove sistemarlo: niente piano terra, niente balcone, una porta sola e possibilmente un paio di camere vuote accanto. Va' a dare un'occhiata tu, per cortesia. Se in comunità ci sono dei trans o delle rumene, quelle me lo leggono in faccia, che sono uno sbirro.

Forse dalla faccia no. Dalla camminata e dal modo di parlare invece direi di sí. Mi richiama che sono già sulla porta.

– Dimenticavo, questo è materiale che fai meglio a guardarti.

Dalla pennetta verde fluo penzola un nastrino nero.

– Qua ci sono le schedature dei suoi compari, annotazioni di servizio, fonti confidenziali che ne raccontano di tutti i colori, su di lui. Se proprio ti vuoi divertire, c'è anche la storia di tutto il casino che è successo laggiú nelle ultime settimane. Verbali, relazioni, brogliacci di intercettazioni… anche le foto segnaletiche di gente che potrebbe venire a cercarlo. Non si sa mai.

Mi risistemo il collo della maglietta una volta di troppo, Reja alza un sopracciglio e aggiunge:

– Tranquilla, ho detto «non si sa mai». Il dottor D'Intrò insiste che è meglio avere una visione d'insieme, in queste situazioni.

Temo di capire qualcosa di piú. Questo Cocíss rischia perché ha promesso di cantare sulla faida d'Aprile, come l'hanno chiamata i giornali. Piú di venti morti in un mese, e la settimana scorsa una strage in pieno centro. Insieme a un pregiudicato, hanno ammazzato due bambine che non c'entravano niente. Otto anni, nove forse, non di piú. Di Nunzia e Caterina hanno parlato tutti per una settimana intera, sono le uniche vittime ad avere ancora una faccia e un nome di battesimo per il resto d'Italia. Ora mi sembra di tenerle lí, fra le dita. Tutto quello che rimane di loro sono briciole di cenere elettronica in un'urna di plastica verde. La stringo forte e la infilo in borsa.

– Non scaricare quei file su nessun computer, neppure in ufficio. Non li stampare e, quando colleghi la pennetta al computer, controlla di non essere in rete, okay? Ah, ti chiederà una password. È «Cociss».

– Scritto come?

– Con la c e due esse in fondo.

Me lo ripete, il contronome di battaglia di Daniele Mastronero, e le due esse finali sembrano il sibilo di una coltellata a tradimento.

In fondo all'ala sud trovo una sistemazione che mi pare soddisfi tutte le richieste di Reja. La stanza è grande, dà su un piccolo giardino con un mandorlo e una buganvillea. Padre Jacopo appoggia il materasso sul davanzale e fa cambiare le lenzuola. Vuole che siano nuove. Hanno un significato simbolico, mi spiega (sai dove se li mette, i significati simbolici, uno come questo?)

Poi, siccome il lavandino non scarica, si mette a smontare il collo d'oca. Quando gli dico che il nuovo ospite non arriverà prima dell'una di notte, lascia la tenaglia stretta al dado incarognito, e mi guarda.

– Qua la notte si dorme.

– Non dipende da me.

– Sembra un caso particolare.

Provo a glissare.

– Arriva scortato?

– Ci saremo io e altri due colleghi.

Tutto sommato quest'uomo mi piace, ha delle grosse mani sincere e una frangia unta, un po' anni settanta. Sarebbe uno zio ideale. Finisce di svitare il dado con le dita, sfila il tubo e la bacinella si riempie di una poltiglia nera di capelli aggrovigliati. Si asciuga le mani sui pantaloni di tela e mi guarda da dietro gli occhiali opachi di ditate.

– Lo potremmo far passare dalla Porta dei morti.

Mi si spalancano gli occhi e lui se ne accorge.

– È solo il cancello sul retro del camposanto. I frati lo chiamano cosí. Poi passate dal chiostro e vi ritrovate proprio qua, in fondo al corridoio, senza svegliare tutti.

Si rialza sorreggendosi alla parete. Gli dico che mi pare un'ottima soluzione.

– Però bisogna chiedere le chiavi, e il permesso, a frate Jacques. E frate Jacques, con me, non ci parla da due mesi.

Mi spiega che i frati non hanno digerito l'arrivo della comunità. D'altronde, loro erano rimasti in cinque o sei, non ce la facevano piú a occuparsi di tutto. Mi racconta con puntiglio che gli spazi sono assegnati, gli accordi chiari: i frati si sono tenuti la chiesa, un'ala del chiostro, la sala capitolare, il giardino botanico e la farmacia, mentre la comunità ha preso la foresteria degli ospiti e del granduca, l'ala dei conversi, le vecchie stalle, la terra e il museo.

– E che problemi ci sono, allora? – dico.

– Il problema è che non posso impedire alle ragazze di prendere il sole in costume, di ballare o di ascoltare la musica.

Frate Jacques è piccolo, tosto e francese. Dell'Ariège, precisa. Mi fingo interessata, ma per me la Francia è il paese del sonno. Qualsiasi regione, qualsiasi città mi ricorda solo una cosa: i pomeriggi estivi, quando dopo il mare mi addormentavo in braccio a mio padre che guardava il tour de France. Seguiva tutte le tappe, seduto su una sdraio, dopo aver girato il massiccio televisore verso la porta finestra del giardino. Lui pescava la frutta da una bacinella di plastica e io mi addormentavo attorcigliandogli i peli del petto, bianchi di salmastro, non ancora di vecchiaia. Avevo cinque anni.

Poi sei, poi sette, poi a otto anni pesavo troppo e gli facevo caldo, e lui non volle piú.

Per il mio decimo compleanno, di luglio, non avevamo piú nemmeno la casa al mare. Fu l'anno in cui mio fratello scappò di casa per la prima volta.

– Questo è un luogo di meditazione e di preghiera, – mi fa frate Jacques.

Accanto al computer, su un piccolo scrittoio a mezzo ovale sotto la finestra, riconosco l'edizione tascabile delle *Confessioni*.

– Sa che ci ho preparato la tesi, su sant'Agostino?

– Sul serio?

– Sí. Sulla polemica antipelagiana.

Ne parliamo un quarto d'ora, il frate è deluso solo dal fatto che la tesi non l'abbia finita e, quindi, non mi sia laureata. E, ancora quindi, non ho proseguito studi e ricerche cosicché (ultimo quindi) sono entrata nel mondo del lavoro in un campo generalmente poco frequentato dai filosofi.

– E quale?

– Sono agente della polizia di stato.

Per un istante mi guarda come se gli fossi entrata nello studio in topless. Non gli do il tempo di riprendersi.

– Mi ascolti, stanotte dovremo fare un appostamento. Ci risulta che nella comunità ci sia qualche situazione... diciamo strana.

Vorrebbe dirmi che lo sapeva, che era chiaro, se lo immaginava. Ma tiene la parte, e mentre si accarezza le mani fa il dispiaciuto.

– Le chiederei gentilmente un paio di chiavi. Confido che la cosa rimanga fra noi, neppure padre Jacopo deve sapere nulla, lei mi capisce.

È contentissimo di capirmi, il piccolo francese.

– Di quali chiavi pensa di aver bisogno?

– Di quelle della Porta dei morti, – rispondo.

Guardo i tre risalire sulla berlina nera con i baffi di fango vicino alle ruote. L'auto è di fianco al fienile puntellato da travi di legno. Reja al volante, lo psicologo dietro, l'uomo in blu invece si attarda in una telefonata, appoggiato alla portiera del passeggero. S'è tolto la giacca e fra i bottoni della sua camicia serpeggia il filo dell'auricolare .

Ha il naso carnoso e le sopracciglia grosse di uno che potrebbe spostare a testate una montagna. E cosí, al mio primo incarico, ho conosciuto nientemeno che il commissario capo Paolo D'Intrò, la mente investigativa dell'operazione Antigone. Sessantadue arresti in una notte fra i capipiazza dei clan Scurante e Incantalupo, non ricordo quanti chili di eroina sequestrati, la 167 assediata fino all'alba, l'hard discount della droga chiuso per blitz. Almeno qualche giorno.

Sessantadue arresti, fra cui Daniele Mastronero detto Cocíss, il soggetto di cui dovrò occuparmi io. Si sono mossi in tre, ad annunciarmi il suo arrivo e a raccontarmi che razza di belva sia. E io volevo dire no, scusate, ma non ce la posso fare. Uno cosí, a me? Io ho appena finito il corso e fino a sei mesi fa ero alla stradale. Ma che senso ha? È una follia.

L'auto comincia ad arrampicarsi fra i filari. In un posto come questo ti potresti convincere che non succeda mai niente. E invece.

Le cinque e tre quarti. Che sto ancora a fare, qui? Non lo so. So solo che preferirei farmi rinchiudere fra le colonne vertebrali calcificate e le teche lucidate a gommalacca, piuttosto che affrontare il mio primo incarico. Cazzo, ma proprio a me?

Guardo il piccolo dinosauro ricostruito, il suo scheletro che corre, fermo per sempre. Mi chino a rileggere la targhetta. Tanto cosí, per distrarmi.

Eoraptor. Vuol dire predatore dell'alba. Leggo che rappresenta l'alba dei dinosauri, perché in un certo senso è una specie di prototipo. Ha ancora una parte della dentatura da erbivoro. Piccolo, veloce, rudimentale, è apparso e si è estinto nel Triassico superiore. Traduzione: circa 230 milioni di anni fa.

Mi lascio alle spalle la penombra, le zanne e la polvere. Chiudo la sala e il predatore dell'alba ritorna a correre nel buio (ma perché la natura sente sempre il bisogno di creare nuovi predatori?)

230 milioni di anni fa.

Scendo le scale. E cosa sarà mai, una settimana.

Io invece appartengo ai predatori del tramonto.

Ne esistono varie sottospecie: giovani professionisti, donne in carriera, single, divorziati e coppie senza figli. Ci aggiriamo nei supermercati solo dopo le sette di sera. Preferiamo il cestino al carrello. Arriviamo alla cassa quando il parcheggio si è svuotato.

Arriviamo alla cassa e ci squilla il cellulare. Sempre.

È mia madre, e parte a razzo: mio padre ormai si chiude nel seminterrato ogni volta che squilla il telefono o che suonano alla porta. Ha paura di non meglio precisati creditori. Controlla la cassetta delle lettere dieci volte in una mattinata, in attesa di cambiali in protesto e minacciose lettere di avvocati. Il pomeriggio invece lo passa a controllare gli estratti conto della banca o gli scontrini di qualsiasi acquisto negli ultimi cinque anni, religiosamente conservati in un cassetto, spillati mese per mese. È convinto che la banca gli abbia sottratto dei soldi, il che non è vero (almeno *non nella misura* in cui sostiene lui). Mia madre voleva buttare via tutto, ma lui ha sfilato il cassetto e si è rinchiuso nel ripostiglio. Ci è rimasto piú di un'ora.

Mi dice che finirà al manicomio prima lei.

Non so che dirle, anche perché nel frattempo la cassiera sta litigando con il mio bancomat. *Addebito impossibile*. Ma come sarebbe?

In sottofondo sento mio padre che urla. Dalla risonanza capisco che è proprio nel seminterrato. – Sei una bugiarda! Ma perché le donne raccontano tutte queste bugie?

Dalla fila intanto mi guardano tutti male. I predatori del tramonto non sono una specie paziente.

Lo stipendio dovrebbero avermelo già accreditato,

ma ogni mese fanno sempre il solito giochino con i giorni di valuta.

– Allora carta, mi scusi.

Imbusto la roba alla rinfusa e molto candidamente dico a mia madre che sulle banche papà tutti i torti non ce li ha.

«...il Mastronero Daniele da piú d'un mese si recava quasi ogni giorno davanti all'edificio scolastico e si offriva di accompagnare a casa con il suo scooter la Chiarella Loredana. Ai ripetuti rifiuti di quest'ultima, le insistenze del Mastronero si facevano ogni giorno piú pressanti...»

Devo mangiare qualcosa. Mi scollo dalla sedia con un termitaio nella coscia, apro il frigo e lo richiudo. Prima voglio finire questo rapporto dei Carabinieri.

«... fino al punto di minacciare anche alcune compagne di scuola della ragazza. In questo clima si arriva alla mattina del 15 gennaio 2002. Secondo alcuni testimoni verbalizzati a parte, la Chiarella avrebbe risposto al Mastronero con epiteti offensivi, fra cui quello di "figlio di una dose". Sarebbero queste, allo stato attuale delle conoscenze, le parole che hanno fatto scattare la violenta reazione del Mastronero, per altro non subitanea, e organizzata assieme a terzi, il che configura la premeditazione.

Detta reazione si concretizzava in un vero e proprio sequestro, avvenuto durante il pomeriggio stesso, secondo quello che la Chiarella è riuscita a raccontare superata la fase di shock...

... non è chiaro se Mastronero e gli altri avessero premeditato di giungere a tanto, o se la resistenza della ragazza li abbia spinti al parossismo...

... slogatura del polso e frattura di due ossa del metacarpo, incrinatura di una costola lombare, ecchimosi diffuse sulle braccia e sulle gambe, profonde escoriazioni sul volto e sul collo, dovute all'uso di materiale abrasivo sull'epidermide, probabilmente carta vetrata, almeno secondo i ricordi della vittima, che, nonostante un decorso clinico regolare, non ha ancora ripreso la frequenza scolastica e da piú di tre mesi ha abbandonato di fatto la normale vita di relazione sociale con i coetanei, sviluppando una forma di bulimia che ha reso necessario il ricovero ospedaliero».

Vado ad aprire la cassaforte (la carta vetrata sulla faccia, cazzo, ma come si fa?), prendo la pistola e la metto nella tasca interna che ho fatto cucire apposta nel mio giubbino di pelle preferito, quello con la cerniera rossa obliqua.

Le nove e un quarto.

Vado avanti e mi scorre sul video la trascrizione dell'interrogatorio di Crippa Mario detto Marietto, meglio conosciuto come «Madonnino», capopiazza della 167, a nord della tangenziale, territorio degli Incantalupo. Risale piú o meno a un anno e mezzo fa.

«Girava voce che le coppiette nelle aree di servizio della tangenziale erano roba di Cocíss e i suoi. Non serviva niente di speciale. Bastava aspettare fino a quando l'uomo si tirava giú i pantaloni. A quel punto, uno è impicciato, e poi la donna spogliata pensa prima di tutto a coprirsi, non è un pericolo... gli porti via tutto. Con lui c'era Zecchetto, che era assai piú grande, un uomo insomma, e poi Medina, lo chiamano cosí perché porta uno zuccottino tipo gli arabi, inverno ed estate, sempre... però i nomi veri di questi qua non li so, non li ho mai saputi proprio».

Mentre vuoto la busta di insalata in una zuppiera, suona il campanello del microonde. Tiro fuori la vaschetta e la lancio nel lavandino ululando.

Faccio posto fra riviste e bollette e trasbordo zuppiera, bicchiere e posate sulla scrivania.

«... principalmente era per i cellulari, ne tiravano su quindici, venti a settimana, piú i soldi e gli orologi. Zecchetto faceva anche le foto con il suo telefonino e poi le rivendeva ai ragazzetti, nel quartiere... cioè le pri-

me volte le spediva in giro per bullarsi, poi dopo co-
minciò a farsele pagare perché magari si vedeva la donna con le zinne di fuori, o anche con le mutande in
mano, tutta spaventata. È per quello che ce le ho sul
telefonino, me le ha spedite Zecchetto, io non le ho mai
fatte, le coppiette, non era il mio settore, diciamo».

I cellulari. Ne ho due, sepolti da qualche parte sulla scrivania. Su uno sto aspettando che mi facciano sapere quando e dove arriva di preciso Daniele Mastronero, detto Cocíss. Sull'altro dovevo chiamare mia madre, ma, lo devo ammettere, sono già troppo angosciata
a leggere questa roba.

«Io non so se Cocíss se la prese perché questa cosa
di vendere le foto Zecchetto gliela faceva di nascosto
o perché magari era pericoloso. Insomma, io penso che
teneva ragione, in un certo senso. Però non gli avrei
mai fatto quello che gli ha fatto lui. Se lo ricordano tutti, nel quartiere, lo trovarono una mattina appeso a
un'altalena, nel parco comunale, a testa in giú. Era
mezzo morto, aveva piú denti in terra che in bocca, eppure nessuno si azzardava a tirarlo giú da là, per paura. È dovuta arrivare un'ambulanza che erano quasi le
undici. Dicono che è stato una settimana in rianima-
zione. E poi non s'è fatto piú vedere, non nella 167,
voglio dire. Non so che fine abbia fatto. Ma per lui non
era piú aria. Non è piú aria per nessuno, se ti metti contro quello, contro Cocíss, intendo. Quello è come una
macchina lanciata a 300 all'ora senza nessuno dentro.
Una macchina che si brucia la coca invece che la benzina. Io lavoro sotto di lui, ma di rapporti ce ne ho pochi. Lo vedo raramente, quasi sempre di notte, lui gira sempre di notte, di giorno meno. Lo vedo una volta o due al mese, in tutto, e meno lo vedo meglio sto.
Ci dico due parole insieme, mi chiede se è tutto a posto e mi dice di fare il lavoro bene e di non bucarmi
piú, perché ora sono un padre di famiglia, e non sta bene che un padre di famiglia prende la droga. Io gli dico che ha ragione e poi mentre conta i soldi non respi-

ro, perché ho sempre paura che manchi qualcosa, o che s'inventi qualche problema per farmi fuori».

«Cocíss io l'ho visto solo qualche volta alla sala giochi. Io non ci ho mai parlato un mio amico piú grande invece sí. Cocíss è uno che lo rispettano tutti. Si veste bene e ha sempre i soldi e ha la moto nuova. Qualcuno dice che sta in delle cose brutte tipo la droga ma non è che lui li obbliga a drogarsi. E se c'è chi la compra ci sarà sempre qualcuno che la vende. Dicono che uno non aveva pagato delle cose e allora una notte nel sottopasso della ferrovia Cocíss e altri due gli hanno spaccato tutte e due le gambe al ginocchio. Da quel giorno è sulla sedia a rotelle perché non tiene abbastanza soldi per farsi operare. Non è stata una cosa bella questo lo voglio dire che non mi piace quando succede che la gente viene picchiata o peggio magari ammazzata. Ma anche prendere delle cose e poi non pagare non è giusto. È rubare e anche il prete in chiesa dice di non rubare. Solo che nessuno ha paura del prete».

Lo stralcio di tema è firmato A.R. È stato scritto durante un progetto di recupero della dispersione scolastica. Il titolo proposto era: «Parla di una persona che ammiri».

Il dischetto impanato aveva un cuore colloso di sapore indefinibile. Forse spinaci e formaggio. Mi rendo conto di aver comprato, aperto e buttato la confezione senza neppure degnarla di uno sguardo. Cioè, ho letto solo «offerta» e «pronto in cinque minuti».

Esco in terrazza con i due cellulari. La serata è tiepida e quelli di sotto, che poi sono i proprietari anche della mansarda dove abito, mangiano sotto il pergolato. La luna ha un velo spettrale che non lascia prevedere niente di buono per domani.

Spengo il mio telefonino personale e divento un utente irraggiungibile.

L'irraggiungibile.

Cosí mi chiama Federico, alias dj Fede. Uno dei miei attuali, diciamo cosí, spasimanti. Ma non perché io sia una che se la tira. Mai stata, francamente. Perdo già troppo tempo a chiedermi quanto valgo, con la mia laurea mancata, la mia parte di brillante futuro già sprecata, ma per il resto sono sicura di non avere nessun prezzo da contrattare. Ho sempre deciso sul momento. Impulsiva, imprevedibile, bastian contrario: me ne hanno dette parecchie (e tutte esagerate, secondo me).

Federico mi chiama *l'irraggiungibile* per due motivi precisi: il primo è perché non sa il mio nome. Il secondo è perché da dietro le sbarre raggiungermi gli è oggettivamente difficile. Per fortuna, dato che sono io ad avergli scoperto 6000 pasticche di ecstasy nel bagagliaio. Da quel giorno Federico mi scrive, mi manda cd di musica techno con sovraincisa la sua voce che recita poesie. Sue. Orrende. Ma lo psicologo dice che questa cosa lo sta aiutando molto a uscire dalla depressione, in attesa di uscire dalla galera. Il che potrebbe avvenire fra due o tre anni.

Ogni tanto, tramite un collega, gli mando due righe stampate al computer. Lo ringrazio, lo rassicuro sul fatto che ascolto i cd, ma gli dico con sincerità quello che penso delle sue poesie. Cioè che sono orrende.

Lo psicologo dice che devo fare proprio cosí, e anche la famiglia è d'accordo.

– Alla fine la ragazzina non ce l'ha fatta ad andare in tribunale a raccontare tutto, ha cominciato a ritrattare e a dire che non ricordava piú tanto bene. Per qualcuno i Chiarella avrebbero preso anche un, diciamo cosí, indennizzo.

– E da chi?

– Vallo a sapere. In ogni caso, i suoi compari si sono presi le colpe piú gravi e sono finiti in galera perché erano già maggiorenni e non incensurati. Il sequestro di

persona non è stato provato e Cocíss s'è fatto un anno
al minorile, scontato a otto mesi per buona condotta.

– E quando è uscito, l'angioletto ha cominciato con
la droga.

– È diventato capozona che aveva appena diciassette anni.

– Diciassette anni, cazzo, – ripete il collega e appoggia la mano con la sigaretta al volante. Morano
mi sembra piú nevrotico del solito. E anche la sua
maglietta di acrilico puzza di sudore piú del solito.
Dovrò dirglielo, un giorno o l'altro (non ha piú una
donna che se ne accorge, di queste cose). – Qua non
c'è piú limite a niente. Questi sono andati tutti fuori di testa.

È l'una e mezza, da un'ora siamo all'imbocco dello
sterrato che taglia il vigneto. Sulla provinciale non passa un'anima da non so quanto. Nell'aria senza vento
galleggiano stracci di foschia. Solo il campanile dell'abbazia è illuminato. Supera di poco le punte dei cipressi, sulla cresta che domina due canaloni stretti e verti-
cali, scuri di rovi. La chiave mi è costata una lezioncina di frate Jacques sull'abbazia di Spaccavento. La
leggenda dice che i due canaloni sono le unghiate del
demonio che voleva distruggerla. In effetti sembra costruita su uno sperone di roccia, come i fortilizi. Ma
non è cosí, l'abbazia stava nel centro di una dolce collina che nel '600 ha cominciato a venir giú, pezzo per
pezzo, finché anche i frati piú irriducibili hanno cambiato aria. Poi, nel dopoguerra, qualcuno ha cominciato a dire che se la collina aveva smesso di franare, lasciando l'abbazia intatta, era proprio un segno del Signore. Le unghiate del demonio non avevano abbattuto
il fortilizio della fede. Le bombe degli Alleati neppure, e sono saltati fuori i soldi per il restauro.

Racconto la storiella per distrarre un po' il collega
Morano. Fa finta di ascoltarmi, ma non gliene importa nulla. Lui s'è quasi fumato mezzo pacchetto, io ho
finito a piccoli sorsi la mia bottiglia di acqua: due litri

al giorno non sono uno scherzo. E fra poco mi scapperà da morire, poco ma sicuro.

– E una merda del genere, appena lo becchiamo, si pente –. Fa l'ultimo tiro, e siccome il portacenere è stracolmo, finisce che rovescia le cicche sui tappetini. – Ma vaffanculo.

– Non si è pentito. Collabora.

– Ah.

– È diverso.

– C'è di diverso che non si fa la galera.

Morano non ha il gusto delle sfumature, ma su questo punto neppure io ho capito bene come stanno le cose. Per il momento, Cocíss dovrebbe starci, in galera. Mi torna in mente come Reja ha svicolato l'argomento, oggi pomeriggio.

– Io provo a richiamare, – dico, ma mentre allungo il braccio verso la trasmittente sotto il cruscotto, lui mi stringe il polso. Ha le dita a tenaglia.

– C'è qualcuno, – mi fa. Alza il petto per l'affanno e si fruga sotto la giacca.

– Ma dove?

– Nel vigneto. S'è mosso qualcosa.

– Sarà un animale.

Scuote la testa. Ha gli occhi sgranati. Mi lascia il polso, si abbassa e apre piano la portiera.

– Tu stai qui.

Gli basta alzare le sopracciglia per chiedermi se ho la pistola. Rimetto la bottiglia d'acqua nello zaino che tengo fra i piedi e porto la mano alla tasca.

Morano scende e rimane al riparo della portiera, poi scivola subito fra i filari.

– Ma guarda cosa abbiamo qua! Binocolo a infrarossi, con lo stemma dell'Armata rossa... e questa? Una bella reflex digitale con teleobiettivo e filtro.

– Siete entrati in una proprietà privata, e quindi...

Tentando la fuga il tizio ha perso per strada il borsello con l'attrezzatura. Per cui è tornato indietro. È paffuto e porta degli occhiali di tartaruga demodé. La giacca verde militare e i pantaloni mimetici gli dànno l'aspetto di un tranquillo professore di liceo che s'è messo in testa di giocare alla guerra.

– E quindi? – fa Morano.

– E quindi a vostro rischio e pericolo.

Con un'occhiata supplico il collega di non fare lo sbirro, ma so che potrebbe non bastare. Certo, questo qua deve cambiare tono, perché conosco bene Morano e la pazienza non è fra i suoi (pochi) pregi.

– Ma non c'è scritto niente... non c'è un cancello, una sbarra.

– E allora?

– È sua, questa proprietà?

– Ma cosa ve ne frega? Ridatemi la mia roba, forza, sennò chiamo la polizia.

Mi sembra incredibile, fossi in lui avrei già tolto il disturbo. E scusandomi, anche.

– Sta dicendo sul serio?

– Mi ridia subito la macchina e il binocolo o vi denuncio. Vi ho preso la targa.

Mi avvicino a Morano, gli metto un braccio intorno alla vita e squittisco di lasciarlo perdere. Mi chiedo se la parte della fidanzatina mi sia venuta bene, e sento uno schiocco.

Morano ha diviso di netto in due il binocolo a infrarossi dell'Armata rossa.

– Accidenti. Mi dispiace, ma quando vedo la falce e il martello divento nervoso. Sono fatto cosí.

– Dài, andiamo via, – insisto. Morano si divincola in malo modo.

– Zitta e buona, tu.

Butta via i due pezzi del binocolo, poi inquadra l'uomo con la fotocamera. Due lampi ravvicinati e quello incespica, si copre la faccia e continua a minacciare denunce, allunga le mani verso l'obiettivo ma non si avvicina, come se fra lui e Morano ci fosse un diaframma invisibile. Il collega è piantato con le scarpe fra le zolle, ne scatta ancora una, poi sfila la card di memoria, se la intasca e lancia la fotocamera al legittimo proprietario. L'uomo si butta a raccoglierla prima che tocchi terra e io intanto cerco di scalzare Morano dal suolo.

– Basta, – gli mormoro. E penso di averlo convinto, perché riesco a tirarlo verso l'auto.

– Mica sto facendo lo sbirro.

– Stai facendo la testa di cazzo.

– Questo stava lí ad aspettare che noi scopassimo, capisci?

– E sai quanto avrebbe aspettato.

– Ti faccio cosí schifo?

– Piantala.

Stiamo per risalire in macchina, ma quello ricomincia.

– Bastardo, m'hai rotto anche questa. L'ho pagata un sacco di soldi. Ma io t'ho preso la targa, stai attento, perché io ti mando un paio di amici sotto casa –. (Oddio, no).

Morano non dice mezza parola, non sbatte neanche la portiera. Due passi e ha già aggantato l'uomo per un braccio. Glielo torce dietro la schiena fino a farlo inginocchiare. Al tipo volano via gli occhiali. Mentre li cerca con la mano libera, Morano gli ficca la faccia fra le zolle secche.

– Basta, – gli faccio (sí, figuriamoci).

Gli solleva la testa solo per non farlo soffocare. Poi gli molla il braccio, gli sale addosso con le ginocchia sulle spalle e gli fruga in tutte le tasche. Apre il portafogli e sfila la carta di identità, si fa luce con il cellulare per leggerla, poi richiude tutto.

Il tipo è carponi, sbava, tossisce come se avesse ingoiato un puntaspilli. Morano si china su di lui, lo schiaffeggia con il portafogli.

– Ora lo so anch'io, come rintracciarti. Cosí, quando ho sviluppato le foto te le spedisco.

Per fortuna al tipo è passata la voglia di cercare rogne.

E per fortuna la radio di bordo si mette a cinguettare quando abbiamo già fatto retromarcia. Dalla centrale operativa dicono che c'è stato un cambio di programma. L'appuntamento è spostato a una stazione di servizio sull'A1, fra Incisa e Valdarno.

– Saranno cinquanta chilometri, – ringhia.

– Ma no, – dico io.

– Sono anche di piú. Che cazzo, ci hanno fatto stare qui un'ora per cosa?

Controlla che mi sia allacciata la cintura, poi si lancia sul tornante a tavoletta, infamando la Madonna come neanche mio nonno (e mio nonno era uno che non scherzava). Mia madre tentava sempre di turarmi le orecchie con le dita cariche di anelli (adesso porta solo la fede e una piccola riviera di brillanti).

Sono come un conto alla rovescia, questi cinquanta chilometri. L'ultima ora di libertà prima di una condanna. E intanto Morano divora la strada come un ossesso, la sigaretta sempre accesa.

Ogni tanto è accesa anche la finestra di qualche villetta. Siamo un varco di rumore nella calma notturna. Ogni tanto i fari scovano fra le ombre una piscina gonfiabile o uno scivolo colorato.

Mi immagino per un attimo dentro una di quelle case, fra lenzuola e cuscini che non abbiano soltanto il mio odore. Preoccupazioni standard e rituali pranzi di famiglia. Un marito e due bambini, sí, almeno due senz'altro. Lui forse russa, o forse pretende di timbrare il cartellino quasi ogni sera, se non altro come implicita ricompensa per il mazzo che si fa nella vita. Sento il fumo di Morano appiccicarmisi sui capelli, come una ragnatela. Mi vergogno di pensare che accetterei anche quella vita lí, piuttosto di stare dove sto, con Morano, su una macchina che sa di cenere e tappetini sporchi, alle due di notte, sparati verso un'area di servizio dell'A1 (spero solo che nell'area di servizio ci sia un bagno).

Morano si tira su la manica della maglietta per grattarsi le lettere gotiche del bicipite. Non ho mai capito che cosa c'è scritto. Magari è il nome della moglie che

l'ha piantato mentre era in missione in Kosovo. Ma che
me ne frega ora di Morano e dei suoi problemi? Lui butta la sigaretta nel mezzo di un sorpasso, poi mi fa:
  – Tanto per mettere le cose in chiaro: io questo qua
meno lo vedo meglio è.
  – E io che posso dirti? Prima canta, meglio è.
  – Troppo facile. Se vuole cantarsi anche la troia che
l'ha cacato, bene, ma in galera. A spaccare pietre e pulire cessi, lo metterei, come in America.
  Siamo quasi al casello. Non mi va di dirglielo, ma
non ha tutti i torti. Anche a me uno cosí fa schifo, e
questa procedura urgente e straordinaria mi pare sgusciare fra una regola e l'altra. Ma siccome la mia esperienza è zero, la mia voce in capitolo idem, il mio bisogno di uno stipendio disperato, me ne sto zitta.
  – Lo mettevano in isolamento. In una galera nel
nord.
  Provo a trovare delle obiezioni:
  – Non lo puoi chiudere sottovuoto. C'è l'ora d'aria,
ci sono i turni delle docce e il vitto. Se vogliono togliere qualcuno di mezzo, in galera, prima o poi quelli ci
riescono sempre.
  Morano incassa, insofferente, ma anch'io sento che
non è questo il vero perché, che c'è dell'altro. Per farmi forza, torno a pensare al predatore dell'alba. 230
milioni di anni contro una settimana. Intanto Morano
tira le conclusioni:
  – Se piscia fuori dal vaso, tu me lo dici e ci penso io
a rimetterlo in riga. Ma per il resto, sbrigatela da sola.
Ci conto. Io ho cose piú importanti da fare –. (Ora non
esagerare, collega).
  – Nessun problema.
  Ci infiliamo nella porta del telepass a ottanta all'o-
ra. Chiudo gli occhi. Non so perché, ma ogni volta ho
paura che il *bip* non arrivi e la sbarra non si alzi.
  Forse, questa volta ho proprio sperato che non ci la-
sciasse passare.

«Area di Servizio, km 0,5». Inutile, prima o poi dovevamo arrivare.

Morano rallenta e le pulsazioni mi accelerano.

– Ci aspettano dietro, – faccio.

La stazione di servizio è chiusa (quindi niente bagno), funzionano solo le pompe self-service. Apro il finestrino, sento le chiacchiere di una radio diffusa dagli altoparlanti sotto la pensilina illuminata.

Parcheggiamo vicino al punto di rifornimento del gpl. Nessuno in giro.

Morano scende per primo. Fra gli alberelli stentati del parcheggio c'è solo un furgonato con le insegne di una ditta di condizionatori. Esco anch'io. Il vento porta l'odore di qualche camino spento da poco, le auto passano veloci come frustate. Mi sento agguantare da un freddo selvatico, mi abbottono e prendo la pistola dallo zaino.

Rimaniamo tutti e due fermi, accanto alla macchina, nell'ombra di una colonna dell'autolavaggio.

– Sí, sono loro, – sussurro.

Carabinieri.

Capitano Cassese e maresciallo Cordoni. Tutti e due giovani, sgualciti come rappresentanti di commercio alla fine della giornata di lavoro. Presentazioni al buio, tutto bene il viaggio e queste cose qua. Io guardo continuamente il furgoncino (se penso che è la dentro, vado in apnea). Morano fa il cordiale, dice che purtroppo neppure possiamo prenderci un caffè. Io vorrei che questo momento non fosse mai arrivato. Vorrei essermi laureata e avere un altro lavoro.

Cordoni, che è quello con i capelli a spazzola e gli occhialini, chiede dove dobbiamo andare.

– Il soggetto lo prendiamo in consegna noi, – fa Morano.

– Abbiamo disposizioni di portarlo fino a destinazione.

– La sua destinazione è qui.

Cordoni sembrerebbe non avere niente in contrario.
È l'altro che si impunta.

– Non mi dirà mica che è questo il nuovo domicilio
del soggetto, dottor Morano.

– Lasci perdere il dottore. Da qui in poi il soggetto
è sotto la nostra tutela.

– Mi dispiace, dobbiamo rispettare le disposizioni.

A questo punto mi intrometto e propongo di rivol-
gerci al Nucleo operativo, traduzione: il sovrintendente Reja. La proposta è sensata, se non fossero le due di
notte. Spero solo che Reja abbia il sonno leggero e il
cellulare acceso.

Mi risponde al terzo squillo, un po' infastidito, ma
la voce non è quella di uno svegliato di soprassalto. Gli
spiego la cosa, mi dice che arriva subito. Non mi dà
tempo di dire altro, una manciata di secondi e nell'a-
rea di servizio entra una moto. Una di quelle che mi-
tragliano l'aria con la marmitta. Passa sotto la pensilina e viene verso di noi.

Vedo Cordoni infilarsi la mano sotto la giacca. Morano invece porta la pistola infilata nella cintola, alla
messicana, come dice lui.

Il centauro spegne la moto e la puntella all'asfalto.
Ci saluta. Ha una giacca a vento molto aderente, con
la coulisse che stringe in vita, e i pantaloni larghi di una
tuta. Quando si toglie il casco ho già riconosciuto le
spalle e l'andatura a chiappe strette, da macho. Reja ha
detto «subito» ed è stato di parola.

Il punto è un altro: non si fidava di noi?

Non ho tempo di incazzarmi che un pensiero ancora piú cupo (e piú convincente) mi stringe alla gola.

Reja non si fida di nessuno.

Lo guardo bene per la prima volta quando scende
dall'auto. Ma è buio, la luna è scesa dietro i cipressi e
io ho già infilato la chiave di ferro nella toppa a teschio
che non gira, la serratura deve essere incrostata di ruggine (e apriti, cazzo). Niente. Mi tocca chiedere aiuto

ai colleghi, ma non gira neppure a loro (meno male).
Morano trova subito da ridire:

– Non potevi provarla, oggi pomeriggio?

– Oggi si apriva. Forse il frate mi ha dato una copia
che non funziona bene.

Morano vorrebbe tirarle un calcio, Reja prova con
un paio di spallate, poi mi chiede se ho dietro un rossetto o un lucidalabbra.

Quasi mi mette a disagio, frugare nello zaino e ammettere di essermi portata dietro qualcosa di cosí fri-
volo e di cosí mio. Io non sono qui, qui c'è solo un'o-
peratrice dei Nuclei di protezione che ha il mio stesso
nome e la mia stessa faccia, ma non ha un cognome,
non ha un indirizzo, non ha padre né madre. Come mi
ha detto Reja.

Mentre i colleghi smadonnano intorno alla serratura, vado a piazzarmi a un paio di metri dal soggetto. Il
giovane bastardo non è alto molto piú di me. Ha una
felpa con il cappuccio tirato sulla testa e quindi non lo
vedo in faccia, anche perché porta un paio di occhiali
scuri a goccia che gli dànno l'aria inconfondibile del testa di cazzo. Tira su con il naso. Un rumore profondo,
tipo quando si sgrana con la frizione. O anche tipo
quello che fa la serratura quando molla, finalmente.

Però. Il lucidalabbra ha funzionato. Me lo restitui-
scono senza lasciarsi andare a battute. Entro per prima io, cerco con la torcia il percorso fatto oggi pomeriggio con padre Jacques. Sento sbattere il portellone
del bagagliaio e vedo Reja che si carica un borsone sportivo sulle spalle. Morano agguanta per un braccio il giovane bastardo e lo fa entrare dal cancello.

Camminiamo fra aiuole di croci tutte uguali, senza
un nome o una data, ed entriamo nel chiostro. In un
angolo c'è una Lambretta senza ruote che sembra an-
tica come le lapidi dei benefattori e le finestrelle pas-
savivande. La porta ha solo un chiavistello, però c'è da
tirarlo senza fare troppo casino. Ci riesco senza chiedere aiuto a nessuno (meno male).

In fondo al corridoio è acceso un neon di emergenza. I finestroni hanno le imposte aperte, è rimasto nell'aria il tipico odore pastoso da refettorio, un misto di fornelli unti e pasta bollita. Cerco la chiave piú piccola, quella lucida e nuova, con la targhetta rossa. Mi volto e capisco che i colleghi si fermano lí.

Tocca davvero a me, adesso. Il primo impatto è tutto, con questi. Quando fissi una belva negli occhi, devi essere sicura che abbassi lo sguardo per prima. Sennò è meglio che esci subito dalla gabbia. Questo raccontava mio padre, tutte le volte che ci portava al circo. Non ce lo diceva mica, però, che quelle tigri le imbottivano di bromuro (pa', questa belva è imbottita di coca, crack o cose tipo la *bottiglietta*. Non è la stessa cosa).

Morano rimane all'ingresso del corridoio e Reja rifila il borsone al nostro ospite d'onore. Ma quello mica se lo carica sulle spalle, macché, si mette a trascinarlo per terra. Glielo fermo con un piede e gli faccio un cenno: è scemo o cosa?

Deve essere scemo, mi tocca proprio dirglielo.

– La borsa su, grazie. La scala a destra, veloce.

Mentre apro la porta, lui si guarda i piedi, immobile, come se trovarsi in un posto nuovo, in piena notte, non lo riguardasse. Vista alla luce della lampadina a muro, la stanza ha un pavimento di piastrellone quadrate color vomito e un vecchio armadio che incombe come un sarcofago verticale. Letto e cassettiera sono scarti di una vecchia cameretta, sul tavolino però c'è un mazzo di fiori di campo, e anche un vassoio con della frutta. Annuso un'albicocca mentre lui molla il borsone in un angolo (prima regola: non essere aggressiva).

– Pare buona.

Gliela lancio, ma il giovane bastardo non fa neppure il gesto di afferrarla, se la lascia rotolare fra le scarpe.

Chiudo la porta, prendo la seggiola impagliata e la metto in mezzo alla stanza, fra me e lui.

Il grande capozona non si scosta neppure il cappuccio dalla fronte e si sdraia sul letto un po' di traverso, la nuca appoggiata al muro e le mani in tasca. Io mi siedo con la spalliera al contrario. Da sbirro. Questo sono, questo si aspetta e questo devo essere. A gambe larghe, da uomo (non sono una donna, non per lui).

– Io mi chiamo Rosa.

(Reazioni zero).

– Come ti chiami tu lo so, ma da ora in poi è come se non lo sapessi. E qui dentro non lo deve sapere nessuno.

Conto una manciata di secondi, poi metto un foglio ripiegato sotto il vassoio della frutta.

– Leggiti bene questo, prima di dormire. Imparalo anche a memoria, se ti riesce. Comunque sia, per domattina alle nove io lo voglio firmato. Sennò torni al paese tuo.

Da sotto il cappuccio gli spuntano dei ciuffi di capelli neri, lunghi e disordinati. Non fosse per il colorito lampadato da burino, avrebbe l'aspetto di una sottospecie di rockstar inglese. Le labbra sono pallide. Socchiuse per respirare. I jeans hanno delle lunghe cuciture colorate sulle cosce. Le suole delle scarpe sportive dorate sono nuovissime, intatte.

– Ultima cosa: finché non arrivo io, tu non ti muovi da questa stanza se non per andare in bagno, che è qui davanti. Domande?

Si volta dall'altra parte e si sistema il cuscino sotto la testa. Mi pare chiaramente un no. Mi alzo, tolgo la chiave dalla toppa e gli auguro la buonanotte.

Chiudo piano e respiro forte. Per qualche ora sarà tregua. Posso andare a casa a dormire. È andato tutto bene, a parte il casino con i carabinieri. Ma quello se l'è sbrigato Reja, per fortuna.

Passo dal bagno (finalmente) e controllo che padre Jacopo abbia tolto lo specchio e la mensola di vetro come gli avevo chiesto. Anche il box doccia è stato sostituito da un telo a fiori agganciato alla meglio a una cor-

dicella; mi è venuto in mente che il plexiglas rotto può
avere bordi molto taglienti. Calcolando che è alto appena più di me, mi pare che anche il saliscendi della doccia non gli sia utile per appendersi. Non voglio mica che
il giovane bastardo si tolga da questo mondo prima di
aver fatto l'unica cosa buona della sua vita, tipo farci
beccare qualche altro bastardo della sua risma. Visto il
trattamento di favore, deve aver parecchio da cantare.

E poi, cristo, ficcherebbe me in un mare di casini,
al primo incarico.

A un certo punto, in macchina, Morano mi fa:
– Ho avuto da ridire con Reja, prima.
– Perché?
– Mi pareva il caso che tu rimanessi lí, stanotte.
(Ci mancava solo quello). Alzo le spalle e respiro l'a-
ria che mi arriva in faccia dal finestrino. È buona. Sa
di fieno e camomilla.
– In caso di necessità è pronta la stanza accanto.
– Intanto questo s'è fatto togliere di galera. Un paio
di salti dalla finestra e chi s'è visto s'è visto.
– Ma dove vuoi che vada.
– Questi lo sanno sempre, dove andare.
– Quando decidono di collaborare, gli fanno terra
bruciata. E poi questo non ha nessuno. Sua madre è in
comunità.
– Bella famiglia. E suo padre?
– Boh. Sconosciuto.
– Un bastardo nel vero senso della parola.
Non ho voglia neppure di far finta che sia divertente. Sono morta di stanchezza e il mio umore al momento è perfino peggiore di quello del collega. Morano ha
appena individuato in Reja il prototipo del poliziotto
giovane che ha studiato, dinamico ed efficiente. Esattamente quello che lui detesta, anche più di quelli che
fanno carriera «solo perché sono sindacalisti».
– È Reja che ha le direttive dal Centro e che tiene i
contatti con D'Intrò e la procura.

– Ah, il famoso D'Intrò, – fa Morano. Ma poi non aggiunge altro. Invidia o ammirazione, non saprei. Si gratta la scritta gotica sul bicipite e sbuffa. Troviamo anche il passaggio a livello chiuso, ma Morano decide di fare dietro front e allungare di un paio di chilometri, pur di non spegnere il motore in mezzo a questa campagna buia e immobile.

Finalmente sono a casa, ma il sonno non arriva. Il silenzio è il rumore dispettoso di tutto il paese che dorme, intorno a me.

Mando giú il bibitone di succo di mirtillo e mi stendo sul divano con le gambe sulla spalliera. Muovo le dita libere. Lo smalto delle unghie è già screpolato. Per forza, porto sempre scarpe chiuse.

Mi domando come sono andata (non male, direi). Il giovane bastardo sembrava strafatto, o forse lo hanno sedato, proprio come una tigre del circo. Se rimane in stato semicomatoso tutta la settimana, a me va di lusso.

Ma so bene che me la sto figurando troppo facile. Il mio non è un lavoro di lusso.

Guardo il computer. Uscendo me lo sono dimenticato acceso, ma almeno la piccola pennetta verde fluo l'ho chiusa in cassaforte. Se ripenso a tutta la roba che mi sono letta aspettando l'una, sento una stretta allo stomaco. Da domani, evitare assolutamente. Il commissario capo D'Intrò è un mito, non si discute, ma a che mi serve, avere una visione d'insieme? Quelli laggiú si scannano come bestie e continueranno a farlo (è già tanto se limitiamo i danni).

Ho bisogno di un sorso di latte per calmare il bruciore di stomaco, ma alzarmi e arrivare fino al frigo mi fa troppa fatica.

In certi momenti stare da sola non mi pesa, anzi, dati i miei alti e bassi è quasi un sollievo, una responsabilità in meno. Anche se potrei avere un bicchiere di latte senza alzarmi dal divano e magari anche uno di quei massaggi ai piedi che assomigliano all'anticamera di un orgasmo. Mi sbottono i jeans. La cistite sta per andarsene, ma lo stress mi ha gonfiato la pancia, ho il segno viola delle cuciture appena sotto l'ombelico.

L'orgasmo. Vorrei tanto esserci di testa per potermelo permettere. Invece sono le tre e per le otto devo essere all'abbazia.

Accendo la tele, a volume zero, mi alzo, traffico nel cassetto dei medicinali e vedo i tranquillanti che qualche anno fa ho personalmente requisito a mio padre. Prendo il mio antibiotico (ancora stasera, da domani basta), cerco un libro, poi un giornale, ma quello piú recente è di una settimana fa. Spengo la Tv, torno sul divano. So bene che andare a letto, in queste condizioni, è peggio.

Chiudo gli occhi e mi ritrovo all'abbazia. Vedo il campanile quadrato sopra i cipressi. Mi torna addosso il respiro selvatico del bosco intorno alla stazione di servizio. Il respiro freddo delle chiese di pietra. Se è il respiro di Dio, abbiamo davvero un padre oscuro e indifferente. Nell'ombra del chiostro camminano figure incappucciate. Le seguo e mi avvicino, anche se sento che non voglio.

Allungo una mano e capisco che la figura davanti a me non ha una tonaca. Il cappuccio è quello di una felpa. Il soggetto sottoposto a straordinarie e urgenti misure di protezione, la belva che strappa le unghie e scartavetra la faccia di una ragazzina cerca di confondersi fra i monaci. Devo fermarlo. Balbetto qualcosa. Gli afferro una spalla.

Lui si volta. Denti piccoli e storti, come migliaia di chiodi conficcati alla rinfusa. Vedo il teschio del predatore dell'alba.

Mi risveglio con le mani sul viso. Corro in bagno convinta che qualcuno mi abbia scartavetrato la faccia.

Davanti allo specchio ho paura a scostare le dita. Cazzo, come tremo.

Alla fine mi guardo. Non sono sfigurata, ma la mia faccia mi fa paura lo stesso.

Non sono neanche le quattro.

Busso un paio di volte, poi apro la porta e lo ritrovo esattamente come l'ho lasciato. Di traverso sul letto, vestito e con gli occhiali. Non ha neppure spento la
luce e il borsone è ancora per terra, chiuso. Persino l'albicocca è rimasta dove era caduta stanotte.

Lo sento respirare con un sibilo ruvido, ma regolare. Dorme. Bene cosí. A me basta sistemare due o tre
cose e mi ripeto che se vuol passarci tutta la settimana, su quel letto, non sarò io a disturbarlo. Spengo almeno la luce, richiudo e torno di sotto. So che padre
Jacopo mi aspetta. E infatti lo trovo ai piedi delle scale, con una tazza d'orzo in mano. Accanto a lui c'è un
tizio di età indefinibile, le guance giallastre che sembrano scavate con una sgorbia. Ha i capelli sparati, una
felpa rossa e fra le dita dalle unghie color piombo stringe un guinzaglio.

Padre Jacopo gli batte una mano sulla spalla e lui esce
in giardino, dove lo aspetta un brutto cane pezzato, dal
muso lungo e dalla coda mozza.

Il prete mi saluta, ma continua a guardare i due che
si allontanano insieme, lungo il vialetto. Sento che si
tiene un pensiero per sé, poi mi chiede dei documenti
del nuovo arrivato.

– Non li abbiamo ancora.

– Come mai?

– Un disguido. Arriveranno in giornata.

La manda giú con un sorso, ma non sembra convinto.

– Che fa?

– Dorme.

– E noi, invece, che vogliamo fare?

– Tenerlo tranquillo il piú possibile.

– Vorrebbe dire chiuso nella sua camera tutto il
giorno?

– Il soggetto si trova in un momento molto delicato. Probabile che lui stesso non chieda di meglio.

– Ci ha parlato?

– Diciamo che ci ho provato.

– Le va un caffè?

Da come me lo chiede, ha capito perfettamente che ne ho un gran bisogno. Lo seguo in una cucina grande come quella di un albergo. Ci sono due ragazzine con le cuffie bianche e gli occhi furbi, una robusta donna di colore e una creola di un metro e novanta. Ci guardano subito, tutte. È alla stangona che si rivolge padre Jacopo per il mio caffè. Ha le unghie laccate di rosso rubino, i capelli méchati e profuma di vaniglia e gelsomino (peccato per quelle due spalle da granatiere).

– Allora, Joséphine, – fa padre Jacopo. – Hai deciso?

– No, – risponde, incrocia le braccia e si appoggia al frigo metallizzato alto poco piú di lei.

– E fatti fare questo cartellino. Anche se giochi sei o sette mesi, sono tutti soldi che metti da parte.

– E se al colloquio poi gli psicologi pensano che ho cambiato idea? Che faccio cose da uomo?

– Ma no, al calcio giocano anche le donne.

– E se mi fanno smettere la terapia? Poi non mi fanno fare piú l'operazione.

L'accento è brasiliano, la tessitura da baritono. La discussione va avanti ancora un po': la stangona trans e il prete parlano di cartellini e di reggiseni per fare sport. Joséphine ha paura che le ridano tutti dietro, e poi che le vengano le cosce grosse. A quel punto padre Jacopo cede.

– Fa' come ti pare. Però in cucina mettiti la cuffia, per favore.

Joséphine obbedisce con una smorfia. Padre Jacopo sospira sconsolato e mi passa la tazzina.

– A diciassette anni era già riserva nel Botafogo.

– Davvero? – sorrido (ma che è il Botafogo?)

Torno dal soggetto sotto protezione che sono ormai le nove e mezza. Ora dorme bocconi, con un braccio fuori dal letto, le dita che sfiorano il pavimento.

Faccio due passi nel corridoio (ancora dieci minuti, tanto che cambia ?), finisco il mio primo mezzo litro di acqua della giornata e sbircio da una feritoia il giardino botanico dei frati. A parte la lavanda, la verbena e il timo, mi accorgo di non saper dare un nome a tutte le altre piante. In un giardino piú piccolo le due ragazzine viste in cucina ora fumano e parlano fitto, sedute su una panchina, i piedi senza ciabatte su un grande vaso di terracotta che ospita un rosmarino maestoso. È una giornata di nuvole lente e sfilacciate, non si capisce bene come si metterà. Il tizio con la felpa rossa sta rientrando dal cancello principale. Si china lentamente, traballando sui due nodi che ha al posto delle ginocchia, e sgancia il guinzaglio dal collare del cane. Ma il bastardino gli si allontana al massimo di mezzo metro.

Torno nel corridoio e mi siedo su una specie di scranno di legno senza braccioli. Guardo la porta chiusa. Quanto avrà urlato Loredana Chiarella, quando Cocíss e i suoi compari le hanno scartavetrato le guance e le labbra ? L'acne dell'adolescenza graffiata via con il sangue. Come un'imperfezione. Una colpa. Un lusso. Prova a pensare con la tua testa, a pretendere una dignità, e avrai in cambio paura e dolore (e io lo devo proteggere, questo).

Ecco la mia specialità: davanti a una porta chiusa, mi faccio i film e poi filosofeggio anche. Ma la filosofia non mi è servita a trovare un lavoro. Forse anche la filosofia è un lusso, per giunta da uomini, ed è lí che ho sbagliato.

Non voglio sbagliare piú. Mastronero Daniele detto Cocíss deve firmare il foglio delle regole e ottenere i suoi documenti di copertura. Voglio arrivare a stasera con questi due risultati e dormire tranquilla, una notte intera. Ecco il mio piccolo, meraviglioso traguardo.

Entro alle dieci e mezzo, dopo aver bussato una volta sola. L'aria è densa, quasi acida. Poso il vassoio con il caffè e le fette biscottate sul tavolo, vado a spalancare la finestra. Faccio piú casino che posso, sbatto le imposte contro le pareti.

Cocíss mugugna e si rigira. Gli occhiali gli sono saliti sulla fronte, tiene la faccia affondata nel cuscino.

– Per stamani servizio in camera, ma non ti ci abituare.

Raccolgo l'albicocca e la rimetto nel vassoio. Sfilo via il foglio piegato in quattro, lo apro. In qualche tasca dovrei avere una penna. Con il piede spingo il borsone accanto al letto.

– Vai a darti una rinfrescata. Un quarto d'ora e poi ti lascio in pace.

Apre un occhio con la falsa indifferenza di un alligatore.

– Ti devi alzare. L'hai capito o no? – insisto, con un calcio al passante del letto.

Si rannicchia e sbuffa. Un altro calcetto e capisco che comincia a innervosirsi.

– Sono le dieci e mezzo, forza.

Solleva le spalle e gira appena la testa, lentamente. Prima che si riabbassi le lenti scure sugli occhi, intravedo una delle cicatrici per cui va famoso, come una coda di lucertola chiara sulla pelle lampadata. Neanche muove le labbra, per rivolgersi a me. In un dialetto nasale mi ringhia di star zitta e di fargli un bocchino.

(Non devo essere aggressiva) ma questa volta gli faccio vibrare tutta la rete sotto il materasso.

Lui si rovescia di scatto e lancia via il cuscino, centra in pieno il vassoio e la tazzina schizza fino sul davanzale.

Non ho il tempo di muovere un dito. Il giovane bastardo si alza, si avventa contro la finestra e in un attimo mi ritrovo nella merda.

Fa per chiuderla, invece si ferma, come se avesse cambiato idea. Rimane un attimo appeso alla maniglia, poi viene giú di schianto tirandosi dietro una delle imposte. Mi scanso all'ultimo istante.

Un'ambulanza che arriva la vedono tutti.

Padre Jacopo era sicuro che fra i sei frati rimasti ci fosse un ex medico, ma il piccolo francese arcigno ha fatto muro, stavolta. E mi ha anche chiesto indietro la chiave del camposanto (la riavrà quando è il momento, gli ho risposto).

Daniele Mastronero al momento non ha il libretto sanitario e io mi attacco al telefono con Reja mentre il medico è nella stanza di Cocíss. Reja s'incazza (ma dico, è colpa mia?), si raccomanda di non farlo ricoverare in ospedale per nessun motivo. Di dare un nome falso qualunque al medico e di segnarsi a quale associazione di volontariato appartiene l'ambulanza.

Quando il medico esce, ci sono solo io, nel corridoio, perché nel frattempo padre Jacopo è dovuto correre a sedare una lite sui turni di pulizia delle scale e dei corridoi.

– Lei è una parente?

– No. Sono l'operatrice che lo segue, – (Reja non sarebbe d'accordo, ma io non la faccio, la sorella di questo qui). – Dica pure a me.

Si mette a sedere sullo scranno di legno e prende a compilare un modulo.

– Le risulta che il ragazzo sia tossicodipendente?

Mi tornano in mente le parole dello psicologo e del suo capopiazza Madonnino.

– Sí.

– Rinite, piorrea. Mi sa che è cocaina.

Confermo.

– È in calo da astinenza.

Bel casino. Tutto sulle mie spalle.

– Gli ho dato un leggero antidepressivo, una benzodiazepina. Gliene lascio un paio di compresse. Una metà dovrebbe bastargli per otto ore. E poi queste bustine, sono vitamine. Gli prenda anche questo integratore, per quelli non serve la ricetta.

Scarabocchia su un modulo qualcosa che decifro come «crash da tossicodipendenza».

– Controllate che mangi. Al momento non farei altro, poi lo saprete meglio di me, come trattarlo. Andrà visitato per bene, ci vorranno delle analisi.

(E ora, che cosa mi invento?) Gli dico che è appena arrivato, poi per fortuna tronca la mia spiegazione prima che diventi ancora piú confusa. Mi informa che Cocíss rischia già di perdere un molare e un incisivo, per cui mi segna anche un collutorio e poi mi chiede il nome del paziente per completare il modulo d'intervento.

– Russo Giovanni, – butto là.

– Anni?

– Diciotto. Compiuti il mese scorso.

Finalmente alza un attimo gli occhi dal modulo, come a chiedermi se sono proprio sicura.

A mezzogiorno mi richiama Reja.

Neanche mi saluta, attacca subito a parlare di una postazione della protezione civile a pochi chilometri dal passo della Futa.

– E allora?

– Domattina alle otto dovete essere là con il soggetto. C'è una vecchia casa cantoniera e subito dietro una piazzola d'atterraggio. Arriva a prenderselo un elicottero della guardia di finanza.

Non gli chiedo le ragioni dello spostamento. Gli ribadisco solo che il soggetto si è sentito male e che, qualunque cosa debba affrontare, non credo che ce la faccia, almeno non domani. Neanche mi chiede cosa gli è successo.

– Non si strapazzerà, il rientro è in giornata.

Questo qui domani deve vedere un magistrato. O magari D'Intrò in persona. Prima che riattacchi, faccio appena in tempo a rammentargli la questione dei documenti.

Sveglia alle quattro e mezzo e colazione ingoiata. Sono un cesso, i capelli da lavare, ma non c'è tempo, una coda bella stretta e via.

Sarà uno schifo di giornata, penso, mentre riapro la Porta dei morti. E invece trovo il giovane fenomeno già sveglio, che fuma nella penombra di camera sua, affacciato alla finestra. Quando gli dico che deve venire con me, si mette gli occhiali, si infila in tasca il pacchetto di sigarette e mi segue senza dire una parola.

Lo facciamo salire sul sedile posteriore, assieme a Salvo, un collega giovane appena trasferito dall'Abruzzo. Un tipo a posto, parla poco, però a macchinetta, e raramente capisco al primo colpo quello che dice.

Morano ha deciso di guidare, io ho chiesto per cortesia di non stare dietro con il soggetto sottoposto a straordinarie misure di protezione. Sono quasi ventiquattro ore che dorme nei soliti vestiti e non odora proprio di fresco. Persino le magliette di acrilico di Morano al confronto diventano un aroma sopportabile.

Il soggetto si addormenta quasi subito. Sulla superstrada incontriamo pochi camion e molta nebbia. Quando cominciamo a salire lungo la statale, il capozona prende a gemere e a dimenare la testa nel sonno. Morano lo guarda nello specchietto retrovisore e dice a Salvo di aprire il finestrino e stare all'erta.

– Se vedi che sta per vomitare, cacciagli subito la testa fuori.

Mi torna in mente il mio primo fermo, al terzo turno di volante. Un tipo aveva cercato di rapinare un anziano tabaccaio. Disarmato e strafatto, era riuscito solo a rovesciare delle scaffalature e far prendere un attacco di cuore al tabaccaio. Appena caricato, vomitò anche l'anima, e capii come mai i sedili posteriori delle volanti erano senza imbottitura, di plastica liscia. Una sistolata, il disinfettante e via.

Dopo venti minuti di curve ho bisogno di andare in bagno, ma chiedere ai colleghi una sosta mi secca. Il sole che nasce sembra una lampadina immersa in un bicchiere di latte. Morano ha piantato l'autoradio su una stazione di sola musica italiana che mi ispira fantasie di esilio volontario.

Anche all'arrivo il soggetto è remissivo e si lascia guidare senza storie. Cappuccio e occhiali, dubito che capisca dove siamo o cosa sta capitando intorno a lui. (E se ho sbagliato le dosi della benzodiazepina? Ma no, era mezza due volte al giorno, sono sicura). Si regge in piedi a stento, Salvo e io lo dobbiamo aiutare a scendere dall'auto. Morano si allontana da noi e osserva rapito l'arrivo dell'elicottero. Delle operazioni seguenti si disinteressa totalmente. Finito l'uragano delle pale, il bosco piomba in un silenzio spaventoso. Per qualche centinaio di metri, gli animali hanno fatto il vuoto intorno a noi.

Rientrando in auto, Morano sostiene di aver visto un capriolo e chiede a Salvo se è mai stato a caccia. Intuisco che l'argomento è di quelli destinati a scatenare solo un monologo, ma di questo il collega non si preoccupa. Infatti comincia a raccontare di quando era in missione in Somalia e ogni tanto si concedevano qualche safari. Morano ha un passato nei battaglioni d'assalto di cui va molto fiero. Non mi è chiaro allora perché abbia preso al volo l'opportunità di transitare in polizia da ispettore. Mi sono sempre guardata bene dal chiederglielo.

Torniamo a riprendere il giovane bastardo alle sei e un quarto, in un garage ufficialmente chiuso per lavori, nel cuore di Firenze. Sudiamo tutti, sudano anche l'asfalto e i palazzi, e per fortuna scendiamo nel sottosuolo.

Nel parcheggio troviamo due auto. Ci viene incontro un tipo calvo e corpulento, vestito di nero, con la fondina in bella vista. Morano si sporge per qualificarsi e quello fa cenno con la testa a una porta con il maniglione antipanico.

Appena il motore si spegne, facciamo in tempo a sentire un paio di urla. Sono la prima a scendere, mentre la porta si spalanca. Reja ha una T-shirt scura chiazza-

ta dal bianco del sudore asciutto e le vene del collo gonfie, da scoppiare. Con uno sforzo di autocontrollo ci
dà la buonasera.

– Tutto a posto, collega? – gli chiede Morano. Lo
sta prendendo per il culo, di proposito. Ma Reja è addirittura troppo incazzato per accorgersene.

– Cinque minuti e potete ripartire. Rosa, vieni, abbiamo bisogno un attimo di te.

Non mi piace il tono che ha usato.

Mi piace ancora meno lo stanzino di cemento arma-
to dove mi fa accomodare. C'è solo una vecchia scrivania addossata al muro e un poster bluastro di Santa Maria Novella.

Ha una camicia spiegazzata, i pantaloni di un grigio
anonimo, né classici né sportivi. Ma l'uomo che entra
subito dopo di me è il commissario capo Paolo D'Intrò. Il mito. Con un velo di barba grigia, negli occhi le
venature sanguigne di uno che sta ancora masticando
la rabbia di qualche secondo fa.

Per qualche ragione il nostro arrivo ha interrotto un
litigio fra lui e Reja.

– Ho saputo che il soggetto ha avuto dei problemi,
ieri.

Reja si piazza sulla porta e guarda silenzioso il pavimento. Io cado dalle nuvole, ma riassumo quello che
è successo. A ogni parola osservo le sopracciglia di
D'Intrò.

– E se anche dormiva tutto il giorno? Si vede che ne
aveva bisogno.

Evito qualsiasi obiezione.

– Non c'era fretta. Oggi ha firmato tutto quello che
doveva firmare, il sovrintendente Reja ha la pratica
completa, ma ora siamo costretti a integrarlo nella comunità. E questo è uno che si integra al massimo in un
branco di iene. Ora abbiamo un problema in piú.

Vorrei dire che avere i documenti di copertura potrebbe essere un problema in meno, ma evidentemente D'Intrò mi legge nel pensiero. Mi porge una picco-

la cartella di plastica. Dentro ci sono una carta d'identità e una tessera sanitaria.

– Per questa volta ci abbiamo pensato noi. D'ora in poi il soggetto le darà meno problemi. Ci sono delle regole e ci sono delle priorità da capire. Al volo. Perché qua non si può sbagliare, agente.

(Io non sbaglierò, mai piú). Mi saluta con un'occhiata ruvida e infila la porta. Prima di andargli dietro, Reja scuote la testa e alza le sopracciglia, dispiaciuto.

Guardo la tesserina plastificata con la banda magnetica. Il numero sarà fasullo, oppure intestato a «persona deceduta». Anche con questa, ricoverarlo in un ospedale non è una passeggiata, se prima non vai a parlare con il collega del posto di polizia. Nella foto, minuscola, sembra che Cocíss piú o meno continui a dormire. Non gli si vedono neanche le cicatrici.

– Bel lavoro, eh? Ora li togliamo anche all'originale, quei due sfregi.

Prima di capire davvero cosa intenda, rimango inchiodata dal nome che leggo sul documento.

«Russo Giovanni».

Certe volte anche l'efficienza dei colleghi può essere inquietante.

Durante il ritorno Cocíss si abbassa il cappuccio della felpa e guarda fuori come se ora Firenze gli suscitasse un qualche interesse. Cambia continuamente posizione, mi pianta pure le ginocchia nel sedile, ma sopporto, per evitare casini. Il silenzio nell'auto è come quello del bosco stamattina. Una temporanea sospensione delle attività non strettamente necessarie alla pura sopravvivenza. Sbagliamo un incrocio e finiamo in una via stretta, tutta vetrine di scarpe, osterie con le seggiole impagliate e internet point. Piena Ztl con telecamere.

– Sai che me ne fotte, – è il commento di Morano.

Ogni tanto nel retrovisore guardo Salvo che studia il giovane bastardo come fosse uno scorpione saltato fuori da sotto un vaso. Quando sento un fischio modulato, mi pare strano che sia stato il collega.

E infatti. È stato Cocíss (che fa, prende confidenza?)

Da una fiumana di giapponesi con gli ombrellini da sole è sbucato nientemeno che D'Intrò. Ci attraversa la strada davanti, a non piú di cinque o sei metri. Passeggia insieme a una ragazza bionda, piú alta di lui, il sedere perfetto fasciato da jeans tenuti su a malapena dalle ossa sporgenti del bacino. Se proprio devo trovarle un difetto (e mi sembra che devo), direi che fra la vita e i fianchi non c'è un solo centimetro di differenza. Camicia rosa annodata sopra l'ombelico, sabot bianchi dal tacco filiforme (e chi vuoi che non si volti?)

– Cazzo hai tu da fischiare? – ringhia Morano.

Cocíss se la ride. Rispetto a stamattina, è un altro. Il ghigno gli basta per far capire ai miei colleghi che loro se la sognano, una cosí. Con un'occhiata suggerisco a Morano che non è il caso di fare i duri.

– Si può avere una sigaretta? – chiede Cocíss, ma le domande non sono il suo forte. Ha una voce indolente, di gola, fastidiosa come il rumore del vetro che si graffia.

Morano si toglie il pacchetto dal taschino della camicia, controlla quante ne sono rimaste e glielo lancia, come se lo buttasse via. Cocíss se lo vede atterrare sul petto e la cosa non gli va a genio. Salvo gli mette una mano sulla spalla e gli fa cenno di starsene muto.

– L'accendino è dentro, – borbotta Morano. – Quello lo rivoglio.

Lo accompagno a fumare l'ultima sigaretta di Morano nel giardino del mandorlo e della buganvillea. C'è un tramonto lungo, rosa come alcol denaturato, senza un filo di vento. Le rondini ci gridano sopra la testa e Cocíss non fa altro che tirare su con il naso, a scatti.

Io mi siedo su un paio di lastre di marmo che immagino vengano da un vecchio camposanto. Lui cammina avanti e indietro. Alla fine s'è tenuto anche l'accendino.

– Com'è che ti chiami? – mi chiede, ma guarda il muro.

– Te l'ho già detto.

Solleva le spalle. Traduzione: mi sta dimostrando un minimo sindacale di gentilezza e, se non voglio dirglielo, a lui non frega proprio nulla.

– Rosa, – faccio.

Guarda ancora il muro.

– Bel nome, – annuisce con il capo, un paio di volte, come a dovermi convincere che dice proprio sul serio. – E il pezzo *dimmerda* che guidava, invece, com'è che si chiama?

Tiro fuori la sua nuova carta d'identità.

– Non è un problema tuo. Guarda, qua c'è scritto come ti chiami tu, d'ora in poi.

Si volta ma non fa neanche il gesto di avvicinarsi per prenderla. Mi lascia come una scema con il braccio sospeso, poi me la strappa dalle dita. Se la spinge in tasca e soffia il fumo verso il cielo.

– Dimmi come mi chiamo.

– C'è scritto lí sopra.

– Non ci si vede niente, qui.

– Prova a toglierti gli occhiali.

– Me lo dici o no? – si impunta. (Ma che vuole questo? Ho già preso un cazziatone, per lui).

– Cambia tono. Immediatamente.

Succhia forte la sigaretta, gesticola come per aiutarsi a ragionare, poi mi torna incontro. Butta fuori fumo con una specie di inevitabile fastidio.

– Io tengo fame, – dice.

– Viene padre Jacopo a portarti la cena, nella tua stanza. Ti lascio con lui e vi fate una bella chiacchierata. Domattina ti presenta a tutti gli altri. Qua rimani non piú di una settimana, credo. Ma finché ci stai, tu rispetti le regole che rispettano tutti gli altri. Non voglio casini.

Allarga le braccia.

– Guarda che io ho parlato con il dottore D'Intrò, tu devi stare tranquilla. Io faccio quello che mi dite.

Gli ho dato la parola, al dottore. Il dottore D'Intrò è uno a posto, con lui ci capiamo.

La prova decisiva che il commissario capo è uno giusto, uno di cui fidarsi, immagino sia stata la strafica bionda con cui l'abbiamo visto andare per i negozi di Firenze.

– Allora cerca di capire che il programma di protezione non è ancora stato approvato, neppure quello provvisorio. Stai appeso a un filo. Fammi una cazzata, una sola, io la scrivo nel rapporto e ti ritrovi con il culo per terra.

Spero che almeno le ultime parole gli risultino chiare, ma mi accorgo che si è distratto. Faccio per alzarmi e lui allunga un piede. Porto la mano al mio zaino. Reazione istintiva.

Sotto la sua scarpa dorata sbuca un piccolo sasso appuntito dello stesso colore dell'erba. Solo che si muove. Cocíss si china e spegne la sigaretta sulla testa della lucertola.

Poi la lascia andare e la osserva contorcersi impazzita e fumante, fra i sassi e l'erba.

– Guarda come salta, – commenta.

Gli chiedo se prima di cenare vuol farsi una doccia.

Ha una strana reazione. Mi aspetterei che s'infastidisse, invece mi sembra addirittura allarmato. Entriamo nella sua stanza e lui solleva subito il borsone da terra, lo rovescia sul letto e fruga fra sacchetti e buste del supermercato di diverso colore.

Io mi assicuro che non si possa chiudere a chiave in bagno, poi gli indico la porta aperta e lui ci si infila in fretta, tenendosi al petto una piccola sacca di tela grigia con una cordicella.

– Fermo lí, – dico. – Questa la lasci a me.

Gliela faccio vuotare nel lavandino. Shampoo, bustine di balsamo, bagnoschiuma, una lozione rinforzante, un gel idratante per pelli secche, una gommina per capelli. Però.

Per la prima volta si toglie gli occhiali e mi osserva. Scocciato. Intorno alle capocchie di spillo delle pupille ha una corona di azzurro forte, chimico, come la fiamma del gas. Sotto gli occhi, le due cicatrici gli hanno rattrappito la pelle in un nido inestricabile di pieghe. Da quei due tagli gli sono colati via con il sangue vent'anni di vita. Quelli che ha già quasi vissuto, o quelli che potrebbe non vivere, non saprei (ma tanto è solo uno dei miei film).

– Posso farmi 'sta doccia?

Chiudo la porta, sfilo la cordicella dalla busta e mi sincero che la tela lasci passare l'aria. Poi vado nella stanza di Cocíss ed elimino tutti i sacchetti di plastica (non posso piú sbagliare).

Padre Jacopo arriva con un vassoio di formaggi e salumi. In un sacchetto di carta ci sono dei panini, il bicchiere, le posate di plastica e i tovaglioli. Controllo tutto, divido la pasticca e sciolgo le vitamine in un bicchiere d'acqua.

– Come sta? – mi chiede padre Jacopo.

– Meglio. Diamogli solo buste di tela o di carta, okay?

Il prete annuisce, poi si siede. È stanco, di quella stanchezza umile che si vede solo nelle madri di famiglie numerose. Si toglie gli occhiali e io gli dico che sono arrivati i documenti.

– Starà qui una settimana al massimo, – aggiungo, come una rassicurazione. Per lui e per me.

– Dovrà rispettare le regole della nostra comunità.

– Gli ho parlato chiaro.

Quando Cocíss rientra, con tutta la sua roba avvolta nei vestiti sporchi, addosso ha solo gli occhiali da sole e un paio di pantaloni blu, l'elastico grigio delle mutande in bella vista. Ha il culo basso, le spalle muscolose e il torace incassato. Si volta verso il prete, starnutisce, butta tutto sul letto e poi si lamenta che senza sacchetti è un casino e non trova piú niente. Ve-

do che ha dei lividi verdi e giallastri sui fianchi, appena sotto le costole e sul petto completamente depilato.
Padre Jacopo e io ci guardiamo senza dire niente.

– Padre Jacopo è il capo, qua, – faccio io. – Non è
che si offende, se lo saluti.

Cocíss si infila una maglietta gialla aderente, con un
cinque rosso stampato sul petto.

– Buonasera, capo, – fa lui, con la gentilezza auto-
matica di un animatore turistico.

– Ciao. Io sono Jacopo.

– Lui è Giovanni, – gioco d'anticipo io. Figuriamoci se questo s'è dato la pena di leggere il suo nome.

Cocíss si volta verso di me e per un attimo accende
i fornelli che ha al posto degli occhi. Padre Jacopo si alza, rimette la sedia sotto il tavolo, poi si avvicina al giovane bastardo e gli porge la mano. Le dita lunghe sembrano rami senza foglie.

– Che sai fare? – gli domanda.

– Io? – se la ride. – Dipende.

Il prete aspetta ancora, con la mano tesa.

– So fare quello che mi va di fare, – conclude Cocíss,
poi gli volta le spalle e si mette a riordinare il suo borsone. Senza i sacchetti, insiste, non ci capisce piú un
cazzo.

Non sono piú la bambina elettrica. Non ho superpoteri.

E per fortuna a trent'anni ho superato la fase in cui
ero irresistibilmente attratta dai casi umani piú disperati. Sono entrata nella maturità. Che è la fase in cui
sono io ad attrarre irresistibilmente i casi umani piú
disperati.

Al momento però non posso davvero passare le mie
notti a ricaricare le pile di qualche quarantenne alla
deriva. Pensavo che Antonello l'avesse capito, dato
che è senza dubbio il piú intelligente dei miei attuali
spasimanti.

E invece mi manda questo messaggio:

«Mai stato l'architetto del mio destino. Vorrei esserlo del tuo».

(Ma andiamo). Ci siamo conosciuti un anno fa e abbiamo passato insieme alcuni week-end lontano da tutto e da tutti, principalmente dalle nostre vite. – Non
chiedermi niente, – mi ha detto, giocherellando con
una fede d'oro bianco sottile, alla francese. Lui non s'è
mai sfilato la fede e io ho osservato la consegna, per cosí dire. Facevo ancora il turno di notte alla stradale di
Casale Monferrato, prendevo treni impossibili, che
sbucavano dalla nebbia alle cinque del mattino facendo volare via i corvi dalle rotaie. Per piacergli ho rico-
minciato a prendermi cura di me. Piacere a lui è stato
ricominciare a piacere anche a me stessa e non gliene
sarò mai abbastanza grata. Non m'importava che fosse sposato, anzi, per come stavo io in quel periodo era
garanzia di impegno limitato: io non gli chiedevo niente, è stato lui a cominciare a raccontarmi tutto. Ero disposta a pagare prezzi molto alti per i nostri splendidi
week-end e per la sua galanteria fuori dalle righe. Mettermi in autostrada dopo il turno di volante dall'una
alle sette di un normale sabato notte di delirio collet-
tivo, per esempio. La sua faccia imbarazzata ogni volta che lo chiamava sua moglie, e anche la cistite da luna di miele che è tornata a visitarmi in questi giorni.
Ma non ero disposta a diventare il suo muro del pian-
to. No grazie, scusa tanto, no. Ho avuto l'impressione
che prima di venire a letto con me lui avesse fatto di
tutto per capirmi, ora che era successo, toccava a me
capire lui, il suo matrimonio disastrato, il suo triste pe-
regrinare fra giovani ganze senza charme. – Pensi proprio che sia necessario? – gli ho chiesto un giorno. –
Non chiedermi niente, – mi ha risposto.

Da quel giorno ci frequentiamo solo via sms. Decido di buttarla sul filosofico, senza valutare se la cosa lo
demoralizzerà o lo attizzerà ancora di piú:

«E se io non avessi un destino?»

Sono le sette, ho giusto un'ora per prendermi cura

di me. Quindi mi porto il cellulare in bagno, anche perché sono curiosa di vedere cosa mi risponde.

E dopo quanto, soprattutto.

Il programma della mia serata prevede una cena fra amici, in un cosiddetto «agriturismo olistico» sulla provinciale che dalla costa porta verso Volterra. Passare dai miei è di strada, per fortuna. Mia madre mi apre avvolta in uno scialle rosa, truccata e fresca di messinpiega.

– Come siamo belle, – faccio io.

Lei mi bacia ma non sorride. Non dice niente ma capisco subito il perché. Mio padre sta urlando dalla scala del seminterrato che non se ne vada, che non lo lasci solo. Che arriveranno e tireranno giú la casa.

Lei alza le braccia e prende un fazzoletto dalla borsa di finto coccodrillo blu. Piccola, ma decisamente vistosa.

Sulla porta del seminterrato c'è un foglio appiccicato con un pezzo di nastro isolante. Le righe sono fitte e arrivano fino al bordo. È una specie di denuncia sconclusionata, indirizzata a un non meglio precisato «vostro onore». Mi torna in mente che mio padre non si perdeva una sola puntata di *Perry Mason*. Gli dispiaceva che non lo guardassi assieme a lui, ma per me era troppo noioso. E andavo in cucina a vedere i cartoni e i videoclip.

Leggo solo le prime parole, poi la porta si apre. Mio padre ha una tuta da ginnastica blu, i sandali con i calzini, è pallido e spettinato. Quando mi abbraccia sento che ha un alito terrificante.

– Tu non mi abbandoni, vero? Tu che sei nella polizia, tu li arresterai, vero?

– La solita commedia, ogni volta che esco a distrarmi mezz'ora! Per tutto il giorno se ne sta rinchiuso in quel buco, fa come se non esistessi!

Mia madre urla, le mani sui fianchi davanti all'attaccapanni.

– Tua madre ha perso il cervello, Rosa, – commenta lui.

– Tu, me lo fai perdere, tu!

– Non la ascoltare, Rosa. Se non ci fossi io, che faccio la guardia di notte, sarebbero già venuti a tirarci giú la casa.

Mia madre rimette lo scialle sull'attaccapanni, si toglie le scarpe e posa la borsetta. Si butta su una sedia e comincia a piangere.

– Piangi, brava. Se siamo alla rovina, è anche per colpa tua, – è il modo di mio padre per rincarare la dose. E per mandare a puttane il programma della mia serata.

Convinco mia madre a rifarsi il trucco e a uscire lo stesso. Apparecchio in cucina per me e mio padre, ma a patto che lui prima passi in bagno a darsi una sciacquata. La situazione si calma e intanto studio il frigo. Roast beef, purè e macedonia. Il pane è di ieri, ci arrangeremo con quello in cassetta.

Mio padre si becca l'ennesimo rimbrotto per il vizio di lisciarsi i capelli con le dita umide di saliva. Lo rispedisco in bagno con l'ordine di usare il pettine e intanto do una mano a mia madre per l'operazione piú difficile, infilare i piedi gonfi nelle scarpe.

Mi dice che con un gruppo di amiche ha cominciato a giocare a burraco. Mi basta un'occhiata, anche dal sotto in su, perché lei aggiunga:

– Non si gioca a soldi. Solo per passare un po' di tempo.

Mi chiede un parere sullo scialle. Grigio perla e rosa antico, griffato, abbastanza sobrio per i gusti di mia madre. Quindi le dico di sí, convinta. Mi aspetterei che mi raccontasse in quale negozio l'ha comprato e quanti ne ha fatti tirare fuori alla commessa prima di decidere, invece si alza in piedi e glissa. Deduco che è un tarocco da bancarella e torno in cucina, dove mio padre ha acceso la tele in attesa di essere servito.

– Ieri il direttore della banca era al telegiornale.

L'hanno intervistato, stava su una ruspa. Ha detto che lui tira giú cinque o sei case al giorno.

– Quante fette ti taglio? – gli chiedo, ma non mi risponde. Fissa lo schermo schiacciando i tasti del telecomando finché non trova un Tg.

Il coltello elettrico non va. Affetto a mano e vedo che la carne troppo cotta è venata di grasso.

– Fa schifo, – commenta mio padre. – Fa tutto schifo, quello che si mangia oggi. È tutta colpa delle banche.

Nel forno a microonde s'è bruciata la lampadina e il campanello del timer non suona piú. Cerco le posate nella lavastoviglie, ma è vuota e tutta velata di calcare, non la usano chissà da quanto. Sento mia madre che telefona a una sua amica per dire che ritarda solo dieci minuti, poi mio padre armeggia con il telecomando fino ad alzare il volume in modo dissennato.

– E abbassa! – grida mia madre quando si affaccia per salutarci, truccata di nuovo, dopo le lacrime.

Arrivo all'agriturismo olistico assai dopo mezzanotte, e solo perché è stato Maurizio a invitarmi e gli ho promesso per telefono che sarei passata in ogni caso, anche tardi.

Ma ormai è piú che tardi. Ci sono rimasti solo Maurizio e i due proprietari. Strana coppia, direi. Lei si chiama Birgit ed è belga, quasi quarantenne, si è licenziata l'anno scorso dalla Lufthansa dopo quindici anni come hostess. Lui ha dieci anni di meno, è di Brescia ma si è laureato in Fisica a Pisa e poi non se n'è piú andato. Lavora al Cnr, in un progetto tanto importante quanto micidiale per qualsiasi conversazione, assicura.

– Un acceleratore di particelle, – spiega Maurizio, ma con l'aria di chi non ne sa molto di piú. – Una cosa enorme per sparare a tutta velocità un miliardesimo di un granello di polvere.

– Parliamo d'altro, – fa Cristiano.

In autunno faranno qualche lavoro di ristrutturazione, daranno il via a qualche altra coltivazione biologi-

ca. Mentre Cristiano parla di finanziamenti regionali
ed europei, Maurizio rolla una canna con la pazienza
di un cesellatore. Le sue mani mi ricordano quelle di
padre Jacopo, ma si muovono sempre come se accarez-
zassero il dorso di un gatto.

La canna fa il giro completo prima di arrivare a me,
dandomi il tempo di rollarmi nella paranoia (e se mi
fanno delle analisi? ma perché poi dovrebbero poi farmi delle analisi? ma chi se ne frega, un tiro mi rilassa).
Mi viene da tossire, e Maurizio mi guarda divertito.
Saranno quasi dieci anni che non fumo uno spinello. E
tantomeno dovrei farlo ora, che lavoro in polizia.

Prima che la paranoia mi risucchi ancora di piú, metto i piedi nudi sull'erba fresca e morbida. Direi che
mancano solo le lucciole, ma forse è ancora presto.
Quando mio padre si inventò l'azienda agricola biolo-
gica che lo ha mandato in rovina, io ero ancora convinta di avere i superpoteri e di lucciole (vere, non quelle
finte dei miei maglioni) ce n'erano ancora tantissime.
Quello che mancava erano i fondi europei.

Torno a casa che sono le tre.

Antonello non ha riposto al mio messaggio. Magari
era a cena con la moglie.

Come al solito il mio vicino, nonché padrone di casa, ha parcheggiato il suv nero in modo da obbligarmi a
strisciare lungo la siepe per arrivare alla porta. Ma devo sopportare, mi ha affittato la mansarda ristrutturata
per due lire. Nel centro di un borgo medievale potrebbe fare palate di soldi con le camere per gli stranieri.

In realtà ha solo pensato che, non si sa mai, farsi una
conoscenza in polizia, ancorché donna, può tornare
sempre utile.

Già la sveglia? Non è possibile.
(Non è la sveglia). E allora cos'è?
Il telefono.
Lo prendo da terra senza neppure accendere la luce.

Ma non è il cellulare di servizio, è il telefono fisso.

Per arrivare alla cornetta devo allungarmi dalla parte opposta del letto, quella che rimane sempre liscia, perché io dormo da una parte e poi non mi muovo granché.

Provo ad accendere l'abat-jour, ma la lampadina è fulminata da non so quanto.

– Pronto, polizia? – mi sussurra una voce nervosa.

– Cosa?

– Dovete intervenire! Questa volta hanno le ruspe. Si sono messi anche il casco giallo, ma io li ho riconosciuti. Ci sono il notaio Gambini, il direttore della banca e l'avvocato Guerra. Sono qui fuori. Stanno per entrare in giardino, poi mi demoliscono la casa. Io ce l'ho il fucile, se mi date il permesso io sparo. Che faccio, sparo?

Aspetta anche che gli risponda.

– Io vi avverto, non voglio ammazzare nessuno, ma questi vogliono buttarmi giú la casa. O venite ad arrestarli voi o io sparo. Mi sentite? Pronto, polizia?

Guardo la sveglia. Le cinque e dieci. Chiudo gli occhi e provo a darmi un tono.

– Ti sento. Ma questa non è la polizia.

– Come no?

– Sono Rosa.

Si prende una pausa, sento che respira forte nella cornetta.

– E perché, scusa, tu dove lavori?

– Torna a letto, papà. Per favore.

Arrivo all'abbazia di Spaccavento poco prima delle sei.

A Firenze ho pranzato su un angolo di scrivania con una fetta di crostata di lamponi. C'erano trentasei gradi, e io sono uno straccio, da strizzare. Il deodorante ha esalato l'ultimo respiro nel bagno dell'autogrill e non vedo l'ora di infilarmi sotto la doccia.

Per telefono padre Jacopo mi ha raccontato che Russo Giovanni, cioè la bestia Mastronero Daniele, con-

tronome Cocíss, oggi ha addirittura dato una mano a
stivare la legna. Un quarto d'ora, non di piú, poi si è
rimesso a fumare, seduto sulla solita panchina del giardino. Non riesce a rispettare gli orari, neppure quello
dei pasti. Neanche lasciandolo a digiuno se si presenta
in ritardo in sala da pranzo. Cocíss non protesta, mangia quello che è rimasto e se ne torna a farsi i fatti suoi.
Ogni tanto lo vedono fare flessioni e addominali. La
notte spesso rimane sveglio, nel salottino della Tv, da
solo, al buio. Con gli operatori è taciturno, con gli altri ospiti scambia appena qualche sigaretta. La Tv non
lo interessa. Ieri è rimasto tutta la sera a guardare le ragazze romene che improvvisavano una specie di danza
popolare. Nessuno in comunità si azzarda a chiedergli
perché porti sempre gli occhiali scuri e in realtà nessuno sembra veramente stupirsene piú di tanto. Pensano
a una malattia. O a semplice carisma.

Anch'io sono alle prese con le mie personali *bottigliette*. Prima di entrare a Spaccavento finisco la terza.
Ancora una e anche oggi ho raggiunto quota due litri
d'acqua.

Aspetto di parlare con padre Jacopo in un salone che
ricorda la hall di una pensione di montagna degli anni
Cinquanta. Dal giardino arrivano degli schiamazzi.
Provo ad affacciarmi ma chiudo subito gli occhi. Una
botta di fuoco bianco mi ricorda che da tre notti non
dormo un numero decente di ore filate.

Con gli occhiali scuri scopro che c'è una partita di
pallone in corso. Secchi di metallo come pali e squadre
miste. Il tipo con la felpa rossa l'hanno messo in porta
insieme al cane. Joséphine dà spettacolo, un'altra ragazzina se la cava niente male e un giovanotto con le
gambe ad arco riesce a togliere il pallone a chiunque gli
passi accanto. Gli altri, tutti dietro, a spingersi e a urlare. Ogni tanto qualcuno ci si butta sopra a corpo morto o lo prende con le mani, e la partita si interrompe.
Non lo riconosco subito perché s'è messo la magliet-

ta gialla in testa. È rapido di riflessi, ma non tanto agi-
le. Il busto è rigido, le braccia le tiene larghe come le
zampe di un bulldog. Quando gli arriva il pallone, non
lo passa mai e finisce sempre per inciamparci o calciar-
lo troppo forte, troppo lontano.

Cocíss gioca senza occhiali da sole. Ho l'impressione che, nel casino generale, tutti si guardino bene dal
dargli anche solo una piccola spinta.

Si butta sul letto con le mani in tasca.

– Dobbiamo parlare. Ma prima datti almeno un'a-
sciugata.

Si toglie gli occhiali, mi guarda storto, poi si strofi-
na la faccia e i capelli con una maglietta bianca. In un
impeto di paranoia, mi domando se qualche ospite della comunità possa sapere che il capozona della 167 porta due segni inconfondibili sotto gli occhi. La sua foto
sui giornali non c'è. Solo Fedele Scurante, reggente del-
l'omonimo clan mentre il padre Sergio aspetta di morire per un cancro alla prostata, ha avuto il privilegio
di essere ritratto in canottiera, mentre lo fanno uscire
dalla porticina di vetro blindato di un labirinto di re-
trocortili.

– Di che?

Prendo la sedia e mi accomodo con le braccia sulla
spalliera.

– Quei due segni che hai in faccia.

Muove appena il mento. I ciuffi di capelli sudati sugli zigomi sono neri e sottili come zampe di ragno.

– E allora?

– Quelle cicatrici vanno tolte.

– Ma tu sei pazza.

– Ti facciamo operare. Entro una settimana al massimo.

– Ma fatti operare tu, che è meglio, – mi squadra,
strafottente.

– Il punto, – continuo, – è che puoi essere riconosciuto.

Mi indica la porta senza alzarsi dal letto, con il gesto di uno abituato a comandare.

– Vuoi andartene, per cortesia?

– E questo è un pericolo.

– E che m'importa? – urla (no, cosí non va bene). – Vattene!

Mi alzo e scaglio la sedia contro il muro. Per istinto, Cocíss si aspetta un attacco, scatta a sedere ma si azzittisce. Guadagno dieci secondi della sua attenzione. Non di piú.

– Ti faccio solo una domanda.

– Ora scrivi pure che la sedia l'ho scassata io, eh?

– Lascia perdere la sedia. Ti sei mai chiesto per caso quanto vali?

– Ma che vuoi, da me?

– Fai due conti. Quanto costa uno che ti viene a sparare?

Si mette una mano alla cerniera dei pantaloni.

– Io dico che forse bastano anche 1000 euro, per ammazzare uno come te. Al massimo 1500.

– E a te, quanto ti pagano?

– Piú o meno lo stesso. Solo che, *a me,* mi pagano per *non* farti ammazzare. Ma come vedi, la cifra è quella.

Si ributta indietro, si infila le mani fra i capelli della nuca.

– Guadagni 1500 euro. Al mese?

Fa un bel fischio e si mette a ridere (mi sta solo provocando). Il petto e il pomo d'Adamo gli sussultano proprio come a uno che non riesce a trattenersi (non mi sta provocando, ride sul serio).

– Se mi fai un bocchino te ne do duemila. Mi piacerebbe proprio, un bocchino da una poliziotta.

Mi volto, ma mi fermo sulla porta. No, non può finire cosí.

– Ti ringrazio, ma sarebbe la prima volta che faccio un bocchino a un morto che cammina. E, sinceramente, l'idea mi fa schifo.

Padre Jacopo si ferma davanti alla porta con il numero quattro e mi fa cenno di entrare.

– Queste erano le celle dei monaci. In quelle di là ci stanno ancora frate Jacques e i suoi.

Entriamo in una specie di miniappartamento di tre stanze con un piccolo giardino. È quasi il doppio della mansarda in cui vivo io.

– Noi invece abbiamo fatto le camere nelle celle dei conversi e queste le abbiamo trasformate tutti in laboratori, – fa il prete, piuttosto orgoglioso.

Ci sono un paio di cavalletti e sui tavoli di compensato grezzo sono sparse valanghe di pennelli, carboncini e matite. L'odore grasso è quello delle tempere a olio. Su grandi fogli quadrati verdi sono stampate impronte di mani blu e piedi rossi, stelle sghembe orlate di brillantini dorati, nomi e frasi in francese, portoghese, rumeno.

Passiamo nella cella accanto e il prete mi indica una ragazzina che lavora con filo e pinzette davanti a un tavolone inclinato, diviso a scomparti. Ogni scomparto è pieno di perline colorate, *rocailles*, tubicini a baguette dorati o argentati. Lui prosegue nel laboratorio attiguo e ci lascia sole.

Mi avvicino e la ragazzina mi guarda appena. Gabriela è ossuta, ha delle sopracciglia lunghissime e filiformi. Nonostante il trucco smalizito, si vede che non arriva a diciotto anni. Ha i capelli ramati, lisci e freschi di shampoo, e un seno orgoglioso, prorompente, che per un attimo le invidio, prima di immaginarmi tutte le rispettabili mani che gliel'hanno palpato, magari mentre lei guardava il buio fuori del finestrino, il fazzoletto di carta per pulirsi già pronto.

– Sei la sorella di Giovanni?

Il sí non mi esce per niente spontaneo. Spero che non se ne sia accorta.

– Non vi somigliate.

Potrebbe essersene accorta. Comunque sono contenta che l'abbia notato.

– In effetti no, è vero.

– Alla mia amica piace Giovanni, ma lui non parla mai.

– Mio fratello sta passando un brutto periodo. Jacopo mi ha detto che puoi aiutarmi a trovare un posto dove portarlo.

– Per l'operazione?

– Sí, – dico, e spero che il prete non si sia scoperto piú di tanto.

Strappa il foglio e comincia a scrivere qualcosa. Ha una grafia da scuola elementare, stacca la punta della penna fra una lettera l'altra. Porta a termine una parola impronunciabile, ripiega il foglio e lo fa scivolare verso di me.

– Non è in Italia, – mi dice. – Slovenia, dopo il confine, subito.

Guardo il foglio. Accanto al nome del posto, c'è un cognome italiano, forse non scritto correttamente. Corsinni.

– È il nome del dottore. Lui è italiano. Parla con lui.

– È un tipo in gamba? – mi informo.

Lei arriccia le labbra. Ha un rossetto viola pallido che starebbe meglio su un incarnato piú scuro.

– Non si vede piú niente, dopo. Come prima. E poi lui fa pagare poco. A mia amica ha fatto anche sconto. Capisci?

Alza le sopracciglia.

– Capisco, – faccio, ma i soldi non sono il problema, nel nostro caso.

– Per noi questo è buono. Delle volte uno ti compra, e quello che vende fa lo sconto perché hai un difetto, no?, tipo un segno, una cicatrice. Ma se non fa questo, devi pagare da sola l'operazione.

– Cioè?

Mi guarda come se avesse di fronte una bambina a cui bisogna spiegare proprio tutto.

– Operazione, viaggio e tutto, te li anticipa il padrone, ma poi devi ripagarlo. Paghi con il lavoro che fai

dopo. Mese dopo mese. E allora uno sconto va bene,
meglio, no?

Metto via il foglio e la ringrazio. Mi fermo a guardare i fiori, le foglie e gli alberi bonsai fatti di filo e
perline.

– Che belli. Li hai fatti tu, questi?

– No, Joséphine. Io non so ancora fare bene, – risponde, e sembra quasi offesa. Il mio complimento ha
sbagliato bersaglio e lei torna a tirare il filo di nylon ancora prima che sia uscita dalla stanza.

Prima di andare al lavoro passo a lasciare l'assegno
per l'affitto.

Nel giardino il suv non c'è, infatti trovo in casa solo la moglie. Ha l'aria di essersi appena svegliata o di
non aver dormito affatto. Anch'io non sono molto in
forma. Ho lavorato fino alle due per scrivere il rapporto di servizio sul «soggetto sottoposto a urgenti misure provvisorie di tutela». Dovessi riprendere in mano
la mia tesi per laurearmi, ci metterei un mese, a scrivere una pagina.

La donna mi scarabocchia una ricevuta. In casa non
sento odori di mattina, non sento il tipico miscuglio di
lenzuola stropicciate, caffè e dentifricio. Lei ha un golfino di cotone rosa confetto, con le maniche lunghe ti-
rate fino ai polsi, e dei pantaloncini da ciclista neri. Qua-
rant'anni passati, ma si tiene molto. Non oso pensare come sarò io, fra dieci anni, se non riprendo a occuparmi
di me. Ma nel lavoro ci sono periodi duri, di assestamen-
to. E in fondo il trasferimento al Nucleo operativo di
protezione mi ha permesso di avvicinarmi a casa. Un altro inverno a Casale Monferrato mi avrebbe ucciso.

– Lei...

– Diamoci del tu, – faccio io. Lo stomaco mi gorgoglia perché ho deciso che colazione la faccio al bar:
quando mi sono alzata dal letto non avevo voglia neppure di aprire la moka. Magari mi chiede se mi va un
caffè, penso, e invece continua:

– Ma tu non ti vesti mai da poliziotta?

– Dipende.

– No, perché... è strano che, insomma, non ti vedo mai con la divisa.

– A esser sincera, guarda, non dona granché.

Io sorrido, lei per niente. Si china per raccogliere una coperta di cotone, di quelle a nido di vespa, e la ripiega con cura prima di appoggiarla sul divano. Mi ringrazia per l'assegno che se ne sta piegato a V, sul tavolo sgombro, e sembra molto preoccupata che le maniche del golfino non salgano troppo verso i gomiti.

(In questo borgo, la notte, c'è una quiete soffocante).

Il caffè lo prendo con Reja, sulla terrazza dell'aeroporto. È in completo grigio chiaro con una polo nera, sta aspettando l'imbarco per Francoforte e il suo telefonino non se ne sta mai zitto. Gli consegno il rapporto, ma lui fa le solite grinze intorno alla bocca e alza il mento prima di sbranare il fagotto alla crema (traduzione: un riassunto veloce).

– Si sta ambientando e non mi sembra avere intenzione di fare casini.

– Quanto tempo lo segui, al giorno?

– Un paio d'ore, mattina e pomeriggio.

– E se lo piazziamo da solo, secondo te?

Inutile che cerchi di arrotondare le parole. So di avere già fatto una smorfia che Reja ha sicuramente colto nel riflesso della vetrata, facendo finta di guardare un DC9 in atterraggio. Io vuoto un'altra bustina di zucchero nel cappuccino (Reja invece ne ha messa una sola, e di quello dietetico).

– O sta chiuso in casa, o questo si fa riconoscere appena apre bocca. Pare un boss nato, sa solo comandare. Ma il problema è che ha pur sempre diciotto anni. E non credo che capisca fino in fondo la situazione.

Reja annuisce pulendosi la bocca (traduzione: di quello che capisce questo qua, a me importa zero).

– Per il momento non l'ho scritto nel rapporto, ma rifiuta l'idea dell'operazione.

– Ingrato. Con quel che ci costa. A proposito, abbiamo optato per la clinica in Slovenia.

– Perché? Costa meno?

– No, perché è la piú sicura e potremo fare tutto in nero. E poi, in quella di Roma lavora una giovane dottoressa nipote di Sergio Scurante, mentre nella Nuova Salibel c'è di mezzo al 41 per cento una finanziaria degli Iannotto. Sai chi sono?

Gli confesso di no.

– Sono i padroni del mercato dei posti barca nel porto turistico giú, a Baia Nerva. Stanno in ottimi rapporti con Saro Incantalupo, che invece gestisce tutti i locali dove vanno i cantanti, i calciatori o quelli che stanno fissi in Tv. Sembra che da quando è irreperibile glieli seguano loro, alcuni affari in Italia.

Un attacco d'ansia mi porta a balbettare una specie di giustificazione.

– No, tu non potevi trovare niente. Sono indagini in alto mare, perché le rogatorie in Svizzera o alle Cayman sono tutte bloccate. Senza riscontri, che vuoi, nessun magistrato rischia la pelle e la carriera con la prospettiva di fare solo una figura da imbecille invasato. Ma alla Dia li hanno ricostruiti, certi giri.

– E in Slovenia ce lo dobbiamo portare noi?

– Non lo so. Di sicuro non lo andremo a riprendere.

(Questa è una grande notizia).

– Dove andrà?

– Sembra in Friuli, perché al momento là c'è personale disponibile. Ma io ho espresso parere contrario, perché con il confine e i casinò lí vicino uno cosí fa presto a rientrare nel giro. Non sa fare un cazzo, è solo come un cane.

Reja alza la testa di scatto verso uno dei monitor appesi sopra il banco del bar.

– Gate 6. Devo andare.

Va a pagare e la commessa gli apre un gran sorriso.

Del resto Reja fa la sua figura. Diciamo che deve piacere il genere efficiente, sano e quadrato. Un po' prevedibile, ma sul lavoro mi sembra che non lasci niente al caso.

Quindi, se ora mi saluta ricordandomi di non perdere mai di vista la visione d'insieme, una ragione ce l'avrà.

Vuole la playstation e la televisione con lo schermo piatto. A seguire mi detta un elenco piuttosto preciso: tre magliette nere e due canottiere di cotone elasticizzato, due felpe ma senza cappuccio, una rossa e una bianca, con la cerniera e una scritta sopra, e che sia una scritta bella grande, insiste (cosa ci deve essere scritto, evidentemente, è un dettaglio per lui irrilevante). Prosegue facendomi vedere la marca che usa su un paio di mutande che ripesca da un mucchietto abbandonato in un angolo. Quella marca lí, mi spiega, anche se le trovo su una bancarella a pochi euro, non devo preoccuparmi perché sono in pratica uguali all'originale, la qualità è sempre ottima. Cinque paia nere, con l'elastico grigio, taglia quinta.

Non so cosa rispondere. Sono troppo concentrata a mantenere la calma. Questo mi sta parlando come a una serva, lo sta facendo di proposito, ma anche con un candore disarmante. Sa che devo provvedere alle sue esigenze, almeno per questi giorni. Questo qua è un predatore, ma per niente rudimentale.

Passa ai calzini: lui porta solo «quelli che non si vedono» e se li cambia due volte al giorno. Almeno quindici paia gli servono. Mi dice di non guardare le scritte, ma di cercare quelli con il marchio a due triangolini, ce li hanno quasi tutti i banchi dei cinesi. Per finire: balsamo rinforzante, shampoo al miele e schiuma da barba all'aloe vera.

– Ci sta il disegno della pianta, sopra, tipo la marijuana.

– So leggere, – preciso.

– Ah, tu sei una di quegli sbirri che hanno studiato?

(Non serve certo la laurea per fare la spesa a una testa di cazzo come te).

– Per il telefonino, voglio quello là nero, piatto, con doppio display. Hai capito, no?

Smetto di prendere appunti e lo guardo. Aspetto inutilmente che anche lui guardi me, allora poso penna e foglio. Un attimo fa ero incazzata, ora sono demoralizzata. Conto fino a dieci, guardo un attimo la parete, poi comincio.

– Primo: televisione e playstation ci sono, nella sala giú a piano terra.

– Quelle mica sono mie.

– Sono di tutti. Quindi anche tue.

– C'è sempre altra gente, ci stanno solo tre canali del cazzo. E poi lí ci giocano i tossici, i marocchini e le puttane, – si risente.

– E allora?

– Allora non voglio prendere malattie, a toccare la stessa roba. Io le voglio che sono mie, qui, nella mia stanza.

Faccio finta di non aver sentito e continuo per la mia strada. Come fa lui.

– Secondo: spiegami a chi devi telefonare.

Si solleva le lenti scure e mi fissa. Stranito. Gli occhi congestionati di uno che è appena uscito da una tempesta di sabbia. Immagino sia una specie di congiuntivite.

– Ora neanche il telefonino posso avere?

– Dimmi a chi devi telefonare e io ti trovo una soluzione.

– Fatti miei, va bene?

– Ma no che non va bene. I fatti tuoi non esistono piú.

– Oh, io ne tenevo cinque, prima, hai capito? Cinque! E ora, neanche uno?

– Fra un mese te ne puoi comprare anche dieci. Ma per ora tu dici *a me* a chi vuoi telefonare e perché. Qualsiasi telefonata può farti rintracciare. Hai letto il foglio che hai firmato, o no?

Sbuffa, si gratta la nuca e guarda fuori dalla finestra (traduzione: col cazzo che l'ha letto).

– Va bene, non telefono. Portamelo senza scheda. Però il modello che t'ho detto.

– E a che ti serve, allora?

– M'hai scassato. Ce l'hanno tutti, pure in carcere, e ce l'hanno tutti anche in questo posto *dimmerda*!

– Cambia tono.

(Il mio lavoro è proteggerlo, il mio lavoro è proteggerlo, proteggerlo).

– Anche le puttane negre, che cazzo, non ce lo devo avere io?

– Vuoi rispondermi o no? – (Anzi, peggio. Devo insegnargli a proteggersi da solo). – Con chi hai bisogno di parlare? Non mi rispondi? Allora ti faccio un'altra domanda, – ricomincio da capo, dato che il discorso di ieri era evidentemente troppo complesso.

– Ah, le domande... Me ne hanno fatte diecimila. Tanto è tutto uno schifo, questa faccenda. E tu lo devi dire, a chi ti comanda, che io non sono contento. Tu scrivi il rapporto, no? E allora scrivici pure che non va bene niente.

Non capisco a cosa si riferisca, ma decido sull'istante che le sue opinioni sul nostro operato non mi interessano.

– Io ti faccio una domanda sola, Cocíss, – gli dico, e pronuncio il suo contronome per la prima volta, alzandomi in piedi, i pollici nelle tasche dei jeans. Lui si toglie i capelli dalla fronte e si volta di scatto come se avessi detto una parola magica, qualcosa che spazza l'aria come una ventata.

– Be', non è cosí che ti chiamano?

Sembra sorpreso. Forse persino a disagio. Sia come sia, ho appena ottenuto cinque secondi della sua attenzione, e devo sfruttarli.

– Come mi chiamano, a te, non ti deve importare.

– D'accordo. Ma ora io ti faccio una domanda. Molto semplice.

– Sí, ma veloce. Io con voialtri meno ci parlo meglio sto.

– Veloce. Ma tu mi dici la verità?

Mi fissa e si batte sul petto con il pugno. Scandisce lentamente le sillabe rauche.

– Io, la verità, la dico sempre.

– Allora dilla anche a me.

Mi vado ad appoggiare con la schiena alla porta e sento scattare la serratura. – Tu vuoi morire, Cocíss?

– Lui non voleva morire. Me lo diceva tutti i giorni. «Lo so che ho l'Aids, ma non voglio morire lo stesso», mi diceva.

Joséphine piange con contegno, a occhi chiusi. Stritola il fazzoletto bianco fra le dita lunghissime. Oggi non porta nemmeno gli orecchini, solo un braccialetto di perline colorate.

Davanti a noi, una porta aperta a metà, e oltre quella due piedi giallastri, lisci e piccoli, che nemmeno sembrano di un uomo adulto. Sbucano da un lenzuolo macchiato di giallo scuro. La felpa rossa è ai piedi del letto. Mi ricorda la pelle di un animale scuoiato.

Poi qualcuno chiude la porta e sbatte fuori il piccolo cane pezzato, che però si siede subito accanto allo stipite. Comincia ad abbaiare, ma Joséphine gli lancia il fazzoletto.

– E stai buono, tu.

Per distrarla, chiedo a Joséphine se ha poi deciso di entrare nella squadra di calcio.

Scuote la testa.

– I documenti miei sono ancora un casino, – sentenzia. – Basta che qualcuno poi fa reclamo, capisci... E perdiamo la partita. Ma che mi frega poi, a me, di giocare con questi. Fra sei mesi faccio l'operazione e me ne vado via. Lontano.

La posa del polso è languida, quasi d'altri tempi. E

il posto lontano neanche Joséphine sa dove sia. L'importante è che porti fino in fondo il percorso di «adeguamento», come l'ha definito padre Jacopo l'altro giorno. A quanto pare, la clientela non trova attraenti i trans operati, e questo le dovrebbe impedire di ricadere nel giro.

– Come va *il* tuo fratello? – mi chiede.

Solito istante di spiazzamento.

– Meglio, grazie.

Joséphine mi squadra bene. Sta per dirmi che non ci somigliamo, lo so.

– Mi ha parlato tanto di te. Mi ha detto che se non ci avesse te, ora, sarebbe fottuto.

(E ci credo).

– Esagera sempre, – rispondo.

– Dice che sei una donna in gamba. Che gli dispiace non averlo capito, gli dispiace che *siete stati litigati* per tanto tempo.

(Ma pensa che attore). Vedo arrivare padre Jacopo dal fondo del corridoio. Cammina come un orso, i piedi divaricati, le scarpe grosse senza stringhe. Joséphine fa subito per alzarsi. Capisco che per qualche motivo non lo vuole incrociare.

– E comunque è carino, tuo fratello, sai? – mi fa, con un'occhiata di intesa che non mi piace. Vorrei poterle dirle di stargli alla larga e soprattutto perché. Poi mi sorride un po' di sbieco. – E anche tu sei carina. Perché non cambi taglio di capelli? Dovresti provare una scalatura e un colore piú brillante.

Devo essere al mio minimo storico, se un trans si permette di darmi lezioni di femminilità.

Padre Jacopo è davanti a una specie di piccolo tabellone di legno.

– Fino a trent'anni fa, i frati lo usavano ancora per assegnare i compiti. Guarda, basta spostare il nome nella casella del servizio di turno. Cucina, lavanderia, giardino, laboratorio... è semplice, no?

Il prete infila e sfila dei listelli di legno con dei nomi scritti a caratteri colorati. Monica, Dolores, Lucy, Vassilj, Ibrahim. *Giovanni*.

– Vedi, stamattina Giovanni doveva servire le colazioni, ne avevamo parlato e mi aveva detto che era d'accordo. Invece è rimasto tutta la notte nella sala della Tv, alle cinque è andato in dispensa, si è preso due pacchi di biscotti, ha anche spaccato uno sportello e s'è chiuso in camera a dormire. Vassilj ha dovuto fare tutto da solo e ora è piuttosto agitato.

– Meglio evitare che si incrocino, – dico.

– Sí. Io però ho un operatore in ferie e uno in malattia. Ti puoi trattenere tu?

– Nessun problema.

(E sí invece, mi ero appena decisa a prendere appuntamento dal parrucchiere).

Saliamo insieme. Su una specie di pianerottolo impestato di vecchie fotografie e disegni da libro di botanica sono sistemati due massicci divani di pelle sforacchiata e un grande televisore non proprio di ultima generazione. Le due ragazzine, quelle che ho visto sempre insieme, in cucina e in giardino, sono rannicchiate una vicina all'altra.

Una è Gabriela, quella che mi ha dato i riferimenti della clinica in Slovenia. Ha gli occhi umidi e un alone rosso fra il naso e le labbra. L'altra, piú robusta e con i denti sporgenti, oggi non ride come sempre, però la consola. Credo che si chiami Jana. Solo lei ci degna di uno sguardo, quasi di fastidio, come se stessimo spiando qualcosa che non deve interessarci. Padre Jacopo allunga il passo, io gli chiedo se piange per il tipo con la felpa rossa.

– In un certo senso, – mi risponde laconico.

(Traduzione: devo farmi i cazzi miei).

Cocíss si è appena svegliato. Controlla subito i calzini, le mutande e le magliette che gli ho comprato (ogni vero capo è un paranoico). Evito di fargli il predicozzo sul rispetto delle regole e mi propongo di andare dritta al mio obiettivo, portarlo fuori qualche ora. Mi sembra incredibile, ma mi precede.

– Mi sono scassato di questo posto. Voglio uscire.

– Possiamo fare due passi nella tenuta, se ti va.

Gli va, ma prima vuol farsi doccia e barba. Solito controllo alla sua roba e al bagno, poi torno lentamente verso il pianerottolo. Jana sta dando lo smalto sulle unghie dei piedi a Gabriela. Viola brillante, da vamp. Adesso sembrano piú rilassate.

Guardo l'orologio: le quattro. Spero di cavarmela in un paio d'ore al massimo e chiamo il parrucchiere per spostare l'appuntamento. Non posso presentarmi alla cena di stasera in queste condizioni.

Alla tele c'è un Tg. È come se l'odore di acetone, assieme al volume basso del televisore, mi distraesse dalle immagini che vedo. D'improvviso cerco un telecomando, ma poi mi avvicino e alzo il volume dal tasto sotto lo schermo. Le due ragazzine mi guardano male, e riabbasso. Mi siedo su un bracciolo e riconosco i capelli bianchi e le sopracciglia marcate dell'uomo seduto alla scrivania, davanti a tre colleghi in piedi, con le pettorine blu della Dia. Come di rito, c'è almeno un'agente donna, carina. Dopo il commissario capo D'Intrò, il primo piano è tutto per lei.

L'operazione Antigone 2 è scattata fra le tre e le quattro di stanotte. Piú di duecento gli uomini delle forze dell'ordine impegnati, venti mezzi e due elicotteri. In un cantiere dismesso nell'ex area industriale dell'Irca di Navastro, periferia nord della città, era in corso un summit di elementi di spicco del clan Incantalupo. Ventinove gli arresti in tutto, che si vanno ad assommare ai sessantadue effettuati la settimana scorsa nella 167...

Staccano sul vicequestore Lozzola. Parla di operazione chirurgica, dice che nessuno degli arrestati ha opposto resistenza e spiega che è stato possibile procedere al blitz in quanto i «soggetti in questione» si erano allontanati momentaneamente dai loro fortini nei quartieri che controllano, spartendosi quasi ogni isolato.

A seguire interviene una donna riccioluta, con gli occhiali tondi e un brutto tailleur verde bottiglia, che spiega come non si possa parlare di un vero e proprio clan Incantalupo, ma piuttosto di una galassia di microcosche talvolta persino in competizione fra loro. Una frammentazione in parte voluta, in parte causata dalla lontananza del boss Saro Incantalupo, latitante da piú di dieci anni. Anche se non passa un sottopancia con il nome, immagino sia il magistrato titolare dell'inchiesta.

Fine del servizio. Mi volto e vedo Cocíss avanzare dal fondo del corridoio. Passo rilassato, spalle toste, mastica una gomma. Jana fa scivolare verso di lui un'occhiata tutt'altro che innocente. Gabriela invece guarda me, non so se con un filo di complicità o se addirittura di ammirazione. Per loro, la belva della 167 è un tipo giusto, e soprattutto è mio fratello.

A me torna in mente il silenzio del bosco dopo il decollo dell'elicottero. Rivedo i lividi gialli e verdastri sul torso depilato del capozona Mastronero Daniele, detto Cocíss. Mi faccio delle domande che so di dover tenere per me. Anzi, so che non dovrei neppure farmele.

Scendiamo al piano di sotto, io uno scalino dietro di lui, senza dire una parola.

Davanti alla porta chiusa della stanza di Oscar, Cocíss si ferma d'improvviso. Il cane ha smesso di abbaiare ma è ancora lí, a fissare la maniglia, la coda immobile. Lui si abbassa sulle ginocchia, gli prende fra le mani il muso e poi si carica il bastardino in braccio. Entra nella stanza senza bussare ed esce dopo due secondi, aggancia il guinzaglio al collare e lascia cadere per terra il cane, che si rimette in equilibrio sulle zampe tozze con un guaito.

Alle spalle dell'abbazia, salendo verso la cima dell'altura, c'è una macchia di grandi robinie, senza sottobosco. Le robinie hanno radici forti e profonde, tengono la terra e impediscono le frane. Sono state il rimedio naturale alle unghiate del demonio che stavano facendo il vuoto intorno all'abbazia. E da qui sopra Spaccavento sembra davvero un avamposto senza senso, un promontorio in acque troppo trasparenti.

Il sentiero riappare quando entriamo in un castagneto. Cocíss e il cane mi precedono di qualche metro. Le edere fra i tronchi sembrano velature stracciate. Fino a poco fa si sentiva l'eco di un trattore, ora siamo nel silenzio. Il sole s'è come appiattito nella foschia della pianura e sopra di noi sono rimasti solo piccoli buchi di cielo.

Camminiamo in salita da una mezz'ora e Cocíss non sembra per niente stanco. Ma a un certo punto si ferma, si siede su un sasso e si accende una sigaretta, con l'aria scocciata.

– Sei stanca? Guarda che io voglio arrivare fino in cima, – bofonchia. Il cane ci gironzola intorno annusando la traccia notturna di qualche animale.

Cocíss mi squadra un attimo, come a capire a che punto sto con l'affanno, e si rimette in piedi. Tanto sa che posso solo andargli dietro. Per fortuna il sentiero torna in piano e accelero il passo. Saltiamo fra strisciate di sterco di cavallo, arriviamo davanti a un cancello di tronchi scortecciati. È il confine dei possedimenti dell'abbazia.

– Che vuol dire questa roba?

– Vuol dire che ora torniamo indietro.

Da come si avvicina al cancello capisco che sta prendendo le misure per scavalcarlo.

– E perché? – mi chiede, appoggiandosi ai tronchi con le spalle e i gomiti.

– Perché qua finisce la tenuta. E tu non puoi uscire.

Gli leggo in faccia che sta per piantarmi una grana. Infatti prende lo slancio e si mette a cavalcioni del cancello (dovevo aspettarmelo).

– Scendi.

– Sennò?

– Non fare il pagliaccio.

– Mica sono fuori.

– Va bene. Stai lí, allora.

Mi tolgo lo zaino dalla spalla, apro la cerniera e ci infilo la mano. Il cane si mette ad abbaiare, vorrebbe salire anche lui con Cocíss.

– Mamma mia, mi spari?

– Dicono che sei uno intelligente. Una volta tanto potresti dimostrarlo.

Io so già che non lo farà. E lui sa che non userò mai la pistola. Cerco di stare calma, di non muovere neppure le dita dentro le scarpe.

– Ho detto che arrivo fino in cima. Devo vedere una cosa.

Salta dall'altra parte (ecco) e io posso (lo sapevo) fare solo lo stesso.

Affanculo al mio primo incarico, a lui, alla città di merda che lo ha sputato qui e a tutta la feccia che ci sguazza dentro.

Posso dare la colpa a padre Jacopo, posso dire che pensavo ci fosse una recinzione. Ma mi diranno che dovevo controllare meglio, prima.

Seguo il sentiero che risale, mi aggrappo ai cespugli e ai rami, ma non lo vedo piú, non sento neppure i suoi passi. Chi me lo dice, che sia andato di qua, non si può prevedere tutto, non si può fare la guardia a uno che dovrebbe essere in galera, non si può sorvegliare uno che collabora ma non vuol cambiare vita. Non si può. Non ha senso (ma perché proprio a me?) Questo vorrei dire, a Reja e a tutti gli altri. Mi gonfio i polmoni di aria e la testa di giustificazioni (inutili, se il giovane bastardo scappa mi fanno il culo).

Mi metto a correre su un viottolo di pietre appuntite. La terra è secca, l'affanno e la polvere mi graffiano la gola.

Ritrovo Cocíss in uno spiazzo, accosciato fra l'erba

come un cercatore di funghi. Mi risparmio di dirgli che
ora mi ha rotto, sul serio, che nel rapporto scriverò tutto. Tanto non gliene frega nulla e io non ho abbastanza fiato.

– Qui c'è stato qualcuno, – mi fa. Ha gli occhiali sulla fronte. Con gli zigomi lucidi e arrossati la sua faccia
ricorda quelle di certi attori finiti che si spianano di-
speratamente le rughe per sembrare ancora ragazzini.
Con la differenza che lui un ragazzino lo è.

– Ci hanno pure pisciato, senti là.

Me ne accorgo quando anch'io torno a respirare con
il naso. Ripenso al guardone che abbiamo incontrato
Morano e io, proprio la notte del suo arrivo. In linea
d'aria, la vigna è vicina. Da qui vedo anche un pezzo
grigio chiaro di strada provinciale. Il posto è panorami-
co, ma forse anche troppo, per dei guardoni. E intorno
a noi non ci sono spiazzi raggiungibili in automobile, per
cui è difficile che quassú si appartino delle coppiette.

Sopra di noi la cima stondata dell'altura è brulla e
secca, forse per un incendio recente. Cocíss si alza, dà
un calcio fra l'erba e salta fuori una lattina. Poco piú
in là vedo anche un pacchetto di sigarette appallotto-
lato e un fazzoletto. Su un sasso bianco spiccano due
cicche e della cenere.

– Li ho visti ieri pomeriggio, quando ero sul tetto.

– Chi?

– Erano in due. Tenevano dei binocoli.

– E allora?

– Guardavano.

– Si vede che gli piaceva il panorama. E tu che ci facevi sul tetto?

– Sistemavo la parabola.

– Cosa?

– La giravo per cercare il canale turco, dove ci stanno le partite.

– Le partite? Ma se il calcio non ti interessa.

– È il trans che vuole vedere le partite. Mi ha chiesto un favore.

(Ma che bravo). Cocíss si alza e annuisce con indo-
lenza.

– Questi cercavano me. Scrivicelo, nel rapporto.

– Quello che scrivo non ti riguarda.

– E come sarebbe? Voi mi dovete proteggere o no?

– Qua sei al sicuro, se stai alle regole.

– M'hai scassato con le regole.

Digrigna i denti e gli leggo negli occhi una notte intera a giocare a carte con la paura (*soggetto spiccatamente antisociale, dai tratti paranoidi*).

– Tanto per cominciare, sul tetto non ci dovevi salire.

– Ma che importa? La vedi o no questa roba? Qualcuno è arrivato fino qua. Sanno dove sono!

– Nessuno sa dove sei.

– Sono arrivati qua! Questi mi vogliono ammazzare. Io voglio parlare con il dottore.

– Ci hai già parlato.

– E ci voglio riparlare. Io non dovevo fidarmi di
voialtri. Sbirri *dimmerda*.

Si riabbassa gli occhiali e mi passa davanti. Scende
per il sentiero, a passo lento, le mani in tasca.

– Mi tenete qua, fra le puttane, le negre e i pazzi, –
mi accusa, – ad aspettare che mi ammazzano, vaffanculo!

Con uno scatto del collo lancia uno sputo che si perde a parabola fra i rovi. Urge un cambio di strategia.

– Pensi che qualcuno della comunità, per qualche
motivo, ti abbia riconosciuto?

– Ma che dici, qua tutti vogliono parlare, mi chiedono sempre le cose, ma io non sono tanto per parlare
e parlare. Gli ho detto che sei mia sorella, che sei una
a posto e poi basta, che non mi devono scassare.

Voglio convincerlo che reggere la nostra parte è il
modo migliore per non correre pericoli, esattamente
come lui ha convinto me che le tracce di quell'appostamento sono un pessimo segnale. Gli prometto di non

sottovalutare la cosa, se lui non mi fa casini in comunità. Siamo come su un'altalena. Vedere me preoccupata, ora, lo tranquillizza un po'.

– Quando parli con gli altri, e inventi qualcosa, magari segnatelo. E poi dimmelo subito.

(*Mi ha parlato tanto di te*).

– Ho inventato che non teniamo piú i genitori, che non ci siamo visti per tanti anni perché stavamo scazzati di brutto.

– Su cosa?

– Che tu non volevi che mi drogavo.

– Va bene. Da quanto sono morti i nostri genitori?

– Non l'ho detto, quello.

– Mettiamoci d'accordo. Nostro padre da cinque.

– Perché?

– L'altro giorno ce l'avevi sulla maglietta, un cinque.

– Nostra madre l'anno scorso. Pure questo è semplice.

– Okay, padre da cinque, madre da uno.

Scende piú lentamente di me e io capisco che cerca di rimandare il piú possibile il rientro (io, invece, avrei una certa fretta). Mentre mi lascio sorpassare (meglio stargli alle spalle, per tenerlo d'occhio), ricomincia a parlare della comunità.

– Mi stanno sempre a scassare con questo e quest'altro, e i disegni e la cucina e i vasetti. Ma che m'importa a me?… Ieri una voleva pure fottere.

– Chi?

– Quella grassa coi denti all'infuori.

– Jana?

– Sí, quella. E tiene pure l'Aids.

– E questo come lo sai?

– Me l'ha detto l'amica sua, quell'altra magra.

– Non vuol dire che sia vero.

– Ma non le hai viste, oggi? Quella magra stava a piangere da tutta la mattina, mammamia.

Gli faccio presente che è morto qualcuno, in comunità (forse con un tono troppo supponente).

– Ma che gli fotte di Oscar, a quelle. Lo schifavano tutti, campava giusto per portare a pisciare 'sto cane. Quella pensa che come Oscar muore pure la sua amica, ecco che c'è.

Il cane si è allontanato fra il fogliame. A Cocíss basta un fischio, per richiamarlo sul sentiero.

Mi affronta mentre sto aprendo la portiera

L'avevo visto andare verso le stalle, barcollando sulle gambe ad arco per il peso di una grossa tinozza colma. E invece ha fatto il giro della staccionata. Per venire proprio a cercare me.

– Tu sei sorella di Giovanni?

È una domanda fino a un certo punto. Lo guardo bene in faccia e mi ricordo di averlo visto impegnato nella partita dell'altro giorno. Ha i capelli fitti e corti, la fronte squadrata, le spalle gonfie dallo sforzo.

– E tu chi sei?

– Io sono Vassilj. E tuo fratello, testa di cazzo.

Ci mancava solo questo qui.

– Mio fratello ha dei problemi. Ma tu lascialo perdere.

Spero che la pianti e invece no. Si picca, incarognito.

– Lui deve lavorare. Tutti lavorano, qua.

– Lo so, ma ora lui non sta bene.

– Lui sta benissimo. Ma non vuole lavorare.

(Ha ragione, ma non vedo che cosa posso farci io).

– Deve solo rimettersi. E poi lavorerà come tutti.

– Lui testa di cazzo.

– Pensa quello che vuoi ma lascialo in pace, intesi?

Sembra sorpreso. Forse una donna non dovrebbe rivolgersi cosí a un qualsiasi rappresentante del sesso maschile. O forse mi è venuta fuori l'intonazione da sbirro.

La mascella gli si schiaccia sul collo. Spalanca la bocca e gli occhi, fa una smorfia, poi di colpo non vedo piú niente. Mi ritrovo come in un fosso d'acqua gelata che puzza di detersivo e di uovo stantio. La bacinella vola

via, slitta sul cofano della mia auto e io (basta) non so
che fare, anzi, so solo che non posso fare niente. Mi
scosto i capelli dal viso e sento delle urla dalle finestre
vicine, forse anche delle risate (basta, basta), e non so
che fare, mi ripeto solo che non devo reagire, non posso fare niente (basta, basta, basta), che non ce la faccio piú, che non posso subire anche questa.

Mi appoggio alla portiera e lo guardo indietreggia-
re, minacciandomi ancora, anche se non capisco cosa
dice, perché ho come un velo sulle orecchie. Tossisco
dallo schifo, afferro un tergicristallo e lo strappo via.
Vorrei sgusciare da questi vestiti bagnati, dalla divisa
che non porto e dalla mia pelle, come un serpente.

Mi sciacquo e mi risciacquo, getto a fontana, quasi
bollente. Ma non serve, mi sento ancora sporca. I vestiti di oggi non sto certo a lavarli. Via, buttati.

L'odore di unto e uovo stantio non mi esce dal naso, mi guardo allo specchio e mi vedo orrenda, occhi lividi e pelle smorta.

Non vorrei essere chi sono. Ma è colpa mia esserlo
diventata. Non ho scusanti.

Mi faccio una maschera rilassante, se non altro mi
copro il viso e non mi riconosco, almeno per una
mezz'ora.

Mia madre chiama mentre mi sto depilando. Mio padre è caduto cercando di trasportare il divano letto nel
seminterrato, dato che ha deciso di dormirci, da ora in
poi. Qualche livido, una sbucciatura, ma niente di rotto, per fortuna. Lo sento urlare che in famiglia nessuno lo difende, che nessuno gli crede e che le donne sono tutte stronze oltre che, naturalmente, bugiarde. Mia
madre mi chiede quando passo da loro, io le garantisco
che è questione di un paio di giorni. Lei mi dice che va
bene, di non preoccuparmi e di pensare al lavoro.

Il risultato finale della depilazione sono due gambe
che pizzicano, come se ci avessi infilato tanti spilli dalla piccola capocchia rossa.

Non ho piú niente che mi stia in maniera dignitosa. Le gonne mi cadono tutte a pannolone, inutile pensare che con un punto in vita si risolva sempre tutto. Le camicette attillate fanno grinze orrende ovunque, eccetto una rossa acceso. Con questa però il mio decolleté assume un colorito che potrebbe attirare solo l'attenzione di un necrofilo.

Reja mi chiama mentre sto praticamente svuotando l'armadio sul letto. Il primo pensiero è parlargli di quello che ho visto con Cocíss, ma lui non me ne dà il tempo.

– Abbiamo deciso il trasferimento del soggetto alla clinica, – attacca. – È per domani l'altro, nel tardo pomeriggio.

– Guarda che questo non si vuol operare.

– Si opererà lo stesso. Noi dobbiamo solo accompagnarlo in un posto, poi lo verranno a prelevare e non sarà piú affare nostro.

– Dove?

– Stiamo ancora decidendo. Ma sarà vicino. Forse una caserma dei parà.

– E chi viene a prelevarlo?

– Tu pensa solo a resistere fino a domani l'altro, okay?

Trattengo un sospiro (non devo fare quella che non vede l'ora).

– Dovrò inventargli qualcosa. O mi darà dei problemi.

– Digli che lo portiamo…

– … a parlare con D'Intrò, – penso a voce alta. – Dice continuamente che vuole parlarci. Lo chiama «il dottore», ne è innamorato pazzo.

– Ci crederà?

– Sí, ma i suoi bagagli dobbiamo farli viaggiare a parte, altrimenti si accorge che gli svuotiamo la stanza.

Reja mi promette per l'indomani un numero di cellulare e un nome con cui coordinarmi. Traduzione: che me la sfanghi da sola, senza fargli perdere altro tempo.

Però lo trattengo per venti secondi con la questione dell'appostamento sulla collina.

– Tu mi assicuri che non si sia messo in contatto *in nessun modo* con qualcuno, giú?

– Sicura. Questo non è scemo e lo sa meglio di noi, cosa rischia.

– Paranoia nera, tipico. Si sente in colpa per aver collaborato, pensa di aver tradito il suo mondo, la sua gente, – minimizza Reja, e io ho una gran voglia di credergli.

Di tutto l'armadio si salva solo una maglia bianca con il collo a barchetta. Ritrovo un paio di jeans scuri che dopo qualche lavaggio si erano fatti un po' troppo attillati. Ma ora che anche i miei fianchi si sono ristretti, vanno alla perfezione. Il problema è trovare l'altezza giusta per il risvolto. Mezzo centimetro in piú o in meno, e le mie caviglie possono sembrare tozze come bastoni. Mi ci vogliono mezz'ora e duemila tentativi, per decidere.

La cintola etnica non l'ho mai messa. Me l'ha regalata la mia amica Stella. Abbiamo diviso la camera per i sei mesi del corso, anche lei è entrata nella stradale, ma l'hanno mandata dalle parti di Savona (quanto tempo che non la sento). Chissà se ha ancora lo stesso numero di cellulare, se è dimagrita come voleva (magari si è sposata e ha dei bambini).

È una cintola chiassosa, io non l'avrei mai comprata e già mentre la ringraziavo mi dicevo che mai mi sarei messa una roba cosí. E invece almeno ravviva la mia mise da universitaria fuori corso (Joséphine approverebbe senz'altro).

Sul letto anche la cintola, promossa. Non ho voglia di rimettere tutto in ordine, sono già in ritardo di mezz'ora, e ammonticchio gonne e camicette su un puff arancione che mi porto dietro, trasloco dopo trasloco, da quando avevo quindici anni.

Prendo la pistola dal comodino, tolgo il caricatore e

apro la cassaforte per scegliere un paio d'orecchini. La vedo accanto al sacchetto di pelle dei gioielli, la solita scatola di cartone con i fiordalisi e i due elastici gialli. Per distrarmi conto i proiettili e ripongo la pistola. Ma poi la guardo di nuovo, la mia grande opera incompiuta. Sepolta nel suo allegro sarcofago.

La mia tesi la tengo in cassaforte con la pistola e i gioielli proprio perché cosí, ogni giorno, la vedo e non me la dimentico (la finirò prima o poi, e prenderò la laurea).

Un'universitaria fuori corso. E perché, in fondo che cosa sono rimasta, per molti anni?

A tavola, la mia quasi laurea in filosofia scatena la solita discussione: perché non esistono filosofi donna? Qualche uomo, per fare bella figura, tira subito in ballo la sottomissione culturale. Ma c'è sempre una donna, almeno una, che sostiene con orgoglio che le donne sono piú pratiche, meno astratte. Finiscono per chiedermi che lavoro ho fatto, con una laurea in filosofia.

– Ho un impiego statale, – dico, quando non mi sembra il caso. – Per il ministero dell'Interno.

La risposta è in genere abbastanza opaca per far cambiare subito rotta alla conversazione (e comunque non è una bugia).

Maurizio e i suoi amici hanno lavorato tutto l'inverno a rimettere in sesto una piccola barca. Capisco che la mia presenza al tavolo mi invita automaticamente al varo e l'idea mi piace. L'estate è vicinissima, per fortuna. Definirei Maurizio il piú realistico, o forse anche il piú probabile dei miei attuali spasimanti. Non è un bell'uomo, inutile girarci intorno, niente a che vedere con la classe maledetta di uno come Antonello. Però ha una voce bella e mite. Nonostante ci sentiamo molto spesso, ora che siamo di fronte ad altri non mi rivolge alcuna attenzione particolare. Forse è timidezza, forse è che da poco ha ottenuto il divorzio (o forse dovevo proprio andare dal parrucchiere, ecco cosa).

Per un quarto d'ora mi intigno a distruggere il mito del «vino del contadino» in cui, sostengo, non è escluso che finisca a pisciare qualche topo, e finisco quasi per fare la paladina della globalizzazione (io, che mio padre si è rovinato per aver fiutato il business del biologico troppo presto).

Non voglio finire sul personale, con la maggior parte della tavolata mi sono vista una volta al massimo, per cui abbasso la cresta e rientro fra le seconde file. Mi dedico al cibo, Maurizio mi chiede un parere sugli abbinamenti fra tre tipi di miele e di pecorino. Riconosco l'aria di chi si finge inesperto e non mi sbilancio.

Poi lo vedo seduto al registratore di cassa, nella penombra rosata di un abat-jour. Di colpo mi assento dalla conversazione e Maurizio se ne accorge, forse si offende anche. Ripiombo nel mio lavoro per il ministero dell'Interno. Nella mia divisa invisibile.

Con permesso, mi alzo e vado in bagno a riflettere. Era buio, potrei sbagliarmi (ma no, è lui). La faccia paffuta, il riporto di capelli rossicci, gli occhiali demodé. Ma sí che è lui (i tratti paranoici di Cocíss mi stanno contagiando). Decido di vedere se mi riconosce.

Esco e fingo un improvviso interesse per una vetrinetta di terraglie. Gli rimango davanti piú d'un minuto, ma lui è alle prese con un paio di conti. Ha una camicia azzurra con la canottiera sotto e una giacca blu, su cui spicca in bella mostra la catena con il tastevin d'argento.

Aspetto e gli ripasso davanti quando ha finito.

Ci basta un'occhiata. Sí, è lui. E mi ha anche riconosciuto. Io sorrido, lui rizza il collo per l'imbarazzo, richiama un cameriere per una comanda «che non ci si capisce niente», poi torna a guardarmi. È già sgomento.

– Potrei parlarle un attimo? – gli chiedo, un po' zuccherosa.

Si abbassa gli occhiali e mi mette a fuoco.

– Non vede che sto lavorando? – fa, piú docile. Ma non sorride.

– Dove ci siamo già visti, io e lei?

A queste parole scivola giú dallo sgabello, prende la chiave e apre la porta con scritto «privato».

– Non vi basta avermi rotto la macchina e il binocolo?

L'uomo si è trincerato dietro la scrivania ed è subito passato all'attacco.

– Ha anche il coraggio di venire nel mio locale? E a fare che? Non vorrà mica dei soldi? Cosa credete di guadagnarci, lei e il suo… voglio dire, stia attenta, perché se eravate per la campagna, lei e il suo…

– Il mio collega, – lo aiuto a concludere.

– Collega? Collega di cosa?

(Ora questo sviene).

– Della polizia di stato.

Comincia a farfugliare che lui non ha commesso nessun reato, e poi noi non eravamo mica in casa nostra, lui non guarda mai in casa della gente. Per l'agitazione la faccia gli si riempie di chiazze rosa come la polpa di gamberetto bollito. Mentre lo lascio sfogare guardo l'ufficio affollato di animali impagliati: un gufo, un tasso grigio, un fagiano dal collo blu cobalto e persino una volpe. Sopra una cassettiera a saracinesca c'è l'ingrandimento di un cielo notturno con una cometa di passaggio.

– Mi ascolti: ci dia una mano e dimentichiamo tutto.

– Una mano?

L'idea di aiutare la polizia lo agita quanto quella di averci delle noie. Credo di aver inquadrato il tipo. La mia via d'uscita non dovrebbe dispiacergli.

– Voglio sapere se nelle ultime notti, in quella zona, lei ha notato delle presenze, dei movimenti insoliti. Gente che non conosce.

Mi guarda e impallidisce ancora di piú.

– Lasciamo stare.

– Perché?

– A un mio amico hanno portato via la macchina con

il teleobiettivo. L'hanno anche minacciato con la pistola. Però io li ho fotografati, sa?, senza che se ne accorgessero. Se dava retta a me, li denunciava. Ma non ha voluto, ha paura. Ha detto che secondo lui è gente pericolosa. Mai visti, qui. Sembravano del sud. Meglio stare alla larga dai terroni.

– L'ha qui, la foto?
– Guardi che io non denuncio nessuno.
– Niente denunce.
– Io non faccio il testimone.
– Le ho chiesto la foto, mi ascolta o no?
– Io voglio stare tranquillo. Ho tre figli.
– La foto, e io e lei non ci siamo mai visti.
– E il bastardo del suo collega?
– Ci parlo io.

Esco dall'ufficio degli animali imbalsamati con nella borsa un cd masterizzato per un unico file. Alla fine della cena, il proprietario offre un giro di distillati della casa e decurta il conto di almeno un centinaio di euro.

Al tavolo si stupiscono tutti e gli chiedono se non si sia sbagliato. È a quel punto che sente l'esigenza di guardarmi e di assicurare che nel suo locale le forze dell'ordine, specie se cosí graziose, hanno sempre un trattamento di favore (guardone e imbecille).

Maurizio mi accompagna al parcheggio e mi chiede come mai.

– Cosa?

Come mai non gli avevo mai detto che ero della polizia.

– Non sono *della* polizia. Lavoro *in* polizia.

La distinzione non lo entusiasma per niente.

– Pensavi che tra i miei amici ci fossero brigatisti o black bloc?

– Non ha niente a che vedere con te e i tuoi amici. E ora, per favore, possiamo cambiare discorso?

Non ci riusciamo. Passiamo zitti sotto quello che ri-

mane di un arco costruito da qualche capitano di ven-
tura. Mi pare che non testimoni nessuna gloria, ma solo la ferocia delle faide fra simili, vicini e parenti. Sangue in nome del sangue.

– Da quanti anni sei nella polizia?

Usare la parola lavoro non gli riesce.

– Tre anni e mezzo.

La stessa notizia aveva portato Antonello a rollarsi
davanti a me ventiquattro canne e a metterle in fila sul
tavolo. L'aveva incitato alla sfida, una pura stupidag-
gine se a metterla in scena non fosse stato uno con la
sua dote (stucchevole) di autoironia.

Con Maurizio è calata una barriera.

Arriviamo alla mia auto e mi chiede del tergicristallo.

– I soliti idioti, – invento.

Si offre di ripararmelo, ma la mia borsa si illumina
di un bianco lunare. Sembra un grembo che non riesca
piú a contenere un embrione radioattivo. Maurizio si
schiarisce la voce e si allontana di qualche passo.

È quasi l'una, dice l'orologio del display. Sotto, lam-
peggia il nome di «P. Jacopo». La superficie lucida del
cd lo riflette.

– Sí?

Neanche mi domanda dove sono o se mi ha svegliato.

– Vieni subito.

Sento le urla da dentro l'ambulanza anche quando
accendono la sirena. Il piano terreno dell'ala nord è tutto illuminato, con le lampadine tenui a goccia sembra
la galleria di un cimitero. Prima che io riesca a vedere
qualcosa, l'ambulanza si inclina sulla curva in discesa
e si infila di precisione fra i muretti di pietra. Mi tolgo i sandali per correre, arrivo all'ingresso e nel chiostro grande riconosco subito Joséphine che torreggia in
mezzo a un capannello. Lei e Sandra, l'operatrice piú
anziana ed esperta, stanno cercando di riportare la calma in un groviglio di strilli e pigiami strattonati. Uno
dei volontari, un tipo giovane che fa il servizio civile,

mi sfreccia davanti e faccio giusto in tempo a prenderlo per un braccio e a chiedergli dov'è padre Jacopo.

– Di sopra, – mi risponde.

Arrivo davanti al prete con la borsa in una mano e i
sandali nell'altra. Sta convincendo un paio di ragazze
nigeriane a tornarsene nelle loro stanze, che è tutto a
posto, che è stato solo un incidente. Una di loro, prima di obbedire, si prende la soddisfazione di mormo-
rargli in italiano che non è vero.

Il prete si raddrizza gli occhiali, si stringe la faccia e
sospira con un sibilo da copertone forato.

– Lo sapevo, – mi fa. Poi mi risparmia la fatica di
mettere in fila le domande.

– Si erano dati appuntamento nelle cucine per regolare una questione. Il vostro amico Giovanni gli ha infilato la testa in un pentolone d'acqua bollente. Vassilj
è vivo per miracolo.

Scuote la testa e si fruga in tasca. Mi porge la chiave lucida con la targhetta rossa.

– È nella sua stanza e ho messo un paio di operatori a sorvegliarlo. Ho pensato che è meglio che li chiami tu, i tuoi colleghi. Ma qui non può restare, a queste
condizioni.

(Bel casino). Lo ringrazio. Padre Jacopo ha dimostra-
to una lucidità e un'accortezza non da poco. Ma sembra che non ci faccia caso, o che non gliene importi.
Metto un piede sopra l'altro, a turno, per sfuggire al
freddo ruvido della pietra.

– Per la denuncia sono a disposizione. Mi trovi giú,
nel mio studio.

Lo ringrazio ancora, poi faccio uno squillo a Morano.

– E ora? Che fai, mi porti in galera?

Cocíss è seduto sulla testata del letto, incrocia i piedi
aggrovigliando le coperte. Tiene due dita agganciate ai
passanti dei pantaloni, guarda la camera devastata come
se in questo macello avesse smarrito qualcosa. La sedia
è scosciata in un angolo e il tavolo ha un gambo obliquo.

– A me non mi hanno neppure fatto vedere da un dottore. Guarda qua.

Una striscia color rosa infetto gli gonfia un braccio, dal gomito al polso.

– Ora te lo chiamo io, il dottore.

Molla un paio di bestemmie e si pianta le mani in tasca.

– Mettiti calmo. Sarà meglio per tutti.

Sposta lentamente lo sguardo dall'armadio a sarco-fago e me lo punta addosso. Ho la strana sensazione che mi distingua a malapena, come un'ombra piú scura di altre.

– Ti ridevano tutte alle spalle, le puttanelle. Ti do-vevo difendere. Sei mia sorella, o no?

(Ma ci mancherebbe. Ma cosa vuole questo, come si permette).

– No.

Si alza in piedi sul letto. Ha una specie di maschera rossa intorno agli occhi e sul naso, come un'irritazione nel pieno della virulenza.

– Come no, per voi è una commedia. Tanto voi sul-le poltrone ve ne state, a scrivere i rapporti. Qua tan-to mi ammazzano a me, però.

– Non ti ammazza nessuno. Sei al sicuro. So come fare il mio lavoro.

(*Non faccio denunce. Quella è gente mai vista. Fanno paura*).

Scende dal letto, starnutisce e si asciuga gli occhi.

– E io forse non ti aiuto a fare il tuo lavoro?

– Cosí no, mi pare evidente.

– No? E quei due con il binocolo chi li ha visti?

– Hai fatto bene a dirmelo, e io mi sono informa-ta: erano due cacciatori di frodo che mettevano del-le trappole.

(Le donne sono tutte bugiarde, direbbe mio padre. Que-sto non significa che tutte sappiano dire bene le bugie).

– E comunque ora ci credono tutti, che sei davvero mia sorella. E nessuno ti ride piú alle spalle.

Mi impongo di passare immediatamente oltre (c'è dell'orgoglio, in quello che dice).

– Peccato che ora ti prendi una denuncia e ci complichi la vita.

Mi guarda e gli passa un lampo lucido negli occhi.

– Tanto ora non vi servo piú.

Spero che non creda di intenerirmi.

– Piantala.

– Voglio parlare con il dottore D'Intrò. Qua non va bene niente.

– Ci parlerai, con il dottore D'Intrò. Domani l'altro ti aspetta.

(È un'altra bugia, ora ti guarda e lo capirà). Invece no, stavolta non alza nemmeno gli occhi e la porta si spalanca. Mi volto di scatto. Salvo ha bomber e jeans neri, Morano una tuta di viscosa verde e blu.

– Tutto a posto, collega?

– Sí, tutto a posto, – rispondo, e con la coda dell'occhio sorveglio Cocíss. È immobile, come se avesse le spalle incollate alla parete.

– Ci mancavano pure 'sti due stronzi, – commenta.

– La pianti o no?

Morano si piazza nel centro della stanza scavalcando i cocci del vassoio. Si guarda intorno, tanto per valutare il casino combinato da Cocíss, poi raccoglie la coperta di cotone, il cuscino e le lenzuola aggrovigliate sul pavimento. Sospira paziente, pare una donna di servizio che deve rimettere tutto in ordine.

Con un calcio sul gomito ustionato fa chiudere Cocíss come una valigia. Salvo gli si butta addosso di peso per tenerlo a terra, mentre Morano gli avvolge il lenzuolo intorno alla testa e al collo. Poi con il copriletto gli stringe le braccia al busto e per la prima volta sento Cocíss urlare. Un paio di calci nello stomaco gli tolgono il fiato e lo convincono a non agitarsi piú di tanto.

– Ma siete impazziti? – faccio.

– Vai tu a raccogliere la denuncia dal prete, collega? Grazie.

– Ma come sarebbe?

– Sarebbe che ci pensiamo noi. Vai, vai, non farmi incazzare anche tu.

Salvo ha appena finito di rimettere in piedi una specie di fantoccio. Morano lo guarda come a sincerarsi che si tenga in equilibrio da solo. Poi con un grugnito di rabbia lo afferra per le spalle, lo fa girare su se stesso e lo scaraventa a sfondare un'anta dell'armadio. Nello sforzo gli scappa un peto stridulo.

– Oh, pardon, – fa.

Reja fa presto a dire che non ci voleva, che bisognava gestire la situazione meglio, che ormai era questione di un giorno.

– Forse non mi sono spiegata. Cocíss ha quasi ammazzato un altro ragazzo della comunità. Ustioni di secondo grado al viso.

– Dove l'hanno portato, adesso?

– Cocíss?

– E chi sennò?

– In commissariato.

Ripiego il foglio stampato al computer e saluto padre Jacopo. Sta salendo in macchina con il volontario che fa il servizio civile, partono alla volta dell'ospedale. Vassilj è entrato in sala operatoria da mezz'ora.

– Il prete che dice?

– Dice che non ne vuole piú sapere di Cocíss.

– Ha firmato lui la denuncia?

– Sí, ce l'ho qui.

– Che nome figura, nella denuncia?

Mi siedo al volante e faccio quasi per riprendere il foglio dalla tasca, ma è un riflesso stupido, non ne ho bisogno.

– Russo Giovanni.

– Ovvio, già. Bene.

Mi pare che Reja faccia uno sbadiglio. In ogni caso la risposta, oltre che a essere ovvia, sembra soddisfarlo. Mi dice che parlerà con la procura e con D'Intrò prima che convalidino il fermo e mi assicura che ci risentiremo domattina presto.

– E perché? – gli chiedo.

Un secondo dopo vorrei già mangiarmi la lingua. Non devo fare queste domande. Ma il modo in cui Reja taglia corto mi fa capire che in qualche modo, non so perché, si è detto anche troppo.

Cerco di trovare un lato positivo: per un paio di giorni, una cella del commissariato è l'unico posto dove Cocíss non può combinare casini e non corre alcun pericolo.

(*Quella è gente mai vista. Gente pericolosa. Hanno minacciato il mio amico con una pistola*).

Esiste qualcosa di peggio di una notte in bianco. È vedersela davanti nella cifre robotiche della radiosveglia, una notte intera ancora da passare, da sola, una notte buia fuori e bianca dentro, qui in cucina.

Le tre. Riempo la moka, di metà orzo e metà caffè, sí, meglio. La cintola mi stringe, no, sono i jeans che mi stringono, neanche, è il mio stomaco che si gonfia di tensione. Sarebbe meglio una tisana, ma non mi tiene sveglia.

Sposto i piatti e le briciole per fare posto al portatile sul tavolo. Mi metto a scrivere di getto ma sbaglio, vengono fuori frasi lunghe, contorte. *Comportamento violento, antisociale e paranoide*. Niente da dire, lo psicologo aveva ragione. Eccomi arrivata alle stesse conclusioni. Cito la denuncia firmata dal direttore della Comunità a sostegno della mia tesi: il soggetto è tornato a delinquere, quindi è incompatibile con qualsiasi programma di tutela. Ma cito anche me stessa, la mia precedente relazione, per sottolineare che d'altronde Cocíss non può avere compiuto alcun percorso di ripensamento del suo passato criminale. Poi mi rendo conto che suonerebbe come una critica alla procura, o a D'Intrò. E io non posso permettermelo. Perché in fondo è sempre cosí, la questione diventa sempre personale. Cocíss vuole parlare solo con D'Intrò, D'Intrò concepisce Cocíss come un suo patrimonio investigativo.

Cancello tutto. La moka sputacchia sui fornelli puliti, mi pencolo sulla sedia per spegnere la fiamma e poi mi metto a cercare nell'archivio dell'operazione Antigone gli estremi dell'arresto di Mastronero Daniele, cosí faccio un copia-incolla nella mia relazione. Scorro e scorro, ma a metà sospendo per versarmi il caffè. L'odore si spande sotto la luce del neon e mi ricorda la tristezza di certi mattini invernali quando ti svegli ed è ancora buio. Invece è maggio, e sono le tre e tre quarti. Se almeno fossi in una grande città, potrei scendere a comprarmi un trancio di pizza, farmi un giro, guardare il traffico e pensare che in fondo siamo in parecchi a non dormire. Ma qui no, qui dorme tutto il paese. E c'è un silenzio che mi fa sentire osservata.

Chiudo le persiane.

Mi scotto le labbra e scorro l'elenco. Ma perché non li hanno messi in ordine alfabetico? Sono stanca, voglio fare presto e cosí succede che devo ricominciare da capo. Forse hanno messo prima i pregiudicati poi gli incensurati.

Arrivo di nuovo al 62. Il nome di Daniele Mastronero non c'è, e questa volta sono sicura.

O c'è un errore, o non è mai stato arrestato. Almeno non ufficialmente.

Le quattro e dieci. Il mio caffè è freddo.

I miei occhi bruciano.

Due

I proiettili fanno un foro piccolo e netto quando entrano, piú largo e slabbrato quando escono. Attraversando la massa dei tessuti perdono velocità. E questo lo sapevo. Non sapevo invece che il foro d'entrata qualche volta può anche apparire piú piccolo del calibro effettivo dell'arma, perché la pelle ha una reazione elastica alla perforazione.

Il 4 aprile, in una piccola traversa di corso Due Sicilie, a Gennaro Valente gliene hanno messi in corpo cinque, di proiettili. Calibro 9, tre alla testa e due al busto, tutti alle spalle. Il colpo di grazia gliel'hanno sparato in testa da cosí vicino che i gas espulsi dalla canna gli hanno incendiato i capelli. È finito mezzo sepolto fra i pomodorini e la lattuga, l'hanno trovato con la testa piena di schiuma come se gli avessero fatto uno shampoo. Il negoziante ha messo mano all'estintore prima ancora di chiamare l'ambulanza.

Sulla nuca piccoli fori d'entrata sono nascosti dai capelli e la schiuma maschera il sangue. I proiettili in uscita gli hanno talmente devastato un occhio e i denti che suo fratello l'ha identificato dalla medaglietta con la Madonna Addolorata. La portava al collo dalla nascita.

Nel dossier elettronico ci sono centinaia di foto e diversi rilievi della scientifica. Un lavoro con i controfiocchi. Una sostituto procuratore giovane, Giovanna Massacesi, una tosta, il vicequestore Lozzola della Dia e Paolo D'Intrò come mente operativa. In realtà mi sto leggendo la storia della faida d'Aprile, come l'hanno ribattezzata i giornali, neanche fosse un modo come un altro per salutare la bella stagione.

Del resto la faida sta ad Antigone come una madre a una figlia, ne costituisce il presupposto, arriverei a dire che ne stabilisce le linee ispiratrici.

Ma questa è filosofia. La verità è che sono contenta di non lavorare in quell'inferno e spero che non mi capiti mai.

Dieci alle cinque. Pulisco la moka e la riempio di nuovo. Tutto caffè, stavolta.

Mi sposto sul divano.

Due giorni dopo, a Stefania Barone, una cartomante televisiva conosciuta in tutto il quartiere Travagliano per prestare i soldi a strozzo, toccano sette colpi di 44 Magnum.

Le hanno suonato verso le otto di sera e lei è scesa, in scialle e pantofole. Neppure l'hanno fatta uscire dall'ascensore. Un lavoro da fuori di testa, e infatti almeno un proiettile è schizzato indietro contro i killer. Hanno rilevato tracce di sangue non appartenente alla vittima in tutto l'androne e poi sul marciapiede, per una trentina di metri. La mattina seguente, nel cesso di un bar vicino agli scali merci di Porta Sveva, hanno trovato un albanese di vent'anni privo di conoscenza, oltre che di documenti. Aveva in tasca mille euro in contanti e un biglietto per Barcellona, ma in corpo solo la metà della normale quantità di sangue. Il foro d'entrata alla coscia destra era stato tamponato con dei kleenex e del nastro isolante. Shock ematogeno. Il traghetto delle sette per Barcellona ha salpato che lui era già all'obitorio.

Rialzo la testa verso l'orologio. Le cinque e venti. La ventola del computer soffia piano e il frigo ronza sornione. Scendo a sedere sul tappeto, il portatile sulle gambe incrociate.

Se avessi voglia di trascinarmi fino alla finestra, forse mi accorgerei che il cielo sta schiarendo.

Li chiamano proiettili scamiciati. Si chiamano cosí perché non hanno il rivestimento di metallo esterno, il *full metal jacket*, detto anche Fmj, pronuncia *ef-
femmegei*. Se invece si fa un'incisione a X sull'ogiva,
i proiettili possono perdere la camiciatura una volta
che entrano nel bersaglio. Ma è un lavoro di precisione, da esperti.

L'impatto con il corpo umano trasforma i proiettili
scamiciati in proiettili dirompenti. Si sminuzzano e ogni
scheggia prende la propria via nei tessuti e nelle vene.

La traiettoria dei proiettili scamiciati è il piú delle volte imprevedibile, sottolinea la perizia balistica. Il van-
taggio è che, anche sparati da vicino, difficilmente fuo-
riescono dal corpo e non c'è il rischio di vederseli tornare contro di rimbalzo, come è successo all'albanese.

È difficile avere fortuna, se ti becchi un proiettile
scamiciato. Anche perché è facile che te lo sparino da
vicino.

Marco Sanvitale, vent'anni e tre giorni, non l'ha
avuta, anche se i due colpi non gli avevano centrato organi vitali. È la frantumazione delle schegge ad avergli provocato un'emorragia fatale. Lo hanno trovato ri-
verso sul calciobalilla, le dita ancora strette intorno alle manopole. La pallina era rimasta sull'orlo del gol,
impantanata nel velo di sangue vischioso. Apprendista
in una ditta di termosanitari, incensurato, Sanvitale
veniva da un piccolo paese dell'entroterra. Neanche
gente tosta come D'Intrò e la Massacesi hanno capito
che cosa c'entrava, uno cosí, nella faida fra le cosche
Scurante e Incantalupo.

Con lui, il 13 aprile i *mortammazzati* dall'inizio del
mese erano già undici.

Il dodicesimo l'hanno ritrovato nel vano bagagli di
un'auto carbonizzata, vicino a un campo sportivo in
eterna costruzione.

Laurino Costagrande aveva la mia età ed era titolare di un negozio di abbigliamento in via Gesualdo da

Venosa, pieno centro, fra il Tribunale e l'Università.
Un tipo giusto, senza precedenti, veniva dal mondo dei
pi-erre delle discoteche. Il negozio aveva aperto in
grande stile: dj con cubiste, ricco buffet per la cittadi-
nanza e due attori di non so quale soap a tagliare il nastro e a fare autografi. Secondo alcune fonti confidenziali, però, i soldi per aprire il negozio li aveva fatti con
l'ecstasy, secondo altri glieli aveva dati il vero padrone delle discoteche in cui lavorava, vale a dire Saro Incantalupo, il boss senza faccia, l'imprendibile. Pare che
controlli tutta Baia Nerva, che inviti nei suoi locali le
facce televisive del momento, che manovri con i suoi
affiliati un'agenzia fotografica sempre a caccia di scoop.
    Un referto sommario stilato sul luogo dice che il ca-
davere del Costagrande aveva mani e caviglie legate ed
era rannicchiato, la pianta dei piedi rivolta verso l'alto. L'autopsia non ha rilevato fori di proiettili nel cranio, il che può far pensare che l'abbiano chiuso nel bagagliaio ancora vivo.
    Fra le righe di una relazione di servizio firmata da
D'Intrò, emerge che gli omicidi sono una forma di comunicazione. Primaria, ma non per questo priva di una
certa complessità. Un omicidio crudele è una risposta
a una mancanza di rispetto molto grave, che va al di là
della faida per la spartizione dei quartieri e degli appal-
ti. Bruciando vivo il Costagrande, Sergio Scurante fa
sapere agli Incantalupo che non li ritiene piú interlo-
cutori degni, che la guerra è totale e ci vorrà una me-
diazione forte, sopra le parti, perché finisca la faida.
    A giudicare dalla mattanza che si scatena fra il 18 e
il 22 aprile, un mediatore del genere non lo si trova a
ogni angolo di strada.
    Verso le sei arriva qualche rumore di risveglio dal
mondo esterno. Una persiana che cigola, un motorino
che sgassa.
    Mi restano in testa nomi e contronomi di fantasia.
Per ognuno di loro, la faida ha fatto esplodere un'im-
provvisa ulcera di sangue. Alcuni sono facce stravolte

di foto segnaletiche o carte d'identità. Io li vedo per la prima volta ma loro non esistono piú. Laurino Costagrande, invece, è dietro un mixer con due belle ragazze a ombelico scoperto. Si tiene una cuffia sull'orecchio sinistro e ha il ghigno rapace di quello che ce l'ha fatta, l'ha sfangata, o forse è solo soddisfatto e inconsapevole, non lo so. Quanto alla cartomante Stefania Barone, era una matrona *mechatissima* e ingioiellata: mi scruta da sotto due orride sopracciglia disegnate, in una delle sue innumerevoli inserzioni pubblicitarie sui settimanali di gossip.

Dopo l'assassinio, qualche cliente è andato addirittura dalle sue figlie a chiedere indietro i soldi. Gente che negli anni aveva buttato anche molte migliaia di euro, e che ora sosteneva di essere stata truffata, di avere la prova. Se Stefania Barone sapeva davvero prevedere il futuro, come mai è scesa in pantofole incontro ai suoi assassini?

Non fa una piega.

Secondo una relazione della guardia di finanza quei clienti erano solo una minima parte dei tanti che la Barone aveva rovinato con prestiti al 10 per cento mensile. Molti di loro erano stati consigliati e finanziati da lei stessa nel rilevare un ristorante o una lavanderia dalla fortuna assicurata. Se invece, a dispetto della sua chiaroveggenza, gli affari non si mettevano cosí bene da poter pagare quegli interessi, la Barone veniva incontro a queste povere famiglie e rilevava l'attività per un pezzo di pane. E per conto degli Scurante, che cosí riciclavano soldi facendo razzia di licenze.

Incontro cognomi sentiti al telegiornale. Immagini inghiottite di sera, assieme all'insalata e ai formaggi light. Immagini già digerite quando i formaggi light planano sull'insalata, al rallentatore, nella pubblicità. Cosí si tira avanti, altrimenti nessuno ce la può fare. Né quelli che vivono là, né noi che stiamo qui e ci basta sentirci abbastanza lontani da quello schifo.

Ma per me ora è diverso. Ora è come se un germe di quella infezione fosse stato trafugato, e la protezione di Cocíss mi sembra una specie di pericoloso esperimento di cui non so praticamente nulla pur essendoci dentro fino al collo.

Guarneri, il mio professore di filosofia della scienza, era un italoargentino. Oggi so con certezza di esserne stata innamorata, almeno per un breve anno accademico, di essermi ostinata a non ammetterlo e di aver fatto bene (sí, una volta tanto, sí. Guarneri mise incinta una giovane dottoranda e poi la piantò per un incarico a Bruxelles).

Guarneri aveva salvato la pelle salendo sull'aereo per Montevideo la stessa notte in cui sotto casa sua arrivava la Ford Falcon verde, senza targa, con i tre poliziotti in borghese. Ogni tanto, che fosse a tavola o a un convegno, riportava la frase di un tale, mi pare del governatore di Buenos Aires. Piú o meno diceva che, dopo i sovversivi, avrebbero fatto fuori i loro fiancheggiatori, poi i loro simpatizzanti, in seguito gli indifferenti e alla fine anche i timidi.

Mi dico che Laurino Costagrande forse era un fiancheggiatore, sicuramente un simpatizzante.

Ma Sabina Amatucci, che di anni ne aveva dieci meno di me, era stata fidanzata (per un mese e mezzo) con il fratello del marito di una sorella (minore) di Sergio Scurante. Di professione geometra, e incensurato.

Ecco, mi dico, il 24 di aprile la faida è arrivata ufficialmente agli indifferenti.

Meno male che Sabina aveva i documenti con sé, per cui hanno potuto identificarla subito.

La testa non l'hanno ancora trovata.

Sono quasi le sette. Ormai la stanchezza è diventata un torpore a bassa intensità.

L'ultimo fatto di sangue risale al 28 aprile, e quello me lo ricordo bene. Non solo perché è il piú recente. Ma anche perché certe cose, nonostante tutto, si dige-

riscono piú lentamente. È successo davanti a un ristorante chiamato *Happy Fish* (che nome del cazzo).

L'*Happy Fish* sta su corso Due Sicilie, una di quelle
arterie che notte e giorno scaricano traffico verso i tor-
rioni di cemento delle periferie. A quanto pare, questo
Happy Fish è un piccolo ristorante, specialità di mare,
quaranta coperti in tutto, sessanta con il giardinetto
sul retro, nella bella stagione. Il 28 aprile, però, il giardinetto era ancora inagibile per lavori.

Cosí Capuano Riccardo, anni 46, titolare anche di
un'altra pizzeria e di un discobar frequentato piú che
altro da marinai russi e sudamericani, è uscito in strada, a fumarsi una sigaretta. Proprio davanti alla vetrina con il grande acquario. Secondo le testimonianze,
l'orologio piú grande del centro Interphone di fronte
segnava all'incirca le otto e trentacinque.

Alle otto e trentacinque di venerdí 28 aprile, Nunzia
Matello e Caterina Di Domenico si sono chiuse alle spalle il portone del civico 182. L'*Happy Fish* è al 180. A Nunzia avevano appena comprato una di quelle bambole un
po' truzze, mica la Barbie con cui giocavamo noi, figurar-
si (queste sono bambolotte maggiorate, hanno l'ombelico
di fuori, la bocca a cuore e le ciglia a ventaglio).

Caterina si era disegnata sul polso un bracciale tri-
bale colorato. A quanto ha dichiarato la madre di Nunzia, le bambine avevano deciso di andare a prendere
un cono due isolati piú avanti, al bar *La Palma*, che fa
il gelato di produzione propria. Ma chissà perché, mi
dico. I ragazzini adorano i gelati confezionati (io, alla
loro età, mangiavo solo quelli).

Sembra certo che si siano fermate davanti all'acquario dell'*Happy Fish* a guardare quant'era brutto l'astice e a fare tap tap sul vetro per vedere se l'orata si vol-
tava verso di loro.

Carne. Da qualche tempo l'*Happy Fish* aveva messo
nel menu anche braciole e bistecche. Riccardo Capuano le comprava dalla Dicar di Renzo Antoniolo, suo futuro cognato.

Il grande salto di Renzo Antoniolo risale a cinque o sei anni fa. Prima riscuoteva il pizzo dai commercianti del mercato rionale del Marchesino, ora è grossista di carni. Quelli a cui prima chiedeva un contributo per le povere creature che hanno il padre in carcere, oggi sono clienti affezionati a cui emette regolare fattura. Al momento, ha solo un rinvio a giudizio per truffa alla Comunità europea. Contributi per l'abbattimento di capi di bestiame mai realmente esistiti. Quel che si dice un classico (a uno come lui i soldi sí. A mio padre invece no).

Carne.

Carne da asfalto. Tanto lo sanno, quelli come Capuano, che prima o poi diventano carne da asfalto. Prima o poi qualcuno li abbatte come capi di bestiame. Questione di tempo. Spesso neppure *molto* tempo. Oggi le cose cambiano in fretta, per tutti.

Pesce.

L'astice è brutto da fare schifo. Lo scorfano, almeno, sembra un mostro dei cartoni.

Secondo le ricostruzioni, alle otto e trentacinque, Nunzia Matello, Caterina Di Domenico e Riccardo Capuano erano tutti e tre davanti all'acquario della vetrina. Il tabaccaio accanto, che aveva appena chiuso, li ha sentiti scherzare.

– Buonasera, signorine, come siete belle, – avrebbe detto Capuano.

Alle otto e trentasei, trentasette al massimo, erano tutti e tre carne da asfalto.

L'uomo, a braccia avanti fra il salvapedone e una cabina telefonica devastata. Nelle foto dei rilievi, Capuano è in una pozza color palude, ha un occhio aperto e una poltiglia rosata, forse degli spaghetti masticati che gli escono dalla bocca insieme a del sangue venoso. Un mio collega dell'investigativa mi raccontava sempre che, per morire sparati con dignità come nei film, bisognerebbe avere intestino, vescica e stomaco vuoti. Perché, quando questi organi sono pieni, l'onda d'urto dei proiettili li fa scoppiare come palloncini, con tutto quello che ne consegue.

Caterina la vedo distesa bocconi, aggrappata al salvapedone come per mettersi in salvo da un naufragio. Sembra che sia scivolata sul marciapiede inondato. Se i primi colpi non avessero sbriciolato l'acquario dell'*Happy Fish*, ce l'avrebbe fatta. Le bastavano solo un paio di passi ancora. Invece uno degli undici proiettili esplosi, rimbalzato chissà dove, le ha spaccato il fegato.

Non dev'essere morta subito, e forse ha fatto in tempo a vedere il pesce brutto come il mostro dei cartoni guizzarle incontro, sul marciapiede. Vorrei che non avesse fatto in tempo a pensare che il mostro dei cartoni arrivava a portarla via.

Perché, invece, il mostro moriva anche lui, sul marciapiede.

Il mostro era solo un pesce.

Carne. Le foto di Nunzia, un anno e mezzo meno di Caterina, non ci sono. Lei l'hanno trasportata all'ospedale, ci hanno provato. Dicono che era una bimba bella, alta e piú sviluppata della sua età. Tanto è vero, riporta l'articolo di un quotidiano, che l'hanno composta nella bara con il vestito della Cresima di una sua cugina di undici anni. Nunzia ha provato a ripararsi dietro le auto in sosta. È stata brava, pronta, ha fatto la cosa giusta. Ma il punto è che l'ha fatta anche Capuano.

E allora perché una bambina muore a otto anni, se fa la cosa giusta? Qualcuno sostiene che Capuano se ne sia fatto scudo, ma le testimonianze sono confuse.

L'unica risposta la trovo nella relazione del perito balistico. I proiettili Thv, abbreviazione di *très haute vitesse*, pronuncia *tiaccavú*, escono dalla canna di una pistola con una velocità di 600 metri al secondo. Nelle foto dei referti si vede che hanno la punta rivestita in teflon annerito, incisa da scanalature. La loro alta velocità significa anche che impiegano piú tempo, a perdere energia cinetica, e che quindi la loro traiettoria è piú lunga. Chi ha sparato in corso Due Sicilie sapeva di non potersi avvicinare al bersaglio, di non poter scendere dalla moto, di essere in territorio nemico e di dover far presto, prestissimo.

Il proiettile Thv che è entrato sotto l'orecchio destro di Nunzia forse era già rimbalzato sul muro o sulla cabina telefonica e aveva perso forza cinetica. Dato che è anche piú leggero dei proiettili normali, è riuscito a entrare nei tessuti molli ma non a forare il cranio per fuoriuscire. È stato peggio. Come un piccolo verme, ha scavato il suo tunnel nella materia cerebrale seguendo la curvatura della calotta. E poi è rimasto lí.

Gliel'hanno tolto la notte stessa, dopo tre ore di sala operatoria. Nunzia è rimasta in coma quasi quattro giorni, ma non ce l'ha fatta. Oltre tutto i danni provocati dal Thv erano comunque gravissimi e irreversibili, con ogni probabilità sarebbe rimasta cieca e sorda per sempre. A tanto mi devo attaccare, per trovare una consolazione che mi fa vergognare.

Quella bambina non se l'è sentita di lottare per vivere in un mondo buio e deserto.

Gli gnostici pensavano che Dio fosse un baratro infinito e oscuro, un padre freddo e imperscrutabile. Ma questa è filosofia (scusami, Nunzia. Scusami anche tu, Caterina).

È che sono stanca morta, forse avrei bisogno di piangere, ma tutto questo bruciore, tutta questa notte, questo silenzio intorno mi hanno prosciugato gli occhi.

Gli occhi, sí, ma anche da qualche altra parte, dentro. Cosí dentro che neanch'io so come arrivarci.

Mi rendo conto di essermi addormentata quando mi svegliano le urla dal piano di sotto.

Sono le sette e tre quarti e sono rannicchiata sotto uno scialle, con la testa sul bracciolo del divano, il che significa torcicollo per i prossimi due giorni.

Ascolto le grida per capire se sono sveglia davvero. Litigata in grande.

Certe volte stare da sola non mi pesa per niente. Anzi.

Un'ora di sonno sul divano è assai peggio di niente. Mi alzo e barcollo verso la doccia, lasciando maglietta, pantaloni e mutandine lungo il tragitto. Quando chiudo il getto e mi infilo l'accappatoio mi aspetterei che l'abbiano piantata, e invece strillano piú di prima. Spero che non si scannino, o almeno non stamattina.

Sfioro la tastiera del portatile e sullo schermo riappare il fantasma verde dagli occhi luminescenti a cui ho cercato di dare un nome per tutta la notte. La foto scattata dal ristoratore è molto mossa. E anche molto sinistra. L'uomo è a mezzo busto, con un braccio alzato a indicare qualcosa. Direi sui trenta, tozzo e massiccio, una faccia quadrata, il mento con la fossetta. È molto stempiato, ma porta i riccioli lunghi sulle spalle. Ha un giaccone con la chiusura a fibbie metalliche e i risvolti scuri, forse di velluto.

Continuo a ingrandire la foto e ad accumulare particolari che non mi aiutano, perché tanto, nel dossier della faida d'Aprile, quella faccia non l'ho trovata. Quanto al secondo uomo, si vede solo di spalle, e ha anche un cappello.

Rimane il fatto che non è gente del luogo. E che sono rimasti in quell'appostamento sulla collina dalle otto di sera, quando c'era ancora luce e Cocíss li ha notati, almeno fino alle dieci, quando invece li ha notati il ristoratore guardone.

Gente sconosciuta, di notte, intorno all'abbazia di Spaccavento: sarei molto curiosa di sapere cosa ne pensa Reja, adesso, ma decido di rimandare la questione, perché ci aspetta un incontro a tre piuttosto delicato. Qualche curiosità, però, me la vorrei togliere subito.

– Lo sapevi che Cocíss non risulta fra gli arrestati? – gli dico, non appena entriamo nel corridoio del commissariato.

– Ci sarà un errore di trascrizione nell'elenco.

– L'elenco viene dalla procura.

– Perché, le procure non sbagliano mai?

Sento Reja stranamente nervoso.

– Com'è che non s'è mai visto il suo avvocato? – insisto.

– *Tu* non l'hai visto.

– A Firenze, nel garage, tu e D'Intrò avevate litigato, vero?

– Tu non litighi mai con nessuno?

– Tendenzialmente direi di no.

– Sbagliato. Stai per litigare con me.

– Allora tanto vale che ti dica come la penso.

– Ti do due secondi.

– Cocíss è roba di D'Intrò, vero?

– Sei gelosa?

Reja sbuffa. Poi bussa a una porta socchiusa e solo in quel momento mi viene in mente che avrei fatto meglio a non arrivare insieme a lui. Morano penserà che ci siamo messi d'accordo e questo renderà l'incontro ancora piú difficile.

Infatti.

Morano ha allineato tutto sulla scrivania. Le mie due relazioni, la denuncia di padre Jacopo, il verbale d'arresto di Russo Giovanni.

Reja li prende uno a uno, tenendoli per il bordo inferiore. Morano mi fissa da un paio di occhiaie piú grigie del solito.

– C'era qualcun altro, quando è successo? – fa Reja, scorrendo le righe con microscopici scatti della testa.

– Era notte fonda. Nelle cucine c'erano solo loro due.

– Quindi niente testimoni.

– C'è questo.

Morano spinge verso il bordo della scrivania un altro foglio. Se ho visto bene, l'intestazione è quella dell'Asl. Credo che sia la registrazione d'ingresso al pronto soccorso. Reja annuisce lentamente, poi ci guarda tutti e due.

– Ustioni di secondo grado su tutto il lato sinistro

del volto, sul collo e sulla mano. Questo non ci dice come è andata. La pentola potrebbe essere caduta durante la colluttazione.

– E chi l'aveva messa sul fuoco una pentola d'acqua, all'una di notte? – ribatte secco Morano.

– Non lo so.

– Ecco.

– Comunque non sappiamo neppure chi l'ha messa sul fuoco. Russo Giovanni è stato sottoposto a visita medica?

Il silenzio mio e di Morano è un no che lo autorizza a continuare.

– Eppure mi sembra che il soggetto presenti delle ecchimosi, qualche escoriazione. È vero che ha un braccio gonfio?

Reja mi interroga con un'occhiata, e io non posso non confermare. Non sto sputtanando nessuno, ma Morano frigge di rabbia, in silenzio, lo so, come se qualsiasi mia parola possa nascondere una sorta di tradimento.

– Diciamoci subito dove vogliamo arrivare, – bofonchia Morano, tetro.

– A capire se una colluttazione c'è stata o no.

Morano si alza di scatto e va ad aprire la finestra. Muore dalla voglia di fumare, prende un pacchetto ancora chiuso e se lo rigira fra le dita senza neppure togliere il cellofan.

– Tu che ne pensi, Rosa? – mi chiede Reja. Intonazione viperina.

Penso che siamo incastrati. Perché, se c'è stata colluttazione, il pentolone potrebbe essersi rovesciato. Se non c'è stata, significa che i lividi Cocíss se li è fatti dopo. Magari quando Morano lo ha scaraventato contro l'armadio. Quindi sto zitta, temporeggio, e Morano mi anticipa:

– Ho capito. Abbiamo la missione di difendere un pezzo di merda che in una settimana non ha fatto che casini. Li legga, stanno tutti scritti nei rapporti della nostra collega.

– E l'albanese?

– Non mi risulta abbia dei precedenti.

– A me risulta che nel pomeriggio abbia affrontato e minacciato Rosa.

Ancora uno sguardo cupo da Morano. Non può pretendere che abbia taciuto a Reja su questo.

– Mi ha rovesciato addosso un catino di risciacquatura di piatti.

– Lo metteremo nelle attenuanti.

Anche Reja si alza. Ha una maglietta nera quasi a guanto, sembra uscito dalle pagine di una rivista maschile, di quelle che promettono tartarughine addominali in due settimane e «centoundici modi per farla impazzire a letto» (già con tre o quattro staremmo alla grande).

– Il prete è arrivato che era tutto finito e altri testimoni non ce ne sono. I due non sono stati interrogati. Per me la dinamica è da appurare e non ci sono gli estremi per trattenere il soggetto oltre i limiti del fermo. Vi pare una posizione illogica?

Reja ha appena sterzato su un tono formale e conciliatorio. Questo porterà Morano a incazzarsi ancora di piú, quindi smetto di fare la bella statuina.

– Cocíss l'ha detto a me.

– Cosa?

– Che voleva regolare i conti con Vassilj. Per tutti alla comunità io sono sua sorella, Vassilj mi aveva mancato di rispetto e lui non poteva lasciar passare la cosa.

– Ha detto esplicitamente di aver infilato la testa del ragazzo nel pentolone bollente?

Morano vorrebbe che dicessi di sí (e in fondo, che cosa mi costa).

– No, questo no.

– Questo significa solo che erano tutti e due d'accordo per vedersi di notte, da soli, nelle cucine. Vassilj o come cazzo si chiama avrebbe potuto informare padre Jacopo. Invece ha accettato di regolare la questione cosí, quindi sapeva benissimo che non si trattava di

una partita a briscola. L'intento ostile era di tutti e due.
Mi sono spiegato?

Reja ha appena segnato un punto a suo favore, Morano torna alla scrivania e lancia il pacchetto di sigarette sopra una vaschetta portadocumenti. Inclina la
testa di lato, mostra i palmi delle mani in segno di
disponibilità.

– Benissimo, collega. Facciamo piantonare l'albanese in ospedale. E quando sarà in grado di muovere la
bocca, cioè come minimo fra un mese, lo interroghia-
mo. Ma nel frattempo, quel bastardo di merda da qui
esce solo per tornare in galera. Ci siamo capiti?

Reja scuote la testa. Serafico, direi.

– No, non ci siamo capiti. Quindi vado a fare colazione e le lascio dieci minuti per riflettere.

Quasi allo scadere esatto dei dieci minuti squilla il
telefono. Rispondo io perché anche Morano è uscito,
a fumarsi una sigaretta.

– Buongiorno-Dia-di-Roma, – mitraglia la voce di
una donna. – È l'ufficio del viceispettore Morano?

– Sí.

– Con chi parlo?

Mentre mi qualifico rientrano Reja e Morano.

– Chiamo da parte del dottor D'Introó, – fa la donna. – Attenda in linea, prego.

Parte una musichetta di plastica e io copro il microfono della cornetta. Quando annuncio chi è, Reja
non fa proprio niente per sembrare sorpreso.

– Ispettore Morano, come ho già avuto modo di
spiegare alla sua collega, esistono le regole ma esistono anche delle priorità che siamo tenuti a valutare
con prontezza. È questo, il nostro lavoro. Veda bene, la necessità dell'intervento chirurgico rimane primaria, anzi, *in-di-spen-sa-bi-le*. A maggior ragione se
il vero e proprio programma di protezione non venis-
se approvato in conseguenza dei comportamenti te-

nuti dal soggetto. Ma questo è un problema che viene dopo.

Nessuno obietta. È come avere il Padreterno, il Verbo in viva voce.

– Voglio dire che in qualsiasi carcere finisca, quelle cicatrici sono segni troppo distintivi. Quindi, il soggetto verrà trasferito sotto sorveglianza in una clinica, come stabilito. Subirà l'intervento di plastica facciale e poi, entro sette giorni, dieci al massimo, verrà associato a una struttura di detenzione, se il giudice competente riterrà che ci siano le motivazioni per una custodia cautelare. E, comunque sia, tutto questo con il nome di Russo Giovanni, e senza piú quelle cicatrici. Qualche domanda?

Ne avrei un centinaio, quindi evito di farne una sola. Tanto non mi chiarirebbe niente. Reja mi sorveglia con occhi duri e preoccupati al tempo stesso.

– Come vede, ispettore, nessuno le mette i piedi in testa. E nessuno svaluta il lavoro che state facendo. Quella del nostro soggetto è una situazione molto delicata. Ma anche grazie alla vostra collaborazione tutto sta procedendo per il meglio.

(Se lo dice D'Intrò sono quasi tentata di crederci). Morano solleva le sopracciglia. Io devo impormi di non farlo.

Quando usciamo, finalmente parlo a Reja degli uomini sulla collina e dei fantasmi fotografati a infrarossi dal ristoratore guardone. Ascolta e annuisce, sempre piú accigliato. A un certo punto si ferma e si gratta il mento appuntito. Condivide la mia preoccupazione, meno male. Ci pensa su, mi squadra, poi taglia corto.

– Tanto questo a Spaccavento non ci ritorna. Entro stasera lo trasferiamo.

– E dove?

– Lo sappiamo fra due o tre ore al massimo. Approfittane per riposarti, perché poi fino a stanotte saremo in ballo.

Sono sfinita, e Reja se ne accorge.
– L'ultimo sforzo, dài.

Chiudo la cerniera del borsone di Cocíss e tengo fuori soltanto un paio di bustine di balsamo dopo shampoo.

Guardo per l'ultima volta la stanza devastata: ci sono due strisce di sangue alla parete, fra l'armadio e la finestra. Sono contenta di chiudermi questa porta alle spalle, a chiave, con tre mandate. Finito.

Scendo la scala e mi faccio due corridoi fino all'ufficio di padre Jacopo, senza ricevere un solo saluto. Né dall'operatrice stile prof alternativa, né da Gabriela, né da una floridissima donna nigeriana con una veste color pervinca. Tirano tutte diritto, cambiano strada, si voltano di là. Non è solo indifferenza, è una sorta di timoroso rancore che mi mette a disagio.

Per tutti loro sono la sorella di Cocíss.

Vorrei fermarmi e dirlo a qualcuno, che non è cosí, non è vero, è stata una commedia. Una brutta commedia con un finale pessimo. Poi vedo padre Jacopo e stringo le dita alla maniglia del borsone.

Capisce subito che gli devo parlare a quattr'occhi. Entriamo nel suo studio, appoggio la valigia per terra e gli lancio le due bustine del balsamo sulla scrivania. Il suo tavolo è ricoperto da fatture, preventivi, dépliant di elettrodomestici, cataloghi di piastrelle e di macchine agricole.

– Mi dispiace, – faccio, – ma glielo devo dire. Qui dentro qualcosa non funziona come dovrebbe.

Non so se guarda con piú diffidenza me o le bustine. Si toglie gli occhiali e ne esamina da vicino una.

– Dentro ce n'è ancora per un paio di piste.

Padre Jacopo si guarda l'indice imbiancato, poi si lascia cadere sulla poltroncina da ufficio con la spalliera tenuta dal nastro isolante.

– Ce l'aveva già quando è arrivato. È l'unica spiegazione.

– Impossibile. Veniva dal carcere.

– Ti sembra una garanzia?

– Stia sicuro che prima di portarlo qui i colleghi l'hanno rivoltato come un calzino.

Si volta verso la finestra.

– In dieci anni, qua non ha mai girato neppure mezzo spinello.

– Non sto dicendo che è colpa sua.

Si alza facendo sospirare il pistone della poltroncina.

– Io invece dico che è colpa vostra. Questo non è un posto per un soggetto del genere e lo sapevate. Avete usato la comunità come nascondiglio. Ma non è cosí che funziona. Non ci ricascherò un'altra volta, sappiatelo. Ho avuto solo danni, da questa storia.

– Sono qui anche per quello. Ha già un'idea della cifra?

Il prete si volta di scatto e si mette a urlare.

– Guardami bene in faccia. Stai parlando dell'armadio, della porta? Ma cosa m'importa! Guarda il mio tavolo, ci passo le giornate, in mezzo alle fatture e ai preventivi! Ma io mi occupo di esseri umani! Capisci la differenza?

Provo a dire che lo capisco e che mi dispiace, ma mi interrompe.

– Hai il coraggio di venire da me con dei soldi e con quelle bustine? Vai via, per favore.

– Sta esagerando.

Qualsiasi cosa gli dica lo fa incazzare ancora di piú.

– Esagerare, io? E i segni del sangue sul muro?

– Cosa c'entrano?

– Dimmelo tu, cosa c'entrano. Ne sai sicuramente piú di me.

Eccomi un'altra volta a ripulire gli schizzi di merda lasciati in giro da quelli come Morano. Ligia al dovere, difendo il collega.

– Il soggetto ha sfasciato la camera a pugni e calci e si è ferito.

– Vattene.

– Prima mi dica una cifra, padre.

– Non voglio un centesimo.

– O saldo subito o non le verrà riconosciuto niente.

Prende le bustine, apre la cerniera e le infila nel borsone.

– Fuori dal mio ufficio. Subito.

Mi siedo su un muretto appena fuori dal portone principale e guardo l'abbazia. Il sole del pomeriggio addolcisce il colore della pietra. Spaccavento è davvero un presidio di sopravvissuti in bilico fra due unghiate del demonio.

Nelle vecchie stalle lavorano di calcina e mattoni. Anch'io a questo punto preferirei spalare la merda vera, quella che puzza forte, senza equivoci, piuttosto che ritrovarmi sempre nella merda figurata, che non puzza e ti accorgi di esserci dentro solo quando ce l'hai già fino al collo.

E poi vorrei avere una mezz'ora per stendermi qui, con il sole sul viso.

Chiudo gli occhi e mi sento pesante come il borsone di Cocíss che dovrò portarmi fino alla macchina e poi in commissariato. Lo devo far viaggiare a parte, sennò quello capisce. Non vorrei esserci, quando si renderà conto che non lo portano da D'Intrò.

Non vorrei esserci e non ci sarò (talvolta i desideri si realizzano). Devo riaprire gli occhi, alzarmi e andare incontro al resto della giornata, alle mie ultime ore con il soggetto in questione. Reja mi ha già anticipato che la sua valutazione sul mio operato sarà positiva, nonostante tutto.

Di colpo non ho piú il sole sul viso. Ho addosso un'ombra.

Scatto in piedi e Joséphine è davanti a me, la solita tuta rosa con l'ombelico scoperto. Non è truccata, l'incarnato olivastro è picchiettato di piccoli brufoli scuri e la luce del giorno fa risaltare la grossa chiazza viola che ha sotto l'orecchio: tutti strascichi di selvaggi faida-te ormonali, mi raccontava l'altro giorno. Dall'angolo retto fra il collo robusto e le spalle le scendono sul seno due collane di quarzi e perline. Se ne toglie una, la piú piccola, un intreccio di piccole foglie nere e argentate, tutte di filo e di rocailles. Deliziosa.

– Questa è per tuo fratello –. Me la chiude fra le mani, che spariscono tutte e due in una sola delle sue.

A qualcuno devo pur dirlo. Tanto, ormai.

– Ascoltami... quel ragazzo non è mio fratello.

Si porta l'indice alle labbra. Come una madre che calma il suo bambino. Mi chiedo se gli ormoni, sovradosati, possano arrivare a tanto. Mi prende la paura che un gesto di quella dolcezza, io, molto presto non saprò piú farlo. È una condanna che mi scrivo da sola, nella speranza che mi faccia meno male.

– Lui non è mio fratello. Vedi, io sono...

– Non importa, – dice. – Tu dagliela. Posso fidarmi di te?

– Sí che puoi fidarti.

Mi sorride, mi lancia un bacio con le dita e se ne va, strusciando le infradito colorate del 43 sulla terra calda e sabbiosa.

Ho un paio d'ore scarse di tregua. Mi dedico a piccole cose banali, come rinvasare per la terza volta un ciclamino che il gatto dei vicini fa regolarmente cadere durante le sue perlustrazioni notturne. Come sfoltire la memoria del cellulare dei messaggi piú inutili e stupidi di Antonello, o anche spuntare l'estratto conto della banca e controllare quando ho la prossima esercitazione di tiro.

Esco di casa che il vento corre dritto sulla pianura, fruga fra gli alberi e mi punge gli occhi. Dal mare arrivano nuvole grandi, infiammate di burrasca. Arrivano da dove devo andare io. Le cinque e quaranta. Atmosfera adatta per il mio addio al Mastronero Daniele, detto Cocíss.

Al commissariato lascio la macchina alla meglio, in

mezzo al parcheggio, e provo a richiamare Reja. Dentro il rettangolo d'ombra orlato di nero, fra i mattoni rossi, riconosco Morano. Ha la faccia scolorita dal malumore e non vede l'ora di andarsene a casa. Poi la finestra sbatte e un riflesso di luce lo cancella.

– Sono in coda a Firenze sud, – sono le prime parole che ottengo da Reja dopo sei o sette chiamate a vuoto.

– Ma come, manca un'ora.

– Tu procedi, intanto.

– Cosa?

– Vai. Ci troviamo lungo la strada.

– Ma chi viene con me? Salvo è in ferie, Morano non...

– Morano? Per carità, quello. No, no, parti tu.

– Io? Da sola con quello?

– Ma sí. Il soggetto ormai ti conosce e sarà piú rilassato.

No, questo mi sembra davvero troppo.

– Ma siamo impazziti, collega?

– Non siamo impazziti. È che io sono bloccato a Firenze sud e al momento non c'è altra soluzione. È cosí difficile da capire?

– È un rischio senza senso.

– E vuol dire che correremo questo rischio.

Aspetto a entrare dalla porta a vetri, perché nel corridoio al piano terra qualche volta si perde il segnale.

– Io non mi muovo.

– Tu invece sali in macchina con il soggetto e ti muovi. Avanti, sono solo quaranta chilometri.

Mi muovo. Prima parto, prima arrivo (però no, non ci siamo). Mi tocca un'Alfa nera, troppo nuova e quindi troppo vistosa, ma quella è.

Le belve come Cocíss fiutano la tensione. La mia, quella di Morano, quella del vento a cui andiamo incontro.

Morano non ha voluto sentire ragioni e gli ha messo delle fascette di plastica ai polsi. Cocíss ha lasciato

fare. Sembra di nuovo in fase indolente, barricato dietro le sue lenti scure.

Si è accomodato sul sedile con le mani fra le gambe
e gli ci ho appoggiato sopra la felpa. Odora di abiti sudati e di capelli grassi, la maglietta nera è sbavata di
non so cosa. Ha un paio di abrasioni sul collo appena
sotto il mento che forse andavano disinfettate.

– Non s'è fatto avvicinare, – ha tagliato corto Morano. – E a me mica mi pagano per fare il domatore –.
(Neppure a me, collega).

Quando imbocchiamo la superstrada mi chiedo se
ha notato la pistola dentro il mio giubbotto di pelle, e
se per caso non farei meglio a parlargli. Tanto per as-
sicurarmi che sia vivo, dato che da un quarto d'ora si
muove solo quando faccio una curva. In realtà lo farei
solo per rilassarmi un po'.

Verso la costa il traffico si imbottiglia nelle strettoie
dei lavori in corso. Rappresentanti che parlano con il vi-
va-voce, giovani madri che scarrozzano i figli da una scuola di danza a un campo da calcio. Due nordafricani con
una station wagon talmente carica che il paraurti scorti-
cato gratta quasi l'asfalto. Faccio un giro sulle stazioni
radio. Cocíss appoggia la testa al finestrino e dall'alone
che lascia sul vetro, se non altro, capisco che respira.

Anch'io, fra meno di un'ora, potrò sembrare una
qualunque che torna a casa o che va a cena con il fidanzato dopo una giornata di lavoro.

– Reja, dove sei?
– Lastra a Signa.
– Ma come?
– Incolonnato, a passo d'uomo. E tu?
– Ho superato Pisa.
– Ormai è fatta, avanti.

Il vento entra nel microfono del telefonino e devo
urlare, perché Reja non mi sente bene. Nella piazzola
di emergenza volano rami, sacchetti di patatine e bottiglie accartocciate.

Tengo gli occhi incollati al finestrino del passeggero, ma Cocíss sembra non avere voglia di dare noie,
almeno per stasera. Ci congediamo con un minimo di
dignità.

– Hai capito bene dov'è il cantiere Colletti?

Ho capito benissimo, ma il programma è cambiato
tre volte e spero che questa sia l'ultima. Mi ripete la sigla del gommone. Cocíss partirà per la Slovenia con un
elicottero dei paracadutisti, la caserma si affaccia sulla sponda opposta del fiume a due chilometri scarsi da
qui, in direzione della città.

Risalgo e di colpo mi accorgo di quanto sia viziata
l'aria. Facciamo una decina di chilometri con il mio finestrino aperto, ma neanche quello sveglia Cocíss. Meglio cosí. Accosto a un distributore chiuso. In auto c'è
una ricetrasmittente, ma non posso usarla, perché
Cocíss non deve sentire quello che dico.

Scendo di nuovo, chiudo la centralizzata e mi informo sul bagaglio di Cocíss.

Un certo Carracci mi assicura che è stato ritirato ed
è gia in caserma. Sono le sei e cinquantadue, e il piccolo cantiere nautico sull'Arno è a meno di un chilometro (ormai è fatta, ha ragione Reja).

Sotto il viale alberato la luce del sole sparisce in fretta, e il fiume color argilla sembra scorrere al contrario.
Siamo vicinissimi alla foce e il mare spinge, ricaccian-
do indietro lo scheletro di un albero, un vecchio copertone, boe e galleggianti. Cocíss si risistema sul sedile,
e per tenergli d'occhio le mani sotto la felpa quasi tam-
pono l'auto che mi sta davanti.

L'insegna del cantiere è un cartello di legno con una
bandierina triangolare bianca e rossa. Il cancello scor-
revole è aperto, ma mi fermo poco prima, davanti a un
platano dove hanno legato un mazzo di fiori e una bustina di plastica trasparente gonfia di biglietti.

Spengo il motore e, come tutti quelli che si addor-
mentano in viaggio, Cocíss si risveglia subito. Guarda
fuori.

– Che è questa roba ai polsi... – biascica.

– Vedi di svegliarti, forza.

Sulla banchina accanto alla gru sono in due o tre. Contro l'orizzonte accecante le loro sagome nere sono come piccoli carboni nel fuoco vivo. Un altro ancora è sul gommone, a poppa, vicino al motore fuoribordo. Controluce non riesco a leggerla, la sigla (meglio aspettare).

– Dove cazzo siamo?

– Volevi parlare con D'Introò?

– E dove sta, D'Introò?

– Adesso ti ci portano.

(E come no, vedrai). Sul sole scende una nuvola viola come il braccio gonfio di Cocíss, e finalmente leggo le cifre sulla fiancata. Corrispondono.

– Ce la fai a tenerti in piedi o no?

– Sbirri *dimmerda*. Glielo dico, al dottore D'Introò, come mi avete trattato.

– Hai ragione, diglielo. Ma ora bisogna scendere. Ti aspettano. Ce la fai?

– Voglio una sigaretta.

I tre uomini stanno pompando via l'acqua dal gommone.

– Andiamola a chiedere a loro.

La canna di gomma sputa come una fontana.

– E chi cazzo sono, quelli?

Non gli rispondo. Non lo so e se devo essere sincera non so nemmeno come hanno fatto a imbarcare tutta quell'acqua.

– Toglimi queste fascette di merda.

– Quando sei sul gommone te le tolgono loro.

– No, me le togli tu. Subito. Sennò non scendo.

– Te le tolgono loro, ho detto.

Tira una spallata alla portiera, poi abbassa il finestrino e cerca di segare le fascette sul bordo superiore del vetro.

Quando mi squilla il telefono rispondo senza guardare, perché devo tenere d'occhio Cocíss e anche gli uomini del gommone.

Dal commissariato, la collega mi chiede se so qualcosa di una borsa sportiva lasciata nella stanza degli armadietti.

Salto fuori dall'auto, e un camion mi sfreccia a mezzo metro, seminando una ventata di sabbia grossa. Chiudo gli occhi e mi faccio descrivere la borsa. Mi pare difficile avere dei dubbi, ma almeno ci provo.

– Sí, – dico, alla fine. – Cioè… no.

– Sí o no?

– Doveva passare un certo Carracci a ritirarla. Ho lasciato una nota al centralino.

– Guarda che qua non s'è visto nessuno.

Il vento scuote i platani. Le foglie piú deboli finiscono ancora verdi sotto le ruote delle macchine.

La collega si scusa e mi saluta. Io non le rispondo neppure, guardo l'equipaggio che finalmente ha svuotato il gommone. Mi sposto dietro l'albero con il mazzo di fiori. Dalla caserma a dove siamo noi saranno due chilometri scarsi. La corrente è forte, ma sul fiume non ci sono onde.

Risalgo in macchina e stringo subito il volante. Cocíss non si deve accorgere che mi tremano le mani.

– Me le togli, 'ste fascette? – torna subito all'attacco. Ha provato a strapparle a morsi e ora gli sanguina una gengiva.

– Fai attenzione, o ti saltano un paio di denti.

Uno degli uomini sta venendo verso il cancello. Ha una giacca a vento rossa e un cappello nero con la visiera, cammina a piedi divaricati dentro galosce di gomma verdi. Ci siamo, sto per portare a termine il mio primo incarico. Ancora pochi minuti. Ancora qualche passo e l'uomo ci vede.

Quanti casini. Quante distrazioni, però. La procura che fra sessantadue arrestati dimentica proprio Mastronero Daniele. Reja che lo affida a una come me, una al primo incarico.

Mi fa troppa paura, quello che penso.

– Che stiamo a fare qui, eh?

(Ma dove hanno imbarcato tutta quell'acqua? Vengono dalla caserma, mica dal mare).

– Scendiamo o no?

Questo Carracci mi ha raccontato una balla. Il borsone di Cocíss è ancora nella stanza degli armadietti, abbandonato come una cosa che non serve piú a nessuno (devo solo portare in fondo il mio primo incarico).

E questi non vengono dalla caserma (che mi frega, devo solo rispettare le disposizioni). Chissà a chi lo sto consegnando, con le fascette ai polsi (*troia dimmerda, fammi un bocchino*). Qualunque fine faccia, non si merita niente. E non sarà certo colpa mia.

– Scendiamo o no? – ripete Cocíss.

– Okay, forza.

L'uomo ora è sul cancello, con i piedi sulla guida metallica. Tiene le mani in tasca e quando arriva una folata piú violenta delle altre non fa in tempo ad afferrare il cappello. Gli vola via fra i rami dei platani. Si volta per inseguirlo e io vedo i riccioli lunghi e la fronte lucida.

– No, aspetta.

(E questi dovrebbero essere parà? Nessun parà può portare i capelli cosí).

– Ma che ti prende, ora?

– Niente.

Mi prende che ho appena visto un fantasma. (Cazzo, è lui). Il fantasma verde, ci ho passato tutta la notte, a ingrandire quella foto a infrarossi. Non ha gli occhi fosforescenti, ma è lui, è il fantasma sulla collina. Tozzo, il mento largo, con la fossetta. Si rimette i riccioli dentro il cappello (*due che guardavano, con i binocoli, ci hanno pure pisciato*).

Il mio primo incarico sta per finire. Ho davanti due giorni di riposo tutti per me. Io non c'entro niente con questi qua. Che continuino a scannarsi, come hanno sempre fatto.

Guardo questo giovane avanzo di periferia, con il naso piccolo e il mento arrogante, e mi viene quasi da salutarlo. Da fargli capire che, comunque vada (*qua mi ammazzano*), non ci vedremo piú. Che d'ora in poi, tutto quello che gli succederà non l'ho deciso io. Non ci posso fare niente, era il mio primo incarico.

– Allora andiamo.

(Ma dove crederà di andare, questo).

L'uomo ci ha notato e viene verso di noi. Sembra spazientito. Avanza lungo il ciglio della strada, mentre altri due fanno capolino oltre la schiera fitta di sbarre del cancello.

Schiaccio la frizione.

– Non scendere.

– Ma che c'è, ancora?

– Non scendere, – gli ripeto, e spingo in avanti la leva del cambio.

Nessuno può piú scendere, ormai. Neppure io.

– Ma che succede?

– Non lo so, stai calmo e mettiti giú.

Io vorrei guidare per sempre, non fermarmi piú.

Io non so cosa fare. Dovevo lasciarlo lí e sbattermene. Invece lampeggio con gli abbaglianti e mi butto a cento all'ora sulla corsia opposta, aggrappata al volante.

– Dove andiamo?

– C'è stato un problema.

– Che problema?

– Sta' zitto.

– E toglimi 'ste fascette *dimmerda*!

Non so dove andare. Mi lascio soltanto trascinare dal vuoto che ho davanti a me, risucchiata verso il mare che scintilla in fondo alla galleria di platani.

Non guardo neppure nello specchietto retrovisore.

Forse ci stanno seguendo. Ma non m'importa.

Il punto è che non posso proprio guardarmi indietro. In ogni caso. E mai piú.

Faccio tutto il lungomare, poi torno verso l'autostrada.

Cocíss si è zittito di colpo e io giro a vuoto, fra mille ipotesi e zero vie d'uscita.

Capisco troppo tardi che il suo silenzio dovrebbe in-
sospettirmi. Lo capisco quando sento puzza di plastica
bruciata e un rivolo di fumo grigio sale verso la fessu-
ra del finestrino.

Sterzo e accosto non appena il ciglio della strada me
lo permette, inchiodo e gli strappo dalle mani l'accendino. Anche il tessuto acrilico della manica si è annerito e la plastica delle fascette gli si è sciolta su un pollice. Cocíss manda un urlo, poi sbatte la testa sul finestrino, due volte, da solo.

Potrei tirare fuori la pistola e puntargliela in faccia, ma
sarebbe uno sbaglio enorme. Non è della frusta che devono avere paura le belve, ma del domatore (sennò meglio che esci dalla gabbia, concludeva sempre mio padre).

È pensando a lui che mi viene un'idea. Ora devo farla capire a questo qua.

– Ascoltami, se fosse per lo stipendio che mi dànno,
ti avrebbero già ammazzato. Per quel gran buco di culo che ti ritrovi, a me non va che ammazzino la gente.
Non importa chi, non mi piace e basta, capito?

– Ma che stai dicendo?

– Sto dicendo che ora io ti porto al sicuro. Poi devo
capire cosa non ha funzionato e perché, ma intanto tu
stai lí nascosto, senza combinare cazzate. Ce la puoi fare, per un giorno o due?

– Perché, posso scegliere?

– No.

– E andiamo, allora. Andiamo dove dici tu. Ma ora
tu mi togli le fascette o io questa macchina *dimmerda*
la spacco a calci, hai capito o no?

Una volta il professor Guarneri mi riferí la frase di
un giovane diplomatico italiano che lo ricevette un me-

se dopo il golpe, nel consolato di Buenos Aires pieno
di poliziotti in borghese. «So bene cosa stanno facendo i militari. Ma se ho una possibilità di aiutare qualcuno, è quella di tenere ben presente, ogni giorno, che
questi non sono solo degli assassini. È quella di pensare che siano anche *intelligenti*».

All'incrocio fra il viadotto della superstrada e il canale scolmatore, giro a destra e taglio la campagna piatta in
diagonale, verso le colline. Cocíss si è quasi rannicchiato
sul sedile, non dice niente e ogni tanto starnutisce.

Spero proprio che quel diplomatico avesse ragione.
Perché la mia unica speranza, in questo momento, è
che Cocíss dimostri di essere intelligente. Me ne devo
convincere, anche a costo di esaltare la sua statura criminale di capobranco.

Il mobilificio è a un chilometro dal centro abitato piú
vicino, che poi è solo una fila di villette lungo la strada,
senza neppure un nome. In lontananza, oltre una fila di
tigli, c'è un vecchio essiccatoio del tabacco dove ora bal-
lano liscio il sabato, latinoamericano la domenica. Mia
madre ci andava sempre, fino a qualche anno fa.

Ci sono ancora le indicazioni e persino un cartello.
Casarredo è stato l'estremo tentativo di mio zio per ri-
sollevare mio padre. Psicologicamente, piú che economicamente. Non ha funzionato.

Entro da quello che era l'ingresso dei fornitori e fermo l'auto accanto a una vera e propria muraglia di televisori e schermi di computer. Qualcuno ha pensato
di usare il campo ormai incolto sul retro come cimitero di elettrodomestici.

Cocíss guarda la scena con interesse.

– Aspettami qua. Vado a cercare qualcosa per tagliare le fascette. Poi troviamo il modo di entrare.

– Io non ho mai rubato nelle case, – mi risponde,
con puntiglio.

Sfondiamo a calci la porta dello sgabuzzino della centralina elettrica. Da lí c'è solo la finestra di un bagno

di servizio. Cocíss sale in piedi su un vecchio generatore e sbriciola accuratamente il vetro con un grosso
cacciavite. Si issa solo con la forza delle braccia, senza
chiedermi aiuto. Capisco che si aggrappa a qualcosa,
forse un filo elettrico, poi lo sento atterrare sulla tavoletta del water con uno schianto pesante.

Un minuto dopo mi apre la porta dell'ufficio, suc-
chiandosi il sangue dal dorso della mano.

– Che cazzo sarebbe, 'sto posto?

Una specie di deposito di vite mai iniziate, vorrei
dirgli, ma lo tengo per me.

– Questo? Un mobilificio.

Frigoriferi e lavatrici li hanno portati via. Qualche
armadio è stato smontato, in molti ambienti la moquette si è sollevata, a strisce. Ma molte altre cose ci sono
ancora. I tavoli di arte povera, le seggiole impagliate,
i divani ad angolo, le scaffalature con i libri di polisti-
rolo. Avanziamo nel buio, fra bauli in stile coloniale e
imballaggi frollati dall'umidità. Calpestiamo i cartellini di qualche sconto «eccezionale!» che non ha mai in-
vogliato frotte di clienti.

– Sta chiuso?

– Da qualche anno.

Ricordo bene quando mi costringevano a passare le
giornate in questo posto, accanto a una stufa elettrica.
Gli ultimi due mesi non entrava piú un'anima, per pomeriggi interi (nessuno entrava in queste cucine e in
questi salotti, nemmeno per pochi minuti, a immagi-
narsi una vita).

– Per un paio di giorni starai qua.

– Qua?

– Hai un'idea migliore? Qua non ti trova nessuno,
di sicuro.

– È una schifezza.

(Che faccia da schiaffi).

– In un bagno viene ancora l'acqua, però non da bere, okay?

– E la luce?

– Quella credo di no. Ti faccio vedere dove puoi dormire, poi vado a prenderti qualcosa da mangiare e delle torce.

Ci metto meno che posso, ma per le torce mi tocca arrivare fino al centro commerciale, che chiude alle otto e mezzo. Da lí punto verso il commissariato, con il cuore in gola, a riportare l'Alfa nera. Lascio le chiavi alla collega del centralino e lei mi ricorda subito la questione del borsone.

– Tutto a posto, – faccio io, poi passo dallo spogliatoio a prenderlo, senza farmi vedere.

Alle nove e un quarto chiudo il borsone di Cocíss nel bagagliaio. Alle nove e mezzo sono di nuovo al mobilificio, e busso con un piede alla porticina posteriore degli uffici, dato che sono carica come un mulo.

Cocíss mi apre, ma non gli viene in mente di aiutarmi.

Sento un rumore in sottofondo e vedo che ha la felpa sporca.

– Che hai fatto?

– Mi sono solo un po' sistemato.

– Prendimi questa roba, forza.

Ha scovato chissà dove un generatore a benzina. Credo di ricordare che mio padre ne acquistò almeno tre, quando ancora avevamo l'azienda agricola e la vecchia linea elettrica ci lasciava al buio quasi a ogni temporale. Ricordo anche che il serbatoio rosso con il tappo cromato mi sembrava quello di una moto, ma naturalmente mi era proibito anche solo avvicinarmici. Chissà cosa immaginava di provare, la bambina elettrica, nel sentir tremare fra le gambe quel motore immobile. Non mi pare difficile da capire, adesso.

– Ne tenevo un paio, a casa mia, pure piú grandi. Perché non si sa mai. C'è, qua vicino, un distributore? Va a benzina verde. Il serbatoio sta quasi e metà.

Ha anche preso un televisore dalla muraglia, là fuo-

ri, e lo ha appoggiato sul pianale di una cucina finto rustica (poteva anche dargli una spolverata, prima). L'antenna sta su con un grumo di scotch e sullo schermo
passano ondate di neve grigia. Mi spiega che anche dalle sue parti la gente ha messo in strada un sacco di televisori, ma non perché fossero rotti, anzi, qualche volta non erano neppure vecchi.

– È perché ci stanno i Mondiali, capisci, tutti vogliono quelli nuovi, lo schermo piatto, – mi spiega, se-
dendosi al tavolo. – Un tipo sveglio, allora, ha preso un
camion e ha girato tutta la città per caricarli prima che
se li prendevano i marocchini e quella gente là. Poi ha
trovato uno che se li portava in Romania a cinquanta
euro l'uno. Due o tremila, ne ha spediti, in una settimana. Mica male, no?

Appoggio una torcia sul tavolino, a testa in su, e mi
siedo anch'io. L'orribile cucina si tinge subito di ombre sproporzionate.

Lui apre il cartone e stacca un brandello di pizza. Mi
guarda solo un attimo, poi lo piega in due e lo adden-
ta, straziando la mozzarella a fili.

Io vorrei concedermi un gesto di stanchezza, invece non posso, continuo a sorvegliarlo mentre mastica a
bocca aperta. Sul telefonino di servizio non ho chiamate, neppure in segreteria. Reja tace: non me lo spiego,
ma al momento io non chiamo di certo. Al momento,
infatti, non ho un piano e provo a distrarmi.

Il televisore riceve decentemente giusto tre o quattro canali, di cui uno locale. Mi fermo sull'edizione se-
rale di un Tg, e mi distraggo qualche minuto con la guerra in Iraq e il clima impazzito. Cocíss non ne sembra affatto sfiorato. Poi dal nevischio puntiforme emergono
lentamente, a tratti, immagini familiari. Una bambina
in tulle rosa, al suo primo saggio di danza. Un'altra che
stringe fra le braccia un gattino tigrato.

– Guarda, parlano di quelle due bambine. Come si
alza?

– Il telecomando non ci stava.

Lui toglie la spoletta della lattina con una mano sola, senza smettere di sbranare la pizza.

– Hai capito di chi parlano? – gli chiedo (e mi
chiedo).

– E come no, Nunzia e Caterina, le due ragazzine di
corso Due Sicilie. Volevo andare pure al funerale, io,
ma poi non potevo, non era cosa.

Trovo il controllo del volume di lato, sale subito un
fruscio pesante, ma le parole si capiscono.

– Però ti dico questo, che abbiamo fatto una corona tutti quanti, nel nostro blocco. Grandissima, di fiori bianchi.

– Zitto un po'...

*Finalmente ha un nome l'assassino di Nunzia Matello
e Caterina Di Domenico, uccise due settimane fa durante
l'agguato a Riccardo Capuano, esponente di spicco del
clan Scurante...*

Scorrono per l'ennesima volta le immagini dei fune-
rali. Le due madri accasciate sulle bare bianche. La
chiesa che amplifica le urla. La pioggia di sassi, bottiglie e spazzatura contro i colleghi, contro i carabinieri, il sindaco e il sottosegretario di turno. Contro chiunque provi a partecipare a un dolore che non è divisibi-
le, non è un peso da condividere, è un contagio che si
diffonde e si moltiplica. Un dolore che si autogiustifi-
ca e genera altro dolore. Altri morti. Altra rassegnazio-
ne. Altre parole che svaniscono in un lungo rimbombo
per le navate di una chiesa.

*Armi micidiali in mano a giovani inesperti, mandati
a uccidere spesso sotto l'effetto di stupefacenti: a questo arriva il cinismo senza scrupoli dei clan, che porta a
episodi di violenza selvaggia e assurda, come la strage di
corso Due Sicilie. Gli inquirenti non hanno dubbi: la
mano che ha sparato il 28 aprile è quella di un giovanissimo...*

Lo guardo, poi mi volto e vedo di nuovo la sua faccia.
Sullo schermo.

Gli occhi color fiamma del gas, gli zigomi sporgenti e arrotondati come gonfiori senza i lividi.

E adesso è caccia all'uomo. Daniele Mastronero, appena maggiorenne, conosciuto nell'ambiente come Cocíss, è inchiodato da alcune testimonianze coincidenti. Il suo arresto potrebbe essere questione di ore. Di certo non restituirà alle loro famiglie due piccole vite, ma sarà un segnale di speranza indispensabile per questa città martoriata.

Guardo il padre di Nunzia piangere invocando giustizia. Ha una faccia rotonda, butterata e rossa, come un'arancia troppo matura. Per la strada qualcuno non nasconde, anche con una certa disinvoltura, che alla fine, forse, la pena di morte... *Tiene diciotto anni? E che importa, a quindici qua già ammazzano per un telefonino.* La giornalista obietta che in Italia la pena capitale non è prevista. La risposta è che, allora, *speriamo lo faccia fuori qualcun altro, a uno cosí.* E chi, chiede la giornalista. *Loro, quelli che sanno le cose e sanno come fare,* sentenzia un uomo calvo con i Rayban, prima di voltare le spalle alla telecamera e andarsene.

– Speriamo che ammazzino a te, e a tutta la tua famiglia, infame *dimmerda*!

Cocíss si alza di scatto e strappa il cavo elettrico che porta al generatore. Non mi dà il tempo di aprire bocca, e io non mi muovo di un millimetro, se non per portare la mano piú vicina alla tasca interna dove tengo la Beretta.

– E tu ci credi? Non è vero! Mi vogliono fottere a me, tutti quanti! Perché ho dato aiuto al dottore D'Intrò, non m'hanno ammazzato e questa è tutta una vendetta! Hanno fatto un macello, capisci, con tutti questi morti, gente bruciata, gente sparata che neppure c'entrava...

– Dimmi la verità, Cocíss. A questo punto, ti conviene.

– Te la sto dicendo, la verità! Gli Scurante vogliono chi ha ammazzato Capuano, gli Incantalupo vogliono chi ha ammazzato le due bambine perché il quartiere sta tutto in rivolta. Mi fottono a me, cosí mi fanno pagare anche che ho aiutato il dottore D'Intrò. Ma lui lo deve capire, che è tutta una vendetta, non è vero! Io ho sempre tirato avanti la mia zona, e basta, e non ho mai sparato a nessuno, lo giuro su mia madre, hai capito, mia madre! – Si versa in gola un sorso, poi prende l'altra lattina e beve ancora. Abbassa la testa, caccia un rutto e si appoggia alla parete. Sul muro di cartongesso sono appesi un mazzo di spighe e papaveri di carta, un orologio fermo. Lo guardo, ha il quadrante di cartone.

– Non sono stato io. Io voglio solo cambiare tutti gli sbagli che ho fatto, il dottore D'Intrò lo sa, eravamo d'accordo e abbiamo parlato tanto. Io, quando dico le cose, poi sono vere. Non come questi infami. Devi credere a me, ora mi vogliono distruggere tutti, a me. Perché va cosí, capisci? Se un giorno vuoi cambiare vita, loro non te la fanno cambiare. Per loro sei nato male e male devi anche morire.

Quando si piega sul tavolo e si mette a piangere, qualcosa dentro di me spera perfino che sia tutta una messinscena. Qualcosa dentro di me si ritrae, diventa *l'irraggiungibile*.

Sfuggo pensando che in questa orribile cucina stasera poteva essere riunita una famiglia. Invece *Casarredo* ha chiuso nel momento in cui mio zio, dopo un periodo di avviamento, non ha piú potuto garantire per mio padre. Secondo le banche, il volume d'affari non giustificava un fido sufficiente a tirare avanti la baracca e per mio padre è stato il tracollo. L'umiliazione finale. Mio zio ha rilevato l'attività e l'ha chiusa dopo qualche mese. Ormai immagino che abbia perso ogni speranza di cederla (nessuna famiglia qua, nessuno per pomeriggi interi, solo io e la stufa).

In questa orribile cucina finto rustica, stasera ci sono di nuovo io. Io e Cocíss, un maschio alfa appena caduto in disgrazia e destinato a essere sbranato. Dal suo branco o da un altro, in una cella o su uno stradone di periferia, questo può fare una certa differenza per chi coltiva una visione d'insieme, ma non certo per lui.

Almeno su questo sono sicura che non finge.

– Non le ho ammazzate io, quelle bambine. Io, la mia vita, l'avrò tutta sbagliata, non dico di no, ma non le ho ammazzate io, Nunzia e Caterina. Io di te mi fido, tu non mi hai fatto ammazzare, – continua. – Ma pure tu, tu hai visto che era vero, quello che ti dicevo. Hanno scoperto dove stavo. E quindi anche tu ti devi fidare.

Decido di non farla tanto lunga.

– Va bene, e se mi fido?

– Se ti fidi, facciamo un accordo, io e te.

– Un accordo?

Mi fa cenno di sí con le labbra incollate alla lattina. Me ne porge una, con un improvviso impeto di galanteria. Suppongo che debba convincermi a tutti i costi delle sue buone intenzioni. Il carisma non gli manca, c'è poco da fare. Non mi sorprende che sia diventato cosí presto il capo di un branco di ragazzini consumati dalle *bottigliette*.

– E quale accordo vorresti fare? Sentiamo.

– C'è uno che volete prendere. Ma che non sapete neanche dov'è.

– Ce n'è piú d'uno.

– No, io parlo di un nome grosso. Grosso sul serio. Mi capisci?

– Ci stai girando attorno.

Il buio ci circonda, e pare che solo pronunciare un nome (quel nome) possa evocare demoni incontrollabili. Anche per Cocíss.

– Uno che neppure che faccia ha, sapete. Ora hai capito?

Per capire ho capito, ma quanto a crederci, non lo so. L'ha sparata davvero grossa, mi dico. Un capozona di diciotto anni che parla del senzafaccia, dell'imprendibile. Di Saro Incantalupo. Non ho ragione di credergli, ma evito anch'io di pronunciare quel nome, perché

sarebbe come una bestemmia in chiesa, una mancanza
di rispetto. Significherebbe non dare a quello che mi
sta per proporre l'enorme valore di tabú che gli dà lui.

Saro Incantalupo significa un impero. L'impero di
ghiaccio, lo chiama D'Intrò in certi rapporti investigativi. Perché è un impero enorme, silenzioso e sempre
in movimento come un iceberg. Come un iceberg, riusciamo a vederne solo una minima parte. Come un iceberg si scioglie verso sud, trasformandosi in liquidità.
Poi evapora, si volatilizza e si rimaterializza molto piú
a nord, immacolato. Un bel cervello, D'Intrò.

– Dico a te, hai capito?

– E com'è che tu sai...

Mi ferma immediatamente.

– Lo vuoi trovare? Io ti metto sulla pista giusta.

– Io non sono nell'investigativa.

Mi interrompe ancora, alzando un dito. Contrae le
sopracciglia in uno scatto e le cicatrici sotto gli occhi si
raggrinziscono.

– Ti interessa o no? A te, lo chiedo, capisci?

– Mi interessa, ma non è con me che lo puoi fare.

– Ma che stai dicendo?

– Sto dicendo che io non posso decidere di testa mia.
Io ho dei colleghi, dei superiori. Hai presente il dottor
D'Intrò? Con lui ci hai parlato, ti sei trovato bene, me
l'hai detto tu, è uno a posto.

– Il dottore D'Intrò però non gli deve credere, agli
infami. Sennò non ha capito niente.

– E tu? Ce l'avevi un capo, o no?

– Io? No. Io stavo sotto gli Incantalupo, ma bastava che davo i soldi sullo smercio e poi facevo come volevo. A me non m'ha mai comandato nessuno.

Forse è solo un'altra bugia, forse l'inizio di un delirio di onnipotenza. Si è quasi giocato un paio di denti,
sputa sangue in continuazione e non sente piú gli odori, ma questo qua continua a credersi invincibile. A proporre patti e a dettare anche condizioni. Decido che in
ogni caso mi conviene dargli corda, per il momento.

– Se vuoi fare un patto, è con D'Intrò che bisogna parlare.

– Io non voglio parlarci. Io non voglio che nessuno sa dove sono, capisci? Tu e basta. Tu vai da lui, gli dici solo che fra di noi abbiamo questo patto e che deve stare tranquillo, finché non è tutto finito.

– Cosa intendi per «tutto finito»?

– Intendo che io ti porto da quel certo personaggio che hai capito. Che voi mi date dei soldi e io poi sparisco, vado in America e nessuno mi vede piú.

– Non è piú semplice se ci dici le informazioni?

Fa un sorriso che è come il tocco acido e leggero di una medusa.

– Io non dico piú niente! Guarda come m'hanno ringraziato! Una protezione *dimmerda* e poi tutti credono subito al primo infame. E poi non lo so dov'è, non sta in un posto fisso. Però posso saperlo. Voi invece no, mai, capito, mai.... Quello muore a cent'anni e voi neppure lo venite a sapere. Quello non lo prendete, senza di me. Garantito. Ma questa volta io devo stare al sicuro, sul serio. L'accordo lo facciamo io e te, o niente. Tu parli con il tuo capo, e gli dici che se ne deve stare calmo, al suo posto.

Il mio minuto di riflessione per lui è un'era geologica. Mi guarda e capisco che il tempo sta per scadere.

– Dammi un giorno di tempo per parlare con D'Intrò, – rispondo.

Torno a casa scegliendo le strade piú grandi e illuminate.

Continuo ad aspettare una chiamata da Reja, e invece niente (ma se chiama, cosa gli dico?)

Voglio solo chiudermi in casa, al sicuro, prima possibile.

Un accordo, vuol fare. Il giovane capobranco alza la posta, perché sa bene che qualsiasi altra offerta, di fronte a due bambine ammazzate, sarebbe inadeguata. E allora mette addirittura Saro Incantalupo sulla stessa bilancia di Nunzia e Caterina. Con la morte come pe-

so e misura, i calcoli li sa fare bene. Del resto, quelli
come lui pensano che per qualsiasi cosa esista una con-
tropartita. Tutto ha un prezzo e niente ha valore.

E io dovrei credere che uno come lui ci porterà da
Saro Incantalupo? Saro Incantalupo in manette farebbe sembrare Antigone una retata davanti alle scuole.
L'iceberg che si schianta contro il Titanic, per una volta. È solo una spacconata, un disperato delirio di onnipotenza.

Parcheggio in uno slargo illuminato, bene in vista e
senza cespugli, ed evito le scalette buie che tagliano i
vicoli. Passo sotto la porta medievale come se mi aspet-
tassi che qualcuno la chiudesse alle mie spalle, in faccia alle orde nemiche.

Nella zona pedonale c'è ancora qualcuno in giro, ma
non rallento il passo.

Parto con uno dei miei film, cercando di non fare
della filosofia. Film numero uno: D'Intrò sa fin dall'i-
nizio che è stato Cocíss, ad ammazzare Capuano, Nunzia e Caterina. Ma sceglie di nascondere la cosa, di non
arrestarlo, proteggerlo e farlo collaborare. E il giovane
bastardo? Non ha scelta, con quello che si ritrova sulla coscienza.

Cocíss fa la sua cantata sulla riunione dei capozona
e scatta Antigone 2. Concluso anche il secondo blitz,
oggi D'Intrò fa rendere pubblico che è Cocíss l'autore
della strage di corso Due Sicilie. Non ha che da arrestarlo ufficialmente e in una settimana ha portato a casa due risultati investigativi. Brillante stratega.

Nel film numero uno io sono una cretina che non ha
capito niente e che si è appena fottuta la carriera.

Però arrivano i fantasmi sulla collina, gli sconosciuti che si appostano di notte e sorvegliano Spaccavento. C'è Cocíss in stato di fermo, in una cella del commissariato: basterebbe arrestarlo formalmente e invece me lo fanno portare via, in riva all'Arno, da sola,

contro ogni regola di buon senso e di sicurezza. Ci sono gli uomini di un gommone che dovrebbe arrivare dalla caserma e invece arriva dal mare. Uomini che non sono colleghi e tantomeno parà.

Sono di nuovo loro, i fantasmi della collina.

E qui il film numero uno si ferma, perché non regge piú.

Con i fantasmi ritorna sempre il buio.

Film numero due: nessuno sa che Cocíss ha sparato il 28 aprile in corso Due Sicilie. E Cocíss non ha da raccontare vent'anni di faide, non è un testimone, non può fornire apporti nuovi e significativi a qualche grande processo in corso. Sa solo che di lí a due giorni la galassia degli Incantalupo terrà un summit urgente sulla faida d'Aprile. Lo sa perché dovrebbe esserci anche lui. La notizia del suo arresto sarebbe sufficiente ad annullare il summit, se non altro per prudenza. Ma nessuno lo viene a sapere e i capozona si sentono arrivare l'elicottero sulla testa.

Dopo Antigone 2, qualcuno sospetta di Cocíss, l'unico che non c'era. Il clan Incantalupo gliela giura e questi riescono a forare la nostra protezione. Arrivano fino a Spaccavento, e in due giorni (sono una potenza, hanno anche il controspionaggio, cazzo). Escludo i due carabinieri che l'hanno portato fino alla stazione di servizio e faccio un conto: Reja, Morano, Salvo e io. Poi D'Intrò e la sostituto procuratore Massacesi. Ci metto anche lo psicologo, Alamanni. La talpa (l'infame, sto quasi per dire) è fra questi nomi, purtroppo.

Per questo io non chiamo nessuno. Anzi, stacco anche il cellulare.

Che Cocíss sia l'assassino delle due bambine e di Capuano salta fuori di colpo proprio stasera, dopo che io ho mandato a monte la sua consegna agli uomini del gommone.

Non sono riusciti ad ammazzarlo, allora lo marchiano come un appestato, lo condannano a essere sgozzato alla prima ora d'aria. Solo per vendetta? Sono capaci di questo e altro. E se invece il giovane bastardo, al clan Incantalupo, potesse fare ancora danni, sul serio? Se il suo patto non fosse un delirio della disperazione?

Le mie dita fanno tintinnare le chiavi nella tasca. Accendo la luce delle scale prima di spalancare la porta.

Nel film numero due io non sono una cretina e non rischio la carriera.

Nel film numero due credo del tutto a uno come Cocíss e rischio di farmi ammazzare.

Saro Incantalupo in manette. E non fra vent'anni, non quando lo decide lui. In manette fra tre mesi, sei mesi, un anno al massimo. In manette perché lo prendiamo noi. È la storia che cambia. L'impero di ghiaccio che si scioglie.

E io vorrei che nel cuore del ghiaccio ci fossero loro.

Nunzia e Caterina. Non morte, solo ibernate. Vorrei essere lí, quando l'ultimo grumo di ghiaccio si sfalda. Vorrei vederle svegliarsi e nuotare, schizzarsi e strillare. Come se fosse stato solo un sonno appena piú lungo e profondo del normale. (Un grande iceberg, forse tutto di gelato! Gelato, bambine!)

Vorrei nuotare con Nunzia e Caterina nell'acqua dell'iceberg sciolto. Acqua calda come un grembo. Ma non dolce.

Vorrei dover ancora nascere, e vorrei che loro non fossero mai morte.

Mi butto sul divano e non vedo piú niente, come se il riverbero dell'iceberg mi abbagliasse. Le lacrime non mi escono. Mi esplodono negli occhi.

Alla fine, uno psicofarmaco o un telefonino sono stregonerie.

Non mi frega di sapere come funzionano, anzi. Mi aspetto solo che funzionino.

Il mio cellulare è spento, non ricordo neppure da quanto. Quello di servizio, invece, lo spengo ora e lo lascio nello zaino. Non ha squillato in tutta la serata, meglio che non lo faccia piú (a chi devo credere?)

La tensione mi ha ustionato lo stomaco, appena entro in casa mordo un po' di pane e mi verso un bicchiere di latte (a chi voglio credere?) Il succo di lamponi è finito, e da qualche parte in frigo un formaggio sta andando a male, come quasi tutte le cose fresche di cui mia madre continua ogni volta a rifornirmi, nella speranza (o nell'illusione) che io cucini per me stessa dei sughi fantastici.

Prima di tirare in fondo il bicchiere di latte vado in camera. Nel cassetto piú basso del comodino tengo la valanga di ansiolitici che a suo tempo sequestrai a mio padre.

Apro le scatole a caso, leggo qualche indicazione, qualche controindicazione, qualche effetto indesiderato ma soprattutto quelli desiderati.

Effetto uno: dormire. Effetto due: dimenticarmi che domani io devo parlare con Paolo D'Intrò e pronunciare davanti a lui il nome di Saro Incantalupo. Io. Persino Cocíss ha paura a nominarlo.

Pensare quanto l'ho disprezzato, mio padre, per la sua fede disperata nei tranquillanti.

La minuscola pasticca arancione scende con il latte, il telefonino mi avverte che ho ricevuto sette chiamate mentre non ero raggiungibile. Quattro da mia madre, due da Maurizio, una da Antonello. Mancano venti minuti a mezzanotte, non ho voglia di parlare con nessuno. È la mia vita, ora, a sembrarmi irraggiungibile.

Trascino il carrello con la tele in camera, metto i due cuscini uno sopra l'altro e mi sdraio senza nemmeno alzare il lenzuolo.

Cerco un Tg. Trovo un sindacalista che reclama piú lavoro e sviluppo al sud e un sottosegretario che glieli promette, trovo il padre di Nunzia che forse non ha neppure la mia età, e piú di tutto sembra vergognarsi che sia toccata a lui, una figlia di otto anni ammazzata. La madre di Caterina ha la faccia rigonfia, una molletta rossa di plastica per tenere su i capelli *mechati*, un fazzoletto che le spunta dalla manica. Pronuncia la parola «guerra», il resto è un borbottio incomprensibile, su cui la telecamera indugia inutilmente.

La faida d'Aprile continua a fare morti anche a maggio. Ormai siamo a trentuno. Nonostante l'operazione Antigone, fra gli Scurante e gli Incantalupo c'è stata solo una breve tregua.

Anch'io, qui, sul lenzuolo ancora senza grinze, aspetto la mia tregua.

Mi sveglio ancora sopra il lenzuolo. Nel silenzio. Non ricordo di aver spento la tele, e invece è sparito anche il piccolo occhio rosso dello standby. Mi giro verso il comodino, tasto e pigio, ma anche la radiosveglia non reagisce.

Recupero l'orologio e mi avvicino alla finestra.

Tutto il borgo è sprofondato in un blackout. Un po' come me, almeno per le poche ore di sonno nero che sento di avere dietro le spalle infreddolite.

Sopra i tetti distinguo bene l'inizio di luce oltre le colline basse. Sono da poco passate le cinque e so che non mi riaddormenterò.

Vado in sala a cercare delle candele, trovo quattro ceri gialli incellofanati, garantiti per un perfetto chillout. Me li ha mandati per Natale Federico, assieme a uno dei suoi cd. Alla luce del fiammifero rileggo il biglietto di auguri: «Accendile e brucia con me».

Non brucerò con lui, ma sarà contento di sapere che a qualcosa sono servite.

Ne accendo un paio e mi accorgo che ho dimenticato di riporre la pistola in cassaforte. Mi schiaffeggio con l'acqua fredda, mi butto addosso una coperta, tolgo il caricatore, conto i proiettili anche in quello di riserva e apro la cassaforte.

La scatola di cartone con i fiordalisi blu è lí, come sempre.

Mentre aspetto che torni la luce per farmi una doc-

cia e un caffè, accendo anche le altre candele, mi rannicchio sul divano e sciolgo il nodo dello spago (perché
proprio stanotte, dopo tanti anni?)

Comincio a sfogliare le ultime pagine della tesi, quelle piú vicine a me, almeno nel tempo. C'è ancora molto
materiale grezzo. Appunti, cancellature rabbiose, sche-
mi e riassunti che oggi mi risultano nebulosi. La parola
«grazia» è racchiusa in un ovale e circondata da frecce.
Dovendo affrontare la confutazione dell'eresia pelagia-
na, in una pagina avevo riassunto in modo sommario l'altra grande polemica di Agostino, quella contro i mani-
chei. Ricordo che Agostino non pensava che il male e il
bene fossero due entità distinte, ma non il perché. Le mie
frasi di allora mi sembrano tutte lunghe, contorte e in-
concludenti. In realtà, niente mi assomiglia, se non la mia
grafia, il mio vezzo di mescolare corsivo e stampatello.

Dunque, tutto ciò che facciamo è necessario alla salvezza, ma non sufficiente. Il nostro libero arbitrio non
può condizionare la volontà di Dio. Tutto ciò che possiamo fare noi è assecondare la volontà di Dio, e cioè
scoprire in noi la verità, l'inclinazione naturale al bene. Tutto molto bello, come no, ma ora io vorrei proprio sapere perché non si può distinguere il bene dal
male. Vorrei proprio sapere se una belva può cambiare, e se glielo posso leggere negli occhi, ora che finalmente li ha abbassati per chiedermi di essere creduto.
Invece trovo nomi che non mi dicono piú niente, defi-
nizioni che trascinano ombre sbiadite.

Non finirò mai la mia tesi. E la filosofia non serve a
niente. Serve che invece domani io affronti D'Intrò e
lo convinca. Serve che becchiamo Saro Incantalupo, o
pagherò caro quello che ho fatto stasera.

Avvicino il pacco di fogli alla candela. La fiammel-
la si ritrae, come un gatto sdegnoso, poi aggancia l'angolo e si divora le mie frasi telecomandate con una diagonale nera, veloce come quando fanno vedere la calata dei barbari sulla cartina dell'Impero Romano. Mi
alzo, vado al lavello e apro il rubinetto.

Le briciole nere sfrigolano nell'acqua. Tanta filosofia non rallenta il fuoco e la distruzione. Aspetto che la fiamma arrivi a scottarmi le dita poi lascio, gli ultimi brandelli svolazzano e atterrano sull'alluminio bagnato senza incenerirsi del tutto.

L'acqua scurisce. L'odore zuccheroso della carta bruciata mi solletica la gola. Chiudo gli occhi e me ne sto per un po' in un posto che non saprei dire, ma che almeno è lontano da tutto, dai rimpianti come dalle speranze.

Quando li riapro, mi accorgo che un foglio si è salvato. È scivolato quasi al centro del tappeto. Liscio, senza una gualcitura.

Qualche anno fa, nel mezzo di quella pagina avevo scritto una sola frase. Forse era un pomeriggio nuvoloso, in biblioteca, e non avevo voglia di studiare. L'avevo scritta a pennarello, bella grossa.

«Il male non esiste».

Per questo non è possibile separare nettamente il bene dal male.

Perché *il male non esiste*.

Semplice.

Il male non esiste.

Raccolgo il foglio da terra, per un angolo.

Un colpo alla porta e il cuore, tutto intero e gonfio di sangue, mi si pianta nella gola.

Cade qualcosa, sul terrazzo. Il solito gatto, il solito vaso di ciclamini. Poi bussano di nuovo (oddio).

Piú forte, due volte. Sono in piedi sul divano. Un'ombra anomala oltre i vasi di fiori. La portafinestra si spalanca. Una ventata ingoia tutte le candele. (Che cazzo succede?) Scavalco il divano (la pistola), scappo a chiudermi in camera. Invece finisco a terra, non so perché, chiudo gli occhi. La guancia schiacciata (oddio, mi strappano le braccia). Un mattone freddo, cento chili alla base del collo (no, le mani dietro la schiena no). Mordo la polvere del tappeto. Sono loro, i fantasmi della collina, sono arrivati anche a me.

In camera, in camera!, – fanno. Accento del sud, (devo alzare la testa). Qua non ci sta nessun altro, dicono ancora. Io scalcio, (perché non riesco a gridare?) Tutta l'aria è intrappolata in fondo ai polmoni. Una mano che sa di plastica mi chiude la bocca, una bocca che sa di mentolo mi affanna all'orecchio.

– Diamoci una calmata, collega.

– Metti in borsa due cose e andiamo.

– Voi non siete colleghi.

Ho due occhi puntati addosso. Uno mi abbaglia, l'altro è nero e cieco.

– Fidati.

– I tesserini.

– Questo non è possibile.

Uno dei tre è salito sul tetto. L'altro guarda dalla finestra, sembra nervoso, con due dita si tiene giú l'orlo dell'apertura del passamontagna. Forse si è affacciato qualcuno, dalle case accanto.

– Cosa volete?

– Devi solo venire con noi. Tutto qua, – mi rispondono.

Quello che è salito sul tetto salta giú dal lucernario. Atterrando rovescia un tavolino, il vaso di cristallo va in mille pezzi.

– E sta' attento! – lo rimprovera il tipo che continua a puntarmi torcia e pistola in faccia, l'unico che parla, il capo. L'altro si scusa scuotendo la testa. Mi sembra un gesto surreale, e per un attimo spero seriamente di svegliarmi.

– Andiamo.

– Dove?

– Tranquilla.

(Sono sveglia). Mi mordo le labbra per non farle tremare, parlo ma non riconosco la mia voce.

– Mi entrate in casa alle cinque di mattina e devo stare tranquilla?

– Non eravamo sicuri che tu fossi da sola.

– E chi doveva esserci?

– Lo sai bene. Ora però diamoci una mossa.

– Chi vi ha mandato? – insisto.

– Adesso basta, okay? – fa il capo, mi si avvicina e io mi copro con la coperta, mi rannicchio e chiudo gli occhi.

(Non voglio morire). Forse lo dico. Non lo so.

Forse dico qualcos'altro. Poi mi tirano su per un braccio.

– Voglio sapere dove andiamo, – balbetto.

– Lo vuoi sapere? Benissimo. Andiamo qua vicino, all'aeroporto di San Giusto.

Mi prendono i telefonini e mi lasciano andare in camera.

Mi infilo jeans e due magliette a caso, ingoio senz'acqua una pasticca arancione e il resto del blister me lo infilo in tasca.

Tre

Tremo di freddo.

Nelle chiese antiche il caldo, quello vero, non arriva mai. Ne sono sempre piú convinta: se Dio è un abisso, questo è senz'altro il suo alito di padre indifferente.

C'è una navata sola, tutta di lastre tombali lisciate da secoli di scarpe. Dalle vetrate non entra luce. La piccola chiesa è sprofondata in una metastasi di verande, muri senza intonaco e ringhiere arrugginite. Le selve di candele tremano appena, anche se passo camminando piano.

Due colleghi sono rimasti nel vestibolo dell'entrata. Il capo del terzetto invece mi ha detto di sedermi sulla prima panca a sinistra e poi è sparito dietro l'altare. Immagino sia andato a sorvegliare l'unica altra possibile uscita.

Sento scricchiolare il legno di un confessionale. Vedo passare qualcuno, là in alto, lungo la balaustra del matroneo. L'ombra riappare per un istante, contro le canne metalliche dell'organo.

Passo vicino a un'acquasantiera, faccio per metterci la mano, ma è asciutta. Gli occhi del teschio sono aloni scuri sulla pietra livida. Rinuncio a farmi il segno della croce e mi siedo. Sento ancora il motore dell'elicottero che mi mitraglia nelle orecchie, ma nelle chiese non c'è mai neppure il silenzio, quello vero. C'è sempre come il riverbero costante di un sussurro. Anche i respiri piú lontani lasciano una scia.

A un certo punto però sento una voce. Proprio una

voce che mi parla. Eppure mi guardo intorno e ci sono solo io.

– Qua i capi del quartiere venivano prima di andare a regolare una questione, a riparare uno sgarro.

Mi irrigidisco e tremo ancora di piú, tanto che la panca mi ghigna sotto i piedi.

– Anni fa venivano qua a purificare il coltello nell'acqua santa. Poi a immergerci la mano che doveva sparare. Perché una volta benedetto il coltello, o la mano, se l'azione andava a buon fine, significava che Iddio avrebbe capito e perdonato. Al ritorno baciavano il teschio. Ringraziavano la morte per non averli presi. Ha sentito com'è liscio? È piú liscio della pelle di un innocente, si dice qua.

Alzo la testa verso il soffitto. Le capriate di legno mi sembrano irraggiungibili, nella penombra perdo il senso della prospettiva.

– Io ho fatto in tempo a conoscere Don Anselmo. Un giorno decise di non riempire piú l'acquasantiera. Prima protestarono le parrocchiane devote. Poi dettero fuoco alla porta della sacrestia e alla fine il vescovo lo trasferí. Ma ormai la cosa si era risaputa e dovettero smetterla.

Sono a sedere, eppure mi sembra di barcollare.

– Fino agli anni Sessanta c'erano i mattatoi, proprio qui dietro. E i lamenti delle bestie disturbavano le funzioni. Specialmente i maiali, lo sentono subito che vanno a morire. Questo turbava il raccoglimento dei fedeli. Allora il priore fece fare uno studio sull'acustica e modificò l'abside, restaurò l'organo e mise su anche una scuola di musica. Quasi a tutte le ore, le lodi al Signore coprivano le urla delle bestie che si avviavano al macello. Anch'io ho studiato canto qui, da piccolo, era l'ultimo anno dei mattatoi. Poi li hanno trasferiti fuori città, l'ingrosso della carne l'hanno preso in mano tutto loro, prima i Molino, poi i Capoferro, ora Renzo Antoniolo. E la scuola di canto l'hanno chiusa. Non serviva piú a niente.

Spunta qualcuno, da sotto un baldacchino di broc-
cato viola già addobbato per una processione. Cristo è
l'unico morto di aprile che riuscirà a risorgere, nel profumo dei fiori recisi ai suoi piedi fermenta già l'abbandono della putrefazione.

– Se nessuno muore, nessuno canta.

L'uomo si fa il segno della croce e viene verso di me.
Il riverbero dell'abside ha camuffato la sua voce. In
fondo l'ho sentito parlare solo altre due volte.

Si siede accanto a me e ricomincia a parlare, ma senza guardarmi.

– Le rare volte che Saro Incantalupo è dovuto capitare di persona da queste parti, negli ultimi quindici anni, ha tenuto qui le sue riunioni. Su questa panca, i suoi
affiliati o le loro donne inginocchiate in preghiera. E lui
là, dietro l'altare, sotto l'abside. Gli bastava un sussurro. Dopo i lavori, l'acustica di questa chiesa è incredibile. Non voleva farsi vedere, neppure da Edoardo
Campanara, o da Corrado Vitale, che pure erano i suoi
luogotenenti piú fidati. Mi ricordo che a raccontarme-
lo fu Carmine Contrera, prima di avere la bella idea di
sottrarsi alla nostra protezione. Dicevano che fosse
scappato in Sudamerica, invece un bel giorno la sua famiglia si è vista recapitare un pacco postale espresso.

Si pizzica appena i calzoni sulle ginocchia, si appoggia allo schienale e si massaggia la faccia.

– Dentro c'era una lingua umana avvolta in una lettera di addio di Contrera ai figli e alla moglie.

Quando gli chiedo cosa significhi tutto questo, il
commissario capo Paolo D'Intrò finalmente si volta
verso di me.

– Significa che non c'è limite e non c'è tregua. Che
io non smetto mai di combattere e non voglio tradito-
ri nelle mie file. Questo, significa.

Respiro forte, unisco le ginocchia e me le afferro con
le mani.

– Comunque sia, sapere come e perché ha tradito le

consegne mi interessa poco. Adesso voglio solo sapere
dov'è Daniele Mastronero.

Lascio cadere i secondi come gocce. Inutili. Nascondersi non ha piú senso e lo so bene. Non sarò mai pronta per un momento del genere. Le candele avvampano
come un unico incendio e allora devo chiudere gli occhi, almeno un attimo.

– Non glielo posso dire.

– No?

– No.

– La prendo come un'ammissione di colpa.

– La prenda come vuole. Ho fatto un patto con lui.

Si volta dall'altra parte, sulle labbra la smorfia di chi
ha sentito un cattivo odore.

– Un patto. Un patto con uno che ha falciato tre persone.

– È sicuro che sia stato lui?

Mi risponde con un respiro lento. Dal naso.

– E lei è sicura di potersi permettere una domanda
del genere? Dopo un anno e mezzo di volante e uno di
stradale? Mi parli di questo patto, forza. Sono proprio
curioso. L'ho fatta portare qui apposta.

– Mastronero Daniele sa che faccia ha e sa come si
fa chiamare il certo personaggio, quello di cui parlava
anche lei prima.

Mi volto per controllare la sua espressione. Impassibile (non ha creduto a una parola).

– E magari tutto d'un colpo sente il bisogno di dir-
celo.

– Si è offerto di portarmi da lui.

– Immagino voglia qualcosa in cambio.

– Vuole dei soldi per andarsene, sparire.

Annuisce, guarda il pavimento come se cercasse una
moneta caduta o un insetto che si rintana veloce.

– Mi ascolti bene, agente. Lei lo sa che ha disatteso
gravemente le disposizioni di servizio?

– L'ho fatto per salvare la vita al soggetto sotto protezione.

– Ne è convinta?

– Sí. Abbiamo una talpa nel sistema e non sono io, dottor D'Intrò.

– Ne ha informato i suoi superiori del Nucleo regionale?

– No.

– Bene. E che cosa le dà il diritto di stipulare patti con un soggetto sotto protezione?

– Non lo so.

– Ha chiesto a qualcuno il permesso di fare questo patto?

– A nessuno.

– E chi le dice che una belva come il Mastronero rispetti un patto?

– Non credo che abbia altre possibilità.

D'Intrò si passa un dito nel colletto della camicia, sospira, poi si lascia ipnotizzare dalle candele vicino all'altare. La sua bocca è un taglio secco sopra il mento raggrinzito da una spasmo di rabbia.

– E allora presumiamo che lo rispetti. Quali garanzie abbiamo sulle informazioni che ci dà? Come faremo a sapere che ci può portare dal vero Saro Incantalupo?

Aspetto che si volti verso di me e lo guardo bene negli occhi. Ho in corpo l'ultima dose di coraggio. Se sbaglio, sono fottuta.

– Lei, dottor D'Intrò, ha usato il Mastronero come un confidente, dandogli i privilegi di un collaboratore... Gli ha risparmiato il carcere, anzi, non lo ha neppure arrestato ufficialmente, e lo ha protetto lontano da quell'inferno. Vuole che le dica come la penso? Penso che lei ha capito fin dall'inizio che Mastronero avrebbe cantato e rischiava grosso. Ma bisognava che cantasse subito. E bastava la notizia che lo avevamo preso per far sparire tutti gli altri capozona. E invece, cosí, Cocíss gliene ha fatti beccare una ventina, tutti in una notte.

D'Intrò incrocia le braccia e sembra prepararsi sen-

za alcuna fretta a una lunga sfida. Io inghiotto secco e
vado fino in fondo.

– Cocíss ha già dato una dritta buona, è attendibi-
le. Se ci sono altri motivi io non glielo so dire, del resto stavo alla stradale, ha ragione lei. Però io sento che
il Mastronero non bluffa e anche lei sa benissimo che
è cosí, dottor D'Intrò. Non mi prenda in giro.

Si lega una stringa e si aggiusta un calzino, poi mi
prende per un braccio, appena sopra il gomito.

– Venga con me.

Gli altri tre si sono dissolti come nuvole d'incenso.
Usciamo attraversando la canonica, c'è odore di mine-
strone e tarmicida, nel corridoio una targa di ottone lucidissimo ricorda la generosa offerta della famiglia Incantalupo per il restauro degli arredi sacri.

Sbuchiamo in un canyon di case. Da qualche terrazzo spuntano petunie e gerani, da altri ciuffi d'erba nata nei buchi lasciati dai mattoni caduti. I panni stesi tagliano a strisce il cielo stretto, i piccioni hanno fatto il
nido fra i tabernacoli di madonne trafitte e le vecchie
insegne gialle a disco dei telefoni pubblici. Ci infiliamo
fra le auto per lasciar passare un paio di scooter dalle
marmitte rabbiose. I due giovani sono senza casco e ci
squadrano con insistenza, senza dissimulare piú di tanto. D'Intrò fa finta di niente e mi dice di prenderlo sottobraccio. Sbuchiamo su una via in salita. Con una vespa o un motorino, qui trasportano di tutto, cassette di
fragole, infissi, stufe e bombole del gas.

Sbircio nella bottega di un barbiere e niente mi assicura che siano passati sessant'anni dallo sbarco degli
Alleati. Dopo una premiata ditta di busti ortopedici la
fila di saracinesche chiuse è lunga e triste. Ogni tanto
un piccolo ingresso senza porta, nero come un dente
mancante, e come da una bocca di denti guasti arriva
odore di marcio.

Il furgone di un corriere è incastrato a un incrocio.
Ma la coda prosegue, la gente è affacciata, il problema

è piú avanti. Nella piazza il traffico è bloccato, i clacson ricordano il coro rassegnato di un gregge. Leggo la targa sbiadita: «Largo dei Normanni». Un vigile urbano sullo scooter passa sul marciapiedi per arrivare davanti alla fontana. D'Intrò allunga il passo, so bene a cosa pensa, di questi tempi. Ma non si sentono sirene, non si sentono le urla, non c'è quell'onda d'urto silenziosa che suggerisce di non appiccicare le mani al clacson. Non c'è un *mortammazzato*.

Sguisciamo fra i cofani arroventati dal sole. Passiamo accanto al capannello di curiosi e D'Intrò rallenta appena, lancia un'occhiata, come se intuisse già di cosa si tratta.

Un buco. Come certi strappi nella stoffa a forma di sette. Piuttosto grande, almeno tre o quattro metri di frattura. Il manto stradale ha ceduto, ma quello che guardano tutti è il buio sotto. Il vuoto. L'asfalto che sembra sottile proprio come un panno, sopra il niente.

Sembrano chiedersi come fanno a starci tutti sopra. Con i piedi, con le ruote e con le case.

Ci allontaniamo dall'ingorgo verso la zona pedonale. Parcheggiata sotto una meridiana barocca, proprio all'imbocco di una piazza affollata di turisti, camerieri e piccioni, c'è una Smart. Ha l'aria di essere l'unica auto nel raggio di cinque chilometri, e in piú è anche gialla.

Ci avviciniamo e la vedo scendere. Vistosa come l'auto. Stivali pitonati da vaccaro, il segno degli slip sull'abbronzatura che spunta dai pantaloni alla zuava tempestati di paillettes. La bionda, giovanissima, la strafica magrissima. So che da dietro gli occhiali a fascia mi scruta impietosa. Io sono stravolta, spettinata e pallida come una morta. Non tira aria di presentazioni, sorrido per educazione e lei dà le chiavi a D'Intrò.

– Alle due, – fa.

– Alle tre, – risponde D'Intrò.

Quella tollera arricciando le labbra.

– Guarda che alle quattro ho il casting.

Il commissario capo non replica, mi fa cenno di salire, ripete solo «le tre» e si mette alla guida. Ma prima di partire fa un paio di chiamate, stringe il dialetto fino a non farmi capire quasi piú niente, intuisco solo che prende accordi sul filo dei minuti.

Partiamo tagliando in pieno l'area pedonale, mentre dalle strade vicine sale il rombo dell'ingorgo che sta dilagando come un virus.

– Le vede tutte queste case? Sa con cosa le hanno fatte?

Non credo che il copione preveda altro, se non un mio «No».

– Hanno scavato sotto. Era la cosa piú semplice. Ogni palazzo, vecchio o nuovo, ha sotto una cava corrispondente.

Rallenta, e con un telecomando fa scendere due piccoli piloni di ghisa che sbarrano l'ingresso a una grande via di scorrimento.

– Qua stiamo sul niente.

Passiamo, i piloni risalgono, io lo guardo.

– Tutto quello spazio sotto, era il regno dei contrabbandieri, fino a vent'anni fa. Scavavano gallerie fra le grotte e ci facevano i loro magazzini. Ma era anche una garanzia. Facevano dei lavori, si occupavano che non ci fossero crolli. Ero in servizio da poco, il mio capo lo disse chiaro e tondo: i sequestri facciamoli in mare o per strada. Ma là sotto nessuno ci metta piede. C'è il rischio di non tornare piú su e, finché ci stanno loro, è meglio per tutti.

D'Intrò entra in strada con una certa energia. corso Due Sicilie è strapieno di gente, palazzi decrepiti sembrano reggere a stento il peso di insegne enormi, scintillanti nel sole. Un vecchio cinema ha ancora l'ombra delle lettere «Metropolitan» ma gli striscioni provvisori sono quelli di un megadiscount d'abbigliamento.

– Adesso la sotto è un problema, perché i contrabbandieri non tengono piú magazzino.

– *Just in time*, – dico io. Mi colpisce che almeno un

negozio su due si occupi di abiti da cerimonia, vestiti da sposa, bomboniere e confetteria.

– Come? – fa D'Intrò.

– Si chiama *just in time*. Avere le giuste quantità di merce, solo quando serve, da distribuire subito, senza spese di stoccaggio.

– È cosí. Ha seguito qualche indagine sul commercio illegale?

– No. Mio fratello è dirigente nella grande distribuzione.

I posti te li immagini sempre diversi da come sono. Ma non c'è ragione per cui il posto dove ammazzano due bambine debba avere qualcosa di speciale, qualcosa che rimanga impresso. Anzi. La facciata dell'*Happy Fish* sembra avere tutto quello che serve per non essere ricordata. L'edificio è in perfetto grigio palazzinaro, l'insegna al neon rosa è stucchevole, la saracinesca azzurrina ha ancora il biglietto listato a lutto tenuto dal nastro isolante.

Poi vedo lo scheletro della cabina telefonica, sbriciolata come da una carica di tritolo, e vedo anche il portone del civico 182 ricoperto di bigliettini, fiori, pupazzi e disegni. Qualcuno, specie le donne, lanciano un bacio o si fanno il segno della croce, ma molta gente passa senza guardare. Non puoi fermare la tua vita dovunque abbiano ammazzato qualcuno. L'asfalto beve sangue, le tracce spariscono.

– Undici colpi, calibro 38. Proiettili ad alta velocità. Piú o meno la moto era qui, dove siamo noi. Cocíss non è sceso, avrebbe corso troppi rischi. Anzi, non si è neanche completamente fermato, a quanto abbiamo capito dalla relazione balistica. Ha sparato in movimento, all'impazzata. Dentro il ristorante c'erano un paio di uomini di Capuano, pronti a intervenire. Ma non si aspettavano l'agguato. E non nel loro territorio.

– E quello alla guida?

– Cocíss era da solo, su una Suzuki SV 650 gialla. Si è appostato in piazza della Guarnigione, dove ci sono

quei giardinetti, per tenere d'occhio l'entrata del ristorante. Evidentemente era sicuro che Capuano dovesse
uscire. Fin lí era arrivato senza casco, come tutti, per
non destare sospetti. Ha aspettato almeno un quarto
d'ora, e un paio di venditori ambulanti e un negoziante l'hanno riconosciuto.

– Strano.

– Per niente. Qua nessuno paga piú il pizzo perché
tutto appartiene agli Scurante. Ogni accendino che si
vende viene dagli Scurante. Ogni muratore albanese o
marocchino lavora se lo decidono gli Scurante. E i due
centri telefonici che fanno anche trasferimenti di soldi all'estero, piú avanti, sa di chi sono?

– Degli Scurante.

Alzo lo sguardo e vedo che da qualche finestra sven-
tolano dei lenzuoli anneriti dallo smog.

– Dicono che non li tolgono finché non arrestiamo
il Mastronero, – mi spiega D'Intrò, puntuale sull'orlo
dei miei pensieri. – Ma forse è solo una forma di pres-
sione, fa parte del gioco, – aggiunge.

– Quale gioco?

– Quello delle alleanze. Gliel'ho detto, non c'è un'u-
nica guerra in corso.

– Quella fra Scurante e Incantalupo poteva finire,
prima della strage. Primo perché il vecchio Sergio Scurante sta per morire, e i figli hanno nuove idee. Secondo perché Capuano avrebbe sposato la sorella di Renzo Antoniolo e gli Scurante avrebbero avuto un nuovo
clan alleato. Per svecchiarsi economicamente e per au-
mentare la loro potenza di fuoco.

Mi guarda sorpreso, tamburellando sul volante. Poi
sorveglia un grosso Suv che ci sorpassa con una lentez-
za sospetta.

– Esatto. Una buona lettura, complimenti. Ha per
caso anche un fratello in una delle due cosche?

– No, ho studiato alcuni suoi rapporti di chiusura
indagini. Tipo quello in cui fa il paragone con l'impero di ghiaccio.

– Davvero?

Ora sembra quasi lusingato, ma non per questo i suoi occhi mobili e diffidenti diventano piú grandi.

– Sa anche come nasce questa faida?

– No.

– Nasce dal fatto che Saro Incantalupo e i suoi non hanno piú bisogno di gestire personalmente il business della droga. Anche il suo braccio destro, Ezio Curto, si è allontanato dal quartiere, in tutti i sensi. A questi ormai interessa solo una rendita fissa di denaro liquido, e negli ultimi anni si sono limitati a prendere una tangente su ogni piazza. Ogni capozona ha avuto libertà di manovra, per quello anche un ragazzotto sveglio come Cocíss ha potuto fare quello che ha fatto in due o tre anni. Ma dopo qualche tempo nella loro parte di 167 è stato il caos. Capozona indipendenti che si contendevano anche un metro di marciapiede, qualità fuori controllo, crollo dei prezzi. Gli Scurante, invece, sono vecchio stile. Trattano, importano, stipendiano, controllano al centesimo, e questa liberalizzazione alla lunga li ha, diciamo cosí, indispettiti. Ma Saro Inçantalupo ha rifiutato persino di discutere il problema. È cosí che è iniziata la mattanza. Qua rischiamo di fare tardi. Il lampeggiante è dentro il cruscotto, – mi fa, ingranando la prima.

La tangenziale taglia il quartiere 167 in due e dà l'impressione che, se potesse, lo sorvolerebbe. L'uscita piú vicina è due chilometri piú a nord. Dopodiché bisogna tornare indietro su uno stradone deserto, in una spianata di sterpaglie, bidet e caldaie, piramidi di rifiuti che fumano. In un campo d'erba secca un vecchio randagio sta spolpando un materasso matrimoniale. Molte case sono abbozzi di mattoni e cemento, ma a un certo punto c'è addirittura una palazzina di tre piani crollata a metà, aperta da un taglio verticale, come una brutta casa di bambole. Ci sono ancora le piastrelle delle cucine, la carta da parati e qualche lavandino che sporge nel vuoto.

Al primo cavalcavia sopra la tangenziale D'Intrò mi indica con uno sguardo un paio di sentinelle. Ragazzini con il cavallo dei pantaloni alle ginocchia, grosse cintole di tela beige e catenoni che pendono dalle tasche. Alla rotonda, un paio di scooter fanno giri a ripetizione, come mosche intrappolate in una vetrina. Poi, davanti a noi s'innalza una specie di transatlantico arenato nel nulla. Hanno ragione a chiamarlo cosí, da qui i blocchi della 167 sembrano proprio quello, un transatlantico. Arenato e corroso, certo, ma non abbandonato. Anzi, pieno di gente salita su aspettandosi di partire per una nuova vita. Solo che per l'America era tardi già da un pezzo. E loro, nell'attesa, si sono rassegnati a stendere panni e a montare antenne paraboliche.

– Qua ci abitano almeno centomila persone, – mi racconta D'Intrò. – Ma sa qual è la cosa che mi fa star male, ogni volta?

Mi rendo conto di averne abbastanza, di questa cerimonia di false domande, di questa paterna esibizione di saggezza.

– No.

– È che uno si guarda in giro e non capisce dove siano.

Incontriamo anche due Gazzelle dei Carabinieri. D'Intrò accenna un saluto, mi dice di non togliere il lampeggiante.

Il blocco K sovrasta un piccolo fabbricato a cubo che per qualche tempo ha ospitato l'asilo, mi spiega D'Intrò. Ma ora hanno accorpato materna, elementare e media in uno stabile nuovo, dall'altra parte della tangenziale, con le sbarre alle finestre e le telecamere di sicurezza. Nei blocchi Sud, quelli dalla lettera A alla H, le palazzine sono migliori, non ci sono quasi piú occupazioni abusive, nessuno sta piú negli scantinati. Ma qua, a nord, sulle pareti del vecchio asilo sono rimasti i fantasmi d'intonaco di Paperino, Willy Coyote e i Pokemon.

La cancellata del blocco K è presidiata da un paio di volanti. Sembra tutto tranquillo, o forse sospeso, in at-

tesa che succeda qualcosa. D'Intrò mi dice che l'andiri-
vieni pomeridiano dei tossici ha subito un forte rallenta-
mento, ma che dopo le otto di sera non ci sono abbastanza uomini per mantenere il presidio in forze. Ogni notte
sorgono delle strane palizzate di onduline o di cartongesso presi da tutti i cantieri abbandonati della zona. Come
dei muri volanti che costeggiano un tratto di strada.

– Li troviamo la mattina e li smantelliamo, ma la sera dopo li ricostruiscono da qualche altra parte. E si va
avanti cosí.

Ci fermiamo in un cortile dove mi immaginerei grandi partite di pallone di quelle che tolgono il riposo a
tutto il vicinato. Invece ci sono solo due ragazzetti che
palleggiano svogliati.

Seguo D'Intrò dentro il blocco K. È buio anche di
giorno, cavo come una carcassa spolpata. Le vertebre di
acciaio reggono incroci di scale con le ringhiere annerite dagli incendi, i ballatoi sono rattoppati con cartoni e
reti metalliche. Sento l'eco di un bambino che piange,
mi immagino che al ronzio metallico di una radiolina
qualcuno si stia facendo la barba o prepari un sugo. Questo pomeriggio grigio è solo una mattina allungata che si
consumerà piano, inutilmente, fino al buio.

I nostri colleghi sono tutti intorno a un solo garage.
Tre o quattro sono in borghese, altri due invece hanno il giubbotto antiproiettile e l'M12 a tracolla.

Gli sguardi che scambiano con D'Intrò non mi sembrano annunciare niente di buono.

Il puzzo caldo è quello di una tana.

Ma mi tocca respirarlo, per convincermi che è tutto
vero.

Il predatore è morto, anche se sembra troppo brutto e rozzo per essere stato mai vivo, davvero. L'hanno
sbattuto contro una parete, accanto a un divano rovesciato zuppo di sangue nerissimo e bava gialla.

– Occhio alle infezioni, con quella roba, – raccomanda D'Intrò.

– Sarà quasi due metri, – fa un collega.

– Forse non ci arriva. Non era ancora adulto, – commenta il commissario capo, e osserva la spessa coda seminascosta da un ammasso di scatole, come a sincerarsi che non si muova davvero piú.

È una belva brutta ed essenziale. Le unghie ricurve sono spesse come un dito, scure, lucide come sassi levigati. Il corpo è color roccia di vulcano e i fori dei proiettili hanno bucato la pelle rugosa del collo. L'occhio semichiuso non fa capire bene se è morto guardando nella nostra direzione, come sapendo già che saremmo entrati da questa porta.

– Stavo controllando, – racconta il collega. Oltre una rete metallica c'è uno scantinato che sembra perdersi all'infinito fra le vaste fondamenta del Transatlantico. Alla luce delle ultraviolette vedo anche delle pozzanghere d'acqua, dei tronchi e resti di piccole ossa. – Ho aperto questa grata e mi è arrivato addosso. Ma il peggio è la coda, dottore. Una frusta. Una roba mai vista.

– Com'è che si chiama? – chiedo.

– Varano di Komodo. Specie protetta, ovvio. Non sembrerebbe, ma si può anche addomesticare, e riconosce il padrone, – commenta D'Intrò. – È diventato di moda fra i capoclan. Qualche anno fa, invece, andavano molto le tigri e i leopardi. E anche uno squalo toro in piscina dava un certo prestigio.

No, se non sentissi questo fetore, non ci crederei proprio.

Scavalchiamo le scatole, ci imbuchiamo in un corridoio di neon fortissimi.

Da uno stanzone lungo con la porta metallica arriva odore chimico, di smalti e solventi. Le finestre sono rettangoli opachi orlati di gromma nera, e lungo due lati corre un bancone da lavoro con trapani, torni di precisione, piallatrici. Sugli scaffali vedo dei bauletti di legno con scritte incomprensibili. Lingue slave. Una è addirittura in cirillico.

– In quella abbiamo trovato venticinque granate, –

fa D'Intrò, e capisco che non vuole che entri, che devo seguirlo. Non abbiamo molto tempo.

In fondo al corridoio c'è una grande sala con il parquet, ci sono piante finte e poltrone, un letto sfatto con le lenzuola blu, mobili wengé e una spiaggia tropicale che occupa tutta una parete. Sopra una pila di lettori dvd ancora imballati ci sono lattine di birra e vaschette di plastica con rimasugli untuosi di un pasto in piedi. Uno scaffale metallico è occupato da bilancini di precisione. Un altro da raccoglitori di cd. Le bustine di plastica hanno ognuna un colore diverso, ma sono tutte senza indicazioni, eccetto un paio, dove riconosco la locandina di film che non mi pare siano ancora usciti al cinema. Poi ci sono dei dvd di un corso d'inglese, ancora nel cellofan, e delle videocassette di vari formati, Vhs e Betamax. Alcuni astucci hanno in copertina la foto di un cane, una specie di molosso in posa minacciosa, pronto all'attacco. Il sole picchia sul cemento di un cortile qualunque, una mano regge un guinzaglio.

– Questo è stato l'ultimo quartier generale di Cocíss. Da quando è cominciata la faida è uscito da qua solo per sparare in corso Due Sicilie e per cercare di fuggire.

Lo scaffale piú grande, invece, sembra una mostra di orologi. Degli orologi piú kitsch che abbia mai visto. Mi avvicino (D'Intrò penserà che mi incuriosiscano le cose piú stupide). C'è un orologio a forma di palla da basket, uno con l'Uomo Ragno, un altro di ceramica con un delfino che salta, un altro a piramide, di alabastro. Sei ripiani senza un centimetro libero. Chiusi in una boccia di vetro ci sono degli orologi da polso da uomo. Grandi marche taroccate e cronografi con cinturini robusti.

– Sono tutti fermi. E fanno tutti le dieci e qualcosa, – dico, quando sento che D'Intrò mi si avvicina. – Dieci e venti, dieci e quarantacinque, dieci e dieci. Chissà che significa.

– Glielo chieda lei, agente. Visto che lei sa dov'è. Visto che di lei il Mastronero si fida. E lei lo crede addirittura innocente.

D'Intrò sprofonda le mani nelle tasche dei pantaloni. Si dondola sui talloni e mi fissa.

– Che cosa vuol dire?

– Voglio dire che, se ha avuto il coraggio di fare un patto con uno come il Mastronero, ne può fare uno anche con me.

D'Intrò si avvicina all'angolo piú buio dello stanzone. Sposta un lungo appendiabiti a ruote, carico di giacconi e giubbotti di pelle, e apre una piccola porta a scomparsa nel muro, delimitata dall'ingrandimento formato poster del muso di un cane. Sempre il molosso delle videocassette.

Lo sento aprire degli sportelli, il rumore morbido è quello delle guarnizioni di gomma.

– Aveva provviste ancora per tre mesi e un paio di generatori con benzina sufficiente per un paio di giorni, – fa, poi torna verso di me con un paio di confezioni di surgelati, toglie via la brina e le apre su un tavolo accanto a un computer portatile. Dagli «Anellini di mare» sfila via delle bustine di polvere bianca, dai «Bastoncini millesapori» una mazzetta di biglietti da cinquecento euro avvolta nel cellofan.

– Sono 45 000 euro. Questi sono gli unici fondi che posso trovarle per un'operazione del genere. Quel che resta glielo consegni pure, alla fine, e che se li vada a sputtanare il piú lontano possibile da qui.

– E il patto fra di noi, qual è?

Le sopracciglia gli scattano in un sussulto di sufficienza.

– Io la copro in tutto e per tutto. Se il suo Cocíss ci porta davvero sulle tracce di quel certo personaggio…

Si ferma, abbassa lo sguardo e mi passeggia intorno. Ha ragione Reja, il commissario capo si sente tradito da qualcuno che sentiva suo e che invece ora è mio.

– ... ovviamente, lei avrà il posto che vuole, dove vuole. È laureata, mi sembra.

– Mi manca la tesi.

– La scriva, allora. Vedrò di metterla in condizioni di studiare senza problemi, e poi ci sarà qualche concorso interno. Vuole una carriera d'ufficio, tranquilla... in Toscana, suppongo, per progettarsi un futuro, una famiglia? Oppure vuole un posto al ministero? Le piacerebbe trasferirsi a Roma? Ci pensi su e me lo dica. Per un'operazione del genere, l'amministrazione le sarà riconoscente. Ma senza troppe cerimonie, e guardi che le conviene. Gli eroi non fanno vita, la gloria è bella ma la gente dimentica con facilità. Loro invece no... anche fra dieci anni, gli Incantalupo potrebbero fargliela pagare, immagino che capisca.

– Perfettamente. E se l'operazione non riesce?

Gli si aggiungono appena un paio di rughe sulla fronte. Ma per il resto snocciola quanto segue con la stessa espressione con cui mi ha promesso una carriera comoda, lontano da giubbotti antiproiettili.

– Da un punto di vista professionale risponderà della fuga del soggetto sottoposto a protezione. E poi c'è il profilo penale, il favoreggiamento a un latitante.

Se la vita da eroe non è granché, questa è comunque peggio. Non ho la forza di fermare la stizza, e allora parlo prima di pentirmi.

– Io a quel punto la tiro dentro.

Ma la cosa non lo turba affatto.

– Faccia pure. Non mi sembra una bella riconoscenza, visto l'aiuto che le sto dando.

– E la sua, di riconoscenza? Stiamo decidendo che vale la pena di tentare.

Scuote la testa, piano piano. Mi guarda fisso e per la prima volta ho il timore che stia per perdere le staffe.

– No, agente. *Lei* ha già deciso che vale la pena tentare. *Lei* pensa che forse il Mastronero lo vogliono incastrare, poverino. Io non ho deciso niente e penso che lasciare libero l'assassino di tre persone vale la pena so-

lo se lo prendiamo davvero, Incantalupo. Per meno di
questo non mi resta che vergognarmi della divisa che
indosso. Le è chiara la differenza?

– Mi sta chiedendo di garantire per il Mastronero?
Si guarda intorno, insofferente.

– Mi sembra il minimo. Il vostro patto a garanzia
del nostro, – borbotta.

D'Intrò allarga le braccia, poi richiude le confezioni e me le porge. Mi sembra di avere fra le dita due ge-
lide schegge dell'impero di ghiaccio.

– Le auguro di non aver sbagliato a fidarsi.

Quando usciamo, D'Intrò dice ai colleghi di cominciare a inventariare tutto.

– Varano compreso, – specifica, poi saliamo sulla
Smart e lui mette subito a tavoletta. Fuori dal ventre
cavo del blocco K, il cielo è grigio, fitto come una coperta infeltrita.

– Lampeggiante? – chiedo.

– No.

– Dove andiamo?

– Le ho fatto prenotare il volo delle cinque e quaranta su Pisa. Ma abbiamo dei dettagli ancora da sta-
bilire.

– Tipo?

– Tipo dei nuovi documenti di copertura per tutti e
due. E tipo come farla passare al check-in senza che la
arrestino.

– La coca era proprio necessaria?

– Senza coca, quello non si regge in piedi. Si ricorda di quando ha chiamato l'ambulanza, in comunità?

Me lo ricordo. E mi ricordo anche che il primo documento di copertura di Cocíss aveva il nome falso Russo Giovanni. Quello che avevo scelto io, su due piedi,
davanti al medico. In ventiquattro ore D'Intrò lo aveva già scoperto per le sue vie. Adesso capisco anche da
dove arrivava la coca che ho trovato nel borsone di
Cocíss, e so che dovrei scusarmi con padre Jacopo. Ma

ormai ci sono nel mezzo, e devo fidarmi di quest'uomo, della divisa rigida e invisibile che porta sempre.
Quindi gli dico che ha ragione e mi riprometto di non
contraddirlo piú.

Superiamo una rotonda sabbiosa, dalla segnaletica a
dir poco provvisoria, e rientriamo in città dal tratto piú
recente di corso Due Sicilie. Comincia a piovere e in due
minuti si scatena un diluvio che sembra voler lavare i
marciapiedi dai sacchetti d'immondizia sventrati, dalle
pisciate dei cani e dal sangue dei mortamazzati.

Di colpo sento ogni goccia come la scheggia di un
proiettile scamiciato che mi taglia la carne.

– Come sta? – mi chiede D'Intrò.

– Bene. Ho solo un po' di freddo.

Saliamo al nono piano, attico con vista sugli scali
mercantili di Porta Sveva. Piante curate, divano ango-
lare bianco e tappeti di cocco sul parquet a listoni. Su
una parete divisoria ci sono le foto di due colleghi molto giovani, ravvicinate come se il resto dello spazio fosse destinato a ospitarne altre.

– Bagnerò per terra, – faccio io.

– Non si preoccupi, – fa D'Intrò, e mi porge un paio
di asciugamani.

Alle tre esatte entra la giovane stronza bionda, che
bacia D'Intrò su una guancia ma si adombra immediatamente, non appena capisce che ho usato il suo bagno
per darmi una risistemata (lavandino di vetro verde,
crema esfoliante da duecentocinquanta euro a vasetto,
una collezione di gloss davvero sfacciata). Si chiude in
camera sbattendo la porta, ma il commissario non se
ne fa una malattia. Ci trasferiamo in cucina, mi invita
a servirmi da una conca ricolma di frutta e controlla
l'ora. Dalla finestra vedo l'arcobaleno fare l'aureola al
Palazzo del Governatore in cima alla scalinata ripida
della Scesa di Mare. Mi sbuccio una mela e mi sento
sulle mani il profumo stucchevole dei saponi della
stronzetta. Io invece voglio il mio sapone e il mio lat-

te di mandorla, voglio casa mia, anche se non sono piú certa di avere un posto cosí sicuro da essere mio.

D'Intrò prosegue con i dettagli e le raccomandazioni. Pagare solo in contanti, scegliere alberghi in centro e posti affollati. Se devo noleggiare un'auto, meglio cambiarla ogni due o tre giorni. Mi suggerisce anche di comprarmi delle schede telefoniche sicure in qualche negozio cinese.

– Anche da dieci, quindici euro vanno bene. Si comprano senza bisogno di documenti, sono già intestate a nomi di fantasia, di gente morta o di gente che non ne sa niente. Ne compri una cinquantina e ne cambi una ogni volta che mi chiama. Mi chiamerà tutti i giorni, chiaro? Voglio sapere sempre dove siete.

(Cocíss non la pensa affatto cosí).

– D'accordo.

Deciderò di volta in volta a chi mentire.

– Voglio poter intervenire, se avesse dei problemi, – mi rassicura. Si alza e mi stringe una spalla. Dalla porta chiusa della camera della stronza si sprigiona Robbie Williams a un volume spaventoso. D'Intrò increspa appena le labbra. – Ora muoviamoci. Della cosa piú importante parliamo per strada.

Quarantotto anni, alto uno e settantatre, corporatura nella norma, nessun segno particolare. L'ultima immagine, una misera foto tessera, risale a quando ne aveva venticinque. Ha i capelli lunghi, biondo-ossigenati, bocca e mento nascosti da un pizzo folto. Venti anni e qualche banale intervento possono averlo reso del tutto irriconoscibile. Può essersi sollevato le sopracciglia, allungato il mento, rimodellato gli zigomi. I computer della Dia hanno generato centinaia di elaborazioni possibili da quella immagine, ma nessuno può sapere se è ingrassato o dimagrito, se sta perdendo i capelli o se soffre di depressione.

Per il resto, solo ipotesi o leggende. Come quella secondo la quale avrebbe finanziato, organizzato e co-

mandato di persona una spedizione armata sugli alti-
piani dell'Afghanistan, per riaprire un varco alla via
dell'eroina dopo la caduta dei talebani. Per altri invece non si è mai mosso da Baia Nerva, dove si narra di
una residenza principesca ricavata dentro una scoglie-
ra, invisibile e inaccessibile, con tanto di piscina naturale in una grotta. I piú fantasiosi parlano di un grande yacht che incrocia senza sosta il Mediterraneo, ma
sempre in acque internazionali, appoggiandosi alle coste libiche, a Malta o in Libano.

Tutte balle, secondo D'Intrò. Alcune messe in circolazione da Incantalupo stesso, e non solo per far di-
sperdere forze investigative.

– Un boss virtuale, – mi spiega, – che non c'è fisica-
mente, ha un bisogno continuo di riempire un vuoto.
Rinuncia a una faccia, ma non può rinunciare a una presenza. Anche immaginaria. Deve alimentare il culto
della personalità. E la propria megalomania.

A proposito di megalomania, D'Intrò sembra invece prendere piuttosto sul serio chi ha raccontato che il
grande boss ha una passione sfrenata per alcuni personaggi storici. Cosí sul serio che da un anno ha distac-
cato due dei suoi uomini esclusivamente a monitorare
le piú importanti case d'aste del mondo.

Lo ascolto senza grande interesse. Qualsiasi delin-
quente di un certo calibro finisce per immedesimarsi in
un grande condottiero. Leggono biografie, collezionano
quadri, ma non gli importa un cazzo di Giulio Cesare,
vogliono riflettere solo se stessi, guardarsi in uno specchio che dia loro uno straccio di grandezza, un'investi-
tura stabile e trascendente. Dedicano gran parte della
loro esistenza a profumare il puzzo del loro potere.

– Napoleone, – provo.

– Tipico.

– No, banale. E poi, Alessandro Magno e Gengis
Khan?

– Sbagliato. Un giorno abbiamo seguito un suo luo-
gotenente fidato in giro per librerie. Dinuccio Costan-

te, si chiama, un orco. Sono sicuro che in vita sua non
ha letto neppure la targhetta di un ascensore. Il tipo si
ammoscò, si dette alla fuga, ma dovette mollare la borsa con i libri. Erano tutti saggi storici. Sei su Napoleone, due su Carlo Magno e ben dieci, me lo ricordo, su
Winston Churchill.

– Terzetto improbabile, – mi permetto di commen-
tare.

Arrivo a pensare che questa tirata di D'Intrò nascon-
da la voglia di alzare il livello del suo grande nemico e
di conseguenza il suo. Ma il giochino non mi appassio-
na proprio. Le leggende non servono.

L'impero di ghiaccio è sterminato, lo so bene. Soltanto avvistarne in lontananza la cima, di questo iceberg, fa sgomento.

Io sono microscopica, ma è piccolissimo anche il te-
soro che devo trafugare. Preferirei parlare di questo e
per fortuna D'Intrò lo capisce.

Un capello. Un mozzicone di sigaretta. Un rasoio usa
e getta, un bicchiere, un'unghia, un cerotto. La faccia
la puoi cambiare, ma il Dna no. Mentre cerchiamo parcheggio all'aeroporto mi faccio il film di tutte le possibili maniere per ottenere un campione del genere del-
l'uomo che Cocíss mi indicherà. D'Intrò è chiaro: devo essere io personalmente a raccogliere il campione,
ad avere la certezza che il capello venga dalla testa di
colui che dovrebbe essere Saro Incantalupo, il boss senzafaccia. Non ho la piú pallida idea di come riuscirci.
Tantomeno di come trattenere e proteggere Cocíss il
tempo necessario a far arrivare il campione in Italia.
Capisco che c'è di mezzo un confronto di compatibi-
lità del Dna, ma non capisco come sia possibile.

– Tre anni fa, – spiega D'Intrò, mentre si infila contromano nel parcheggio riservato al personale, – ho in-
filtrato uno dei nostri fra gli infermieri della casa di cura dove stava passando i suoi ultimi giorni il padre di
Saro Incantalupo. Giusto in tempo. Un mese dopo, il

vecchio Ludovico Incantalupo se n'è andato, ma noi avevamo i campioni biologici per estrarre il suo Dna. Se troviamo davvero suo figlio Saro, ce ne accorgeremo. Come un normale test di attribuzione di paternità.

Cerco di non pensare ai campioni raccolti dal collega finto infermiere.

– Ho l'imbarco fra venti minuti, – dico, mentre D'Intrò entra contromano nel parcheggio del personale.

– Ho già chiamato i colleghi, ci pensano loro a farla imbarcare, e senza check-in, – mi rassicura, lanciando uno sguardo alla mia borsa.

In aereo dormo mezz'ora, non faccio che guardare lo stipetto dove ho sistemato la borsa e vado in bagno due volte. Torno a sentire un lieve fastidio che non è ancora bruciore, ma che lo può diventare.

A Pisa cerco fra i banchi dei bar una crostata di lamponi. Niente. Chiedo un succo di frutti di bosco. Neppure. Riaccendo il cellulare e mi arriva un messaggio da Antonello. Non lo leggo neppure, ho paura di avere troppa voglia di rivederlo.

Compro un triangolo di pizza, un paio di quotidiani e fermo il primo taxi.

Sul taxi finisce che lo leggo, l'sms.

«Amami o arrestami», dice il solito, adorabile pagliaccio. Sorrido ma mi sforzo di non rispondergli, poi gli scrivo: «Non so fare nessuna delle due», e spengo il cellulare.

Chiamo Cocíss appena entro.

– Dove sei? Sono io.

Non mi risponde. Sui vetri polverosi delle pareti divisorie si allunga un rombo arancione di luce al tramonto. Pochi passi ed entro nel buio. Stringo la pistola in tasca, accendo la torcia e illumino il divanoletto su cui l'ho lasciato ieri sera. Vuoto e disfatto. Freddo.

Lo chiamo un'altra volta e accelero il passo verso il reparto cucine.

Sul tavolo rustico vedo i cartoni della cena di ieri sera. Spero di trovarlo nel reparto soggiorni, stravaccato su un divano, neanche fosse un qualsiasi adolescente che aspetta la cena pronta in tavola. Ma lui non è un qualsiasi adolescente, io non sono sua madre e questi soggiorni marciranno o verranno distrutti senza mai essere stati abitati.

Nel corridoio che porta alle scale gli specchi fanno rimbalzare all'infinito la mia torcia. Il tempo di abbassarla, di far scomparire dalla retina l'effetto psichedelico e vedo una porta di sicurezza aperta.

(*Cosa le fa pensare che voglia rispettare il patto?* Se n'è andato, cazzo).

Ma dove? Dove può andare? La sua faccia l'hanno vista tutti, è senza una lira, fuori dal suo ambiente. Siamo a venti chilometri dalla prima stazione ferroviaria. Non lontano ci sono i boschi, certo, ma se ha pensato di scappare da quelle parti sono sicura che non ne uscirà mai piú. In quei boschi ormai sanno entrare solo i cercatori di funghi e qualche pastore sardo che anni fa faceva da basista all'anonima sequestri. Là dentro ci sono solo i fantasmi degli ostaggi lasciati in pasto ai cinghiali.

Salgo di corsa, l'occhio della torcia mi fa traballare gli scalini davanti ai piedi.

Lo chiamo ancora e lo cerco fra le camere matrimoniali. Nel settore delle camerette dei ragazzi c'è un puzzo ficcante, da stare male, un lezzo chimico come di vernice. Vedo dei barattoli scoperchiati. Cemento a presa rapida e collante per moquette. Li ha trovati lui, li ha aperti lui, ma non capisco perché.

E alla fine lo trovo, rannicchiato sopra un tappeto di gomma a forma di fiore, sotto un lettino a soppalco verde e blu.

– Cocíss, sono io. Che cazzo hai fatto?

Con un grugnito si tira una coperta sopra la testa. Mi fermo a un metro da lui.

– E tu, invece, che cazzo hai fatto? – Ha una vo-

ce irriconoscibile, ovattata, e non solo dalla coperta.
– Che ore sono?
– Le otto.
Sposto la luce verso l'alto e lui si abbassa la coperta
fino al naso.
Ha la pelle esangue e gli occhi di un grigio metallico.
– Ma qui non si respira, non lo senti? – gli dico.
(Che cazzo dico? Il naso di questo non sente piú
nulla).

Mi accusa di non saper stare ai patti. Lo prendo co-
me un appiglio utile, un modo per farmi capire che per
lui il patto non è morto, anzi.
Si alza in piedi, scalcia via la coperta e stira le gambe.
– Hai parlato con il tuo capo?
– Ci ho parlato.
Fa finta che la cosa non gli interessi, ma non è bra-
vo a nascondere uno scatto nervoso delle sopracciglia.
– Allora? Avete parlato bene, con calma, mentre io
aspettavo in questa merda di posto?
Non attacco briga e vado al punto.
– D'Intrò mi ha dato carta bianca. Il patto gli sta be-
ne e ci sono anche dei soldi per te. Ma vogliamo delle
garanzie.
– Quanti soldi?
– Ventimila euro.
Si scrolla di dosso la proposta con uno sbuffo.
– Ma siete pazzi? Questo qua vale molto di piú.
– Il problema non è quanto vale un certo perso-
naggio.
– Ah no?
– No. È quanto vali tu. E quello te l'ho già spiega-
to, mi sembra.
Mi metto a sedere sulla scala del lettino a soppalco
e lascio cadere per terra i giornali che ho comprato al-
l'aeroporto. Su uno c'è la sua foto in prima pagina. Non
grandissima ma, insomma, è molto piú di quanto ot-
tengano tanti *mortammazzati* qualunque.

– Pure a colori, la foto, – commenta.

– Contento?

– Addosso a me, le hanno messe quelle due povere bambine! Per rovinarmi, gli infami. Io che pagavo sempre regolare, tenevo le mie piazze senza problemi. Ma io gli fotto il grande capo, – si stringe le mani alle orecchie, come se volesse staccarsele. – Cosí s'imparano a mettersi tutti contro a me.

– Proprio tutti. Persino la gente che se ne sta sempre zitta e buona a farsi gli affari suoi è scesa in strada. Sono arrivati i giornalisti, la Tv, la polizia e manca poco anche l'esercito.

– Una settimana e torna tutto come prima.

– E tu quanto facevi, in una settimana?

– Ma che vuoi?

– Dimmelo, avanti.

– Ma che t'importa?

– Sai fare le moltiplicazioni? Moltiplica per cento, è facile.

– Fallo tu, che hai studiato. Piuttosto... il dottore D'Intrò ti ha dato niente per me?

La domanda non dovrebbe prendermi alla sprovvista (si è ridotto a sniffare i collanti da moquette. Il butano dell'accendino no, ma solo perché gli serviva per accendere le sigarette).

– Quanta te ne ha data, l'ultima volta, per la dritta sulla riunione dei capozona?

– Abbastanza. Ma non tanta.

Cerco nella borsa la bustina di plastica in cui tenevo un paio di orecchini di pasta di vetro verde. La riconosco al tatto, sembra vuota. Invece c'è dentro un grammo scarso di paradiso, freddo come il ghiaccio, come l'impero degli Incantalupo. O forse come l'alito buio di Dio.

Lo lancio sui giornali, anzi, proprio sulla sua foto.

Cocíss sembra controllarsi, poi ci mette sopra tutte e due le mani, come se avesse intorno altre cento persone pronte a portargliela via.

Dopo essersi passato anche l'ultima briciola di coca sui denti ricomincia a trattare, insiste che vuole piú soldi, perché deve rifarsi una vita, da solo, lontano da tutti. Vorrei chiedergli se il valore di una nuova vita è solo un fatto di soldi. Se cambiare vita non è (magari) cambiare prospettiva, altrimenti sarà tutto inutile. Invece sto zitta, per non sentirmi ridicola. Accetto la trattativa, del resto c'ero preparata.

– Posso chiedere a D'Intrò se alziamo un po'.

– Tipo quanto?

– Trentamila. Non di piú.

– Trentamila li facevo in un mese, io.

– Allora li sai fare, i conti.

Scrolla le spalle, si tocca la punta nel naso. Poi respira come se si trovasse d'improvviso in alta montagna.

– E comunque questi li guadagni in molto meno di un mese.

Mi guarda perplesso.

– E tu che ne sai, quanto ci può volere, a sapere dove sta? Magari sta all'estero, in America. Dovrò fare delle chiamate, sempre che posso avere un telefono.

– Ce l'avrai.

– E allora io chiamo, e poi magari bisognerà aspettare.

– Aspetteremo.

– E dove andiamo ad aspettare?

(Non ne ho idea, ma non devo farmi vedere indecisa).

– Lontano da qui. Magari all'estero.

Sembra che la prospettiva non gli dispiaccia. Si abbassa sul sedile e appoggia le ginocchia al cruscotto. Guarda dal finestrino la campagna blu del crepuscolo. Muove i piedi a scatti, mi ricordano le palette di un vecchio flipper.

– Ascoltami, io qua stanotte non ho dormito per niente.

– Come mai?

Prova a rispondermi ma subito dopo finisce a tossire come se avesse dei petardi nei polmoni. Sputa del
catarro e si rimette giú, con due dita sulle narici.

– Sentivo rumori. Ogni tanto pensavo che eri tu. O
che invece erano altre persone. Stamattina, qua fuori,
c'erano gli zingari che caricavano i televisori.

A giudicare dal colorito stinto, non credo che mi stia
raccontando balle. Ma so bene dove vuole arrivare.

– Io qua non ci rimango manco per il cazzo, okay?
Il generatore è andato, l'acqua è marrone, è uno schifo.
Guardami, come sto messo. Neanche in carcere, stan-
no cosí.

Accetto la discussione e gli dico che si tratta di resistere fino a domani.

– Neanche i topi, ci vivono, in questo posto.

Dopo dieci minuti gli apro il bagagliaio e lui lancia
il borsone fra i miei teli da spiaggia e qualche vecchio
tappetino di gomma arrotolato.

Rallento alla rotonda che preannuncia l'ingresso
alla parte bassa del paese, dove ci sono le poste, le
scuole, le concessionarie d'auto e altri mobilifici ancora in attività.

Guardo i soggiorni e le cucine. Sono sempre ben illuminati, di notte.

Forse lo fanno perché dove ci sono vite non vissute,
prima o poi, i fantasmi arrivano.

La carta d'identità a nome Russo Giovanni nel borsone non c'è. L'ha persa, forse è rimasta a Spaccavento, forse in commissariato. Per qualche minuto mi convinco che a Leda, un'affittacamere molto amica di mia
madre, potrei chiedere di non farmi troppe domande,
per una notte. Ma lei sa che lavoro in polizia, potrebbe parlarne con mia madre, e l'idea non mi piace. Penso all'agriturismo olistico degli amici di Maurizio. Ma
come lo presento? Mio fratello? No, sanno che ne ho
uno piú grande di me. Un mio cugino del sud in vacan-

za? Penseranno che me la faccio con un ragazzino e Maurizio lo verrà a sapere.

(Inutile che mi faccio troppi film, qua non ho scelta).

– Forte, quella, – fa Cocíss, quando vede il suv nero del mio vicino tagliarci la strada per entrare nel giardinetto.

– Siamo arrivati, – gli dico.

Allunga le gambe con una smorfia di insofferenza.

– E dove?

– Casa mia. Scendi, forza.

Annuisce come a dire che gli sta bene, può andare. Io invece penso che dopo stanotte la piccola mansarda non sarà piú casa mia. Definitivamente. Il piede sulla nuca, le mani dietro la schiena, l'ombra sul terrazzo. Non lo sarebbe stata mai piú, comunque, dopo la notte del blackout. Tanto vale farci anche entrare questo qui, oramai. La sento come una profanazione, una contaminazione radioattiva. Appena tutto questo sarà finito, cercherò subito qualcos'altro.

– Vado a comprare due cose, prima che chiuda il supermercato. Ora sali, ti metti alla Tv, stai dentro senza farti vedere in giro. Neppure dalla finestra, okay?

– Tu non mi devi parlare come a un deficiente. C'è il patto, fra noi, tu mi dici che devo fare e io lo faccio.

– Bravo. Lasciamo entrare questo qua e poi saliamo noi.

Cocíss allunga la mano.

– Allora abbiamo detto cinquantamila euro.

– No. Abbiamo detto trentamila.

– Non sono un cazzo, trentamila.

– Trentacinquemila.

– Io tenevo un sacco di roba e di soldi, e ora ve la pigliate voi, tutta quanta.

– Non tirare la corda, tanto non hai scelta.

– Voglio quarantamila.

Si alza gli occhiali, mi fissa e allunga un braccio. Mi tocca prendergli la mano, la destra, perché anch'io non ho scelta.

Stringe forte le mie dita, sembra non volerle lasciare piú. Spero almeno che non ci abbia mai davvero sparato, con questa mano. Che sia vero, che non abbia ammazzato Capuano e le due bambine. Ma questo dubbio non è abbastanza, per non farmi sentire contaminata da lui, da tutto quello che si porta dietro. E dentro. E sulla faccia.

Stavolta devo prendere il carrello. Mi accorgo che cerco di ricordare la marca giusta di dopobarba, mi dico che non è possibile e non va bene. Compro due confezioni di henné, e all'uscita contratto con un ambulante cinese tre paia di occhiali a gradazione zero per quindici euro. Hanno la montatura colorata, mi sembrano abbastanza di cattivo gusto per piacergli. Poi passo anche in farmacia a comprargli le vitamine e il dentifricio contro la piorrea.

Entro e c'è un profumo insolito, per casa mia. Un soffritto di cipolle e aglio sfumacchia dalla padella di ferro, quella che non uso mai perché a lavarla per bene e ungerla, poi, è una rogna. Cocíss è stravaccato sul divano, il telecomando in mano, scorre i canali con il pollice, a volume zero.

Abbandono i due sacchi per terra e gli suggerisco di alzarsi. Mi guarda con una specie di pigro interesse.

– Aiutami a mettere questi sul tavolo, forza.

– Ho fatto un corso di cucina quando stavo al carcere minorile. Non era male, il tempo passava meglio. Eravamo solo io e altri due e il tipo era uno forte, ci faceva pure fumare, non scassava.

È curvo sul piatto, per sfilare via le penne morde la forchetta. Si ferma solo quando sente dolore alle gengive. Smetto di mangiare e lo osservo inzuppare il tovagliolo di sangue, olio e pomodoro.

– Che ti è preso, stasera?

– Mi è preso che tenevo voglia di cucinare. Ho aperto il frigo, ho preso quello che c'era.

Scrolla le spalle, poi si rimette a masticare.

– Allora, – mi fa, – sono buoni o no? Non mi dici niente?

– Spettacolari, – mi sbilancio, ma non esagero.

– Te lo chiedo solo perché lo sai, io non li sento tanto, gli odori e i sapori. Sono andato cosí, a memoria.

– Sei andato benone.

– Tenevi pure un po' di cose andate a male, nel frigo. Le ho buttate.

– Ti posso chiedere una cosa?

Fra una forchettata e l'altra allunga il collo per darmi il permesso.

– Perché non hai dato una mano in cucina, quando eri in comunità?

Mi squadra come se avessi fatto una domanda inconcepibile.

– E secondo te, io faccio da mangiare per le puttane e i marocchini?

– Parlano ancora di te, al Tg, – faccio, accennando con la testa al televisore muto.

– Alza, – mi fa.

Gli inquirenti dicono che stanno per prenderlo, il giovanissimo assassino. La gente del quartiere grida che non lo mettano in galera, che lo portino in piazza e lo lascino a loro, è la fine che si merita. Il piú furibondo è un giovanotto tirato, la maglietta scura con la scritta «Pablo Escobar», i capelli corti incrostati di gelatina.

– Guardalo, lo schifoso.

Cocíss si volta verso lo schermo facendo grattare la sedia sul pavimento. Poi, verso di me: – Ma tu lo sai chi è, quello? Quello stava per me alla casa di Heidi. Faceva mille euro al giorno, tremila il sabato e la domenica.

Salta dalla sedia e fa il gesto della pistola contro la televisione, con tre passi riempie di gobbe il tappeto.

– Prima però non ti lamentavi, infame!

– Piantala! Ti sentono tutti, qua intorno.

Per calmarlo mi tocca alzarmi. Lui si risiede e io risistemo il tappeto.

Mi rimetto davanti al piatto, a tirar su una penna alla volta. Sono davvero buonissime, Cocíss ha messo nel sugo capperi, olive, pinoli e peperoncino, ma io ho lo stomaco strizzato. Lui si rovescia nel piatto il resto della pentola togliendo anche i rimasugli di sugo. Quando passano sullo schermo le foto rituali di Nunzia che gioca con il gattino e di Caterina che fa danza classica, si riaccuccia sul piatto.

Riporto il volume della Tv a zero e per un po' non ci diciamo niente. Lui pulisce il piatto con il pane, poi butta giú due bicchieri d'acqua, quasi senza prender fiato. Va ad accendersi una sigaretta sulla porta del terrazzo.

– Amburgo. Dove sta?
– Amburgo sta in Germania. Perché?
– Dicono che potrebbe essere là.
– Chi lo dice?

Torna verso di me e si pulisce due dita alla tovaglia (non lo fa apposta, me ne devo convincere).

– Tu ti devi fidare senza farmi domande. In quanto ci possiamo arrivare?
– Un paio di giorni.
– Dico con l'aereo, capito?
– Ho capito benissimo e ti ridico due giorni. Anche tu fidati di me e non farmi domande.

Mi guarda storto, spegne la sigaretta e va a buttarsi sul divano.

Io sgombero il tavolino e riempio il lavello di piatti, bicchieri e posate. Evidentemente ha deciso di aver fatto anche troppo, per stasera. Mentre vado in camera a prendere il computer portatile, gli faccio cenno di togliersi le scarpe, se proprio vuol stare con i piedi sul bracciolo.

Sbuffa, ma obbedisce.

Ci vogliono due giorni perché senza documenti di copertura l'aereo non lo possiamo prendere. Il primo volo utile su Amburgo è per domani nel tardo pomeriggio, da Roma. Dal terrazzino della camera da letto chiamo D'Intrò senza perdere di vista Cocíss. Si accende una sigaretta dopo l'altra, si rigira sul divano e cambia canale a una velocità demenziale. Giusto qualche video musicale con le strafiche lo trattiene qualche secondo, ma mica di piú.

D'Intrò non mi fa domande. La sua voce mi ispira una tranquillità di cui sono la prima a stupirmi. Gli faccio presente che tutto procede, il soggetto è abbastanza collaborativo, ma che ho bisogno dei documenti. Concorda con me sulla stessa priorità (alleluia). Mi tocca anche dirgli che Cocíss ha espresso la volontà di non incontrarlo mai e gli anticipo che partiremo per Roma domattina presto.

– Farete una sosta per la colazione, ci mettiamo d'accordo e le verrà incontro un collega fidato. Ha lui i documenti per lei e per il soggetto. Intorno alle nove e mezza sarebbe troppo presto?

– No, affatto, – dico. – Prima ci muoviamo da qui, meglio è.

– Bene. Ha una macchina fotografica digitale, o un telefonino che fa le foto, vero?

– Sí.

– Allora si segni questo indirizzo e-mail. Entro un'ora mandi le vostre due fototessera, altrimenti per domattina non ce la facciamo anche lavorando tutta la notte.

Vedo Cocíss che si mette a sedere e si infila le scarpe. E allora taglio corto e rientro in camera, tanto mi sembra che con D'Intrò ci siamo detti tutto. Segno l'indirizzo e concordiamo di sentirci domattina presto.

Mentre tiro fuori dall'armadio la sacca da viaggio verde mi concedo l'impressione che stia andando tutto per il verso giusto. Un'impressione di cui non mi fido quasi mai.

– Ma che, tu sai tagliare i capelli?

– Le donne sanno fare tutto. Vai in bagno, davanti al lavandino.

Cerco l'asciugamani piú grande che ho e gli dico di sistemarselo intorno al collo. Mi infilo i guanti da cucina, prendo le forbici grandi dal cassetto, ma mi sembrano poco affilate. Per fortuna ricordo di averne un altro paio nell'armadietto. Le uso per togliere le doppie punte, sono piú piccole ma sicuramente tagliano meglio.

– La cosa migliore sarebbe andare proprio a zero.

– Ma tu sei pazza.

– Facciamo biondo, a spazzola.

– Come un ricchione? Ma vaffanculo!

Fa per togliersi l'asciugamani, ma prima di pensarci su gli punto le forbici quasi agli occhi.

– Ricchione... Magari tu potessi sembrare una donna. Sarebbe perfetto.

– Vaffanculo.

Guarda le punte delle forbici.

– Hai anche gli occhi celesti. Vedrai che stai bene.

Si china sul lavandino e sputa saliva rosata di sangue.

– Dammi lo shampoo, – borbotta.

– Prima facciamo il colore.

– Ho detto che ora faccio lo shampoo, va bene?

Mentre apro il rubinetto, butta fuori un gemito rauco che rimbomba nella conca di porcellana.

– È troppo calda.

Quando si appoggia il getto sulla nuca, mi sembra che si rilassi. Man mano che l'acqua gli liscia i capelli, vedo affiorare dei segni appena piú scuri del cuoio capelluto, simili a grandi vesciche secche lasciate da una malattia infantile.

– Cosa sono queste?

– Hai capito, adesso, perché a zero non vanno bene?

– Sí, ma cosa sono?

– Non tengo mica una malattia. È stato Cocíss.

– Cocíss?

– Cocíss era il piú grande, un campione.

Comincia a raccontare non appena tira su la testa dal lavandino. Si chiude la faccia nell'asciugamani, mentre io finisco di sciogliere la polverina in una vecchia scodella da pinzimonio.

– Era un bull terrier. Fortissimo. Una belva. E l'avevo allevato io. Anzi, io l'avevo fatto nascere, proprio.

Taglio la stagnola per applicargli il colore, poi mi metto dietro di lui con le forbici in mano. Gli tiro un po' i capelli dietro le orecchie e sulla fronte. Mi convinco che basterà un taglio meno coatto per farlo sembrare un maturando qualsiasi.

Lui ora sembra lasciarmi carta bianca perché è tutto concentrato sul raccontarmi di questo cane. Comincio a chiudergli i ciuffi nella stagnola e lui mi spiega quanto è difficile far accoppiare certi cani, specie i bulldog. Le «razze selezionate», le chiama lui. La femmina si stanca molto presto di farsi montare, perché per costituzione ha le anche gracili e quasi subito sente dei dolori terrribili. Cosí devono starci anche in due o tre, a sorreggere il maschio perché non le pesi addosso. Ma il maschio, da parte sua, perde presto ogni ardore e allora bisogna aiutare anche lui.

– Girati. Verso di me, – gli dico.

Io faccio gli involtini di stagnola e lo ascolto. Non si esprime certo con termini tecnici, ma mi sta convincendo che, se dovessi reincarnarmi in una femmina di bulldog, questa vita mi parrebbe quasi una favola.

Eppure riesce a essere persino delicato, quando mi racconta nei dettagli che è stato proprio lui a tenere il coso del bull terrier e a infilarlo dentro la femmina, quando ormai un certo Ezio Curto detto Japàn minacciava con la pistola il veterinario e i padroni dei due cani. Era la terza volta che provavano quella monta e Japàn non teneva piú pazienza, lui voleva il campione dei campioni.

– Ma tu quanti anni avevi? – gli chiedo.

– Che ne so, sette, o forse otto. Ma che è 'sta roba
in testa?

– Lasciami fare e non ti toccare. Allora? Vai avanti.

Mi dice che andò bene, e capisco che è tutt'ora molto orgoglioso della sua impresa. Grazie al suo intervento, la femmina di bulldog americano rimase incinta,
partorí e venne soppressa due ore dopo che un mani-
scalco qualunque l'aveva praticamente squartata.

– Le femmine del bulldog tengono pure la pancia
stretta. Non possono partorire, se non gli fai il taglio
qua, capisci?

– Capisco benissimo. Si chiama parto cesareo.

Mi lancia un'occhiata stranita. Poi si guarda allo
specchio e dice che verrà uno schifo e che sembrerà ricchione.

– Quando me li levi, 'sti cosi?

– Ancora cinque minuti.

– E poi?

– E poi sciacquiamo e tagliamo.

Prima del risciacquo fa in tempo a spiegarmi come
si è fatto tutte quelle cicatrici.

– Lo tenevamo in una soffitta del blocco K, eravamo io e mio fratello Nino. Ci avevano raccomandato
che doveva diventare cattivo fin da piccolo. E allora
li devi lasciare anche al buio, tre o quattro giorni senza mangiare. Gli devi imparare bene il dolore, capisci,
perché sennò poi non sono feroci, non tengono la cat-
tiveria per combattere fino in fondo e allora si fanno
fottere. Ogni tanto anche lo mettevamo in un sacco e
poi lo prendevamo a bastonate. Un giorno mio fratello era una furia, non lo so che aveva, forse stava un
po' su di giri, ma picchiava come se lo volesse ammazzare. E se ammazzava il campione di Ezio Curto, quello ammazzava noi. Allora mi sono messo di mezzo, l'ho
fermato e mi sono preso pure una botta. Ho aperto che
il sacco non si muoveva piú. E invece il cane m'è arrivato contro. Voleva mordermi la faccia, ma ho fatto
in tempo a girarmi.

Comincio a togliergli la stagnola, gli devo ripetere cento volte di stare fermo.

– Anche questi agli occhi te li ha fatti il cane?

Si irrigidisce. Immediatamente.

– Ma che t'importa? T'ho già raccontato abbastanza.

– Okay. Risciacquati, forza.

Per fare le foto tolgo dalla parete un quadro della mia amica Sandra, una grande onda azzurra che in realtà è un collage di etichette e confezioni di tonno in scatola spezzettate. Cocíss lo guarda e dice che gli piace il colore.

Lo inquadro nel telefonino contro lo sfondo neutro. Perdiamo un quarto d'ora perché gli viene da ridere, fa le linguacce, non vuole mettersi i finti occhiali da vista. Alla fine lo convinco che è meglio, e sceglie quelli neri. Va in bagno a guardarsi nello specchio e conferma di sembrare davvero ricchione. Ma ci ride sopra, forse solo perché la coca lo tiene su.

Gli faccio una decina di scatti, lui li vorrebbe vedere subito ma io non gli mollo il telefonino. La cosa lo fa incazzare e per rappresaglia scatarra nel lavandino e mette i piedi sul divano senza togliersi le scarpe.

– Complimenti, – gli faccio, da dietro lo schermo del computer. – Ora vieni qui e scegli quella che ti piace di piú.

– Ma dopo le devo fare io a te.

– Già, – rispondo, togliendo la mia scheda dal cellulare.

– Ancora una, sorridi... e dài, perché non sorridi.

Sembra che si diverta proprio. Io no. Io sorveglio ogni mossa che fa. Coca o no, lo preferisco di buon umore.

– Sono fototessera, andiamo.

– Ma almeno una che sorridi.

Mi mostra i denti grigi con le gengive arrossate e intanto guarda nel display del telefonino inclinandolo a destra e a sinistra.

– Basta, la faccio da me.

– Poi però me ne tengo una, va bene?

– Neanche per idea.

– Ma sai che potresti fare la modella? – mi sfotte.

– Da' qua.

Chiude il telefonino e me lo lancia. Lo prendo al volo prima che impatti la parete. Cocíss si accende una sigaretta a mi annuncia che, lui, va a farsi un giro.

– Non se ne parla neppure, – metto subito in chiaro io.

– Ma che problema c'è? Chi mi riconosce, conciato da ricchione?

– La tieni la pistola? – chiede.

Costeggiamo le mura coperte di edera. Io guardo in ogni cortile, fra le ombre sotto i pergolati.

– Che t'importa? – gli rispondo. Non volendo gli ho fatto il verso. E lui se n'è accorto (sono una cretina).

– Funziona bene, quella che tenete voi. È facile. È come prendere la mira con il dito. Quanti colpi tiene?

– Otto.

– E basta?

– È la compact, con il caricatore monofilare. Ce ne dànno uno di ricambio.

(E lui sarebbe quello che non ha mai sparato?) Arriviamo al belvedere. Le panchine sono occupate da capannelli di anziani che aspettano il sonno accanto ai loro bastoni. Qualcuno gioca a carte. Le donne si sono portate le sedie pieghevoli da casa e raschiano il fondo delle coppette di gelato.

Cocíss mi chiede degli spiccioli e si infila nel bar del circolo Arci. Io lo aspetto fuori, perché il barista mi conosce e preferisco non farmi vedere. Se ne esce con una lattina di birra e un gelato di quelli con lo stecco.

Andiamo verso la ringhiera. La luna è senza alone e il vento leggero ricorda vagamente che l'inverno è andato a rintanarsi da qualche parte, ma tornerà. L'inverno. Non me lo riesco a immaginare, come sarà il prossimo inver-

no. Dove sarò io. Dove sarà Cocíss, che morde il gelato
fra un sorso di birra e l'altro. Che cosa farà per il mondo, uno cosí. Fuori dalla galera e lontano dal suo clan.

– La prima volta che tieni una pistola, ti sembra che
tutti sanno che ce l'hai, anche se non la vedono. È vero?

– Vero. Quand'è la prima volta che hai usato la pistola? Sentiamo.

– Non sono stato io. Io lo so dove vuoi andare a finire, con questo discorso qua, ma non le ho ammazzate io. Io, a delle persone, non ho mai sparato. Mai.

– E a cosa hai sparato, allora?

– Ai piccioni.

– Ai piccioni?

– Ci stava un cortile dove ce n'erano tantissimi,
sporcavano, uno schifo. E allora ogni tanto mi mette-
vo alla finestra e ne ammazzavo qualcuno. Non è mica
facile, sai. Quelli volano.

Mi tornano in mente gli angioletti disegnati dalle
compagne di Nunzia e Caterina. Non sempre un paio
d'ali servono a salvarsi. Devo allontanare il discorso, subito. Ci pensa lui, raccontandomi di quando con altri
ragazzetti del quartiere è stato incaricato di una battu-
ta di caccia contro i cani randagi. Ce n'erano centinaia,
certi anche di razza, erano quelli che la gente abbando-
nava sulla tangenziale. Si erano inselvatichiti, giravano
in branchi e dopo essersi installati nel campo nomadi
abbandonato si erano lentamente avvicinati alla 167.
Una sera avevano sbranato un tossico. A quel punto i
capozona avevano deciso di comune accordo che, per
tutelare la clientela, il problema andava risolto.

Cocíss la rievoca come una grande avventura e mi
assicura di averne abbattuti almeno una dozzina. Ricorda di aver lavorato tutta la notte per radunare le carcasse. Pensavano di doverle bruciare, invece all'alba
era arrivato un camion e avevano avuto l'ordine di ca-
ricarcele sopra tutte. Quello non era stato divertente
come sparare. Compenso della nottata: una ricarica telefonica da cinquantamila lire.

– A proposito di cani, come mai quel cane si chiamava con il tuo contronome?

Non mi risponde, scola la lattina, la schiaccia con una mano e poi la scaglia via, fra i cespugli di sotto.

– Ma che t'importa?

– Mi interessa il resto della storia.

Si mette a cavalcioni della ringhiera.

– Il nome gliel'ha dato Ezio Curto, quello che chiamano Japàn. Io neppure sapevo che volesse dire.

– Era un capo apache. Si chiamava *Cochise*, a dire il vero.

Fa di sí con la testa e ricomincia a parlarmi del suo campione. Di come gli facevano addentare un copertone e poi lo buttavano giú dal terrazzo, a penzolare attaccato per i denti finché la bestia non arrivava allo stremo. Mi spiega che cosí si potenziano i muscoli della mandibola. Poi ricorda di quando, dopo tre giorni di buio e di digiuno, gli piantarono sugli occhi una lampada da cento watt e gli misero davanti un gatto. Andarono avanti con i gatti per una settimana, poi iniziarono con i randagi presi al canile. Li sceglieva suo fratello, personalmente, ogni volta di taglia un po' piú grande e piú resistenti.

– Il compito mio, – precisa, – era di vedere quanti giri di cronometro ci metteva, a finire il combattimento.

(Traduzione: a sbranarlo).

Mi racconta che i randagi fatti a pezzi erano il numero di apertura prima dei combattimenti veri e propri. Aggrotta lo sguardo per ricordare che il casino vero fu insegnargli a uccidere l'avversario. Un paio di volte Cocíss si fermò prima, il pubblico protestò e in molti rivollero indietro i soldi. Da quel giorno lui e suo fratello si portarono dietro degli spilloni. Glieli piantavano appena sopra la coda per farlo scagliare di nuovo contro il cane che agonizzava. Certe volte non era facile capire se l'altro cane era morto davvero, anche se non si muoveva. Avvicinarsi per controllare poteva essere pericoloso, a meno che Cocíss non gli avesse proprio aperto la gola.

Quando mi parla del primo combattimento, mi accorgo di avere le dita serrate alla ringhiera, i muscoli delle gambe legnosi.

– C'era questo Ben Hur, un dogo argentino, quello aveva già massacrato tre o quattro campioni. Quando l'ho visto mi sono cacato sotto. Era tutto nero e rosso, un mostro. A Cocíss gli scommettevano contro tutti quanti. Allora Curto è venuto da noi a dirci che se Cocíss non vinceva, ci ammazzava a tutti e due. Io mi sono messo a bagnarlo con il latte, devi sempre farlo, prima di un combattimento, e mio fratello gli faceva ingoiare quella roba che si dà per stare su, la Hitler Speed, la chiamano. Hai capito di cosa parlo?

Mai stata alla narcotici, ma una collega mi ha parlato di una cosa che ha questo nome e anche altri. Ice, o Crystal meth, coca sintetica dei poveri. O dei cani. Dicono che si possa fare in casa con prodotti acquistabili in ogni supermercato o fai-da-te, in realtà non è cosí semplice. Certo, piú semplice che andare in Colombia a trattare con i narcos.

Continua a spiegarmi che i dogo vengono tinti non solo per farli apparire piú minacciosi, ma anche perché in natura sono bianchi e le ferite si vedrebbero subito. Cosí neppure loro si erano accorti che Cocíss aveva già ferito il dogo diverse volte. Il pubblico era in delirio, era uno dei combattimenti piú lunghi e feroci che si fosse mai visto, uno di quelli che passa alla storia. L'aveva anche filmato, aggiunge. Ma a un certo punto i due cani sembravano voler mollare. Anche le belve piú assetate di sangue si fermano. Non se lo sa spiegare, mi dice. Forse per la stanchezza e per il sangue che hanno perso, forse perché si chiedono che senso abbia continuare il duello fino alla morte, dico io. Mi guarda e ci riflette. È come un attimo di blackout, di confusione. Di grande lucidità, vorrei aggiungere io, ma lo tengo per me e lo faccio continuare.

Sostiene che Cocíss alla fine avesse vinto perché il padrone di Ben Hur, preoccupato per il protrarsi del combattimento, gli aveva fatto una siringa di coca di troppo. Ricorda che il dogo nero sembrò spegnersi di colpo, come per un infarto. E che Cocíss lo trascinò per l'arena come un grosso straccio impastato di sangue e segatura, mentre lui e suo fratello gli urlavano di farlo a pezzi. Dovettero mettercisi in quattro o cinque, per fargli mollare la presa. Ezio Curto realizzò ventimila euro solo quella sera. A loro ne dette mille. Tutti capirono che Cocíss era un campione, conclude con un certo orgoglio, e salta giú dalla ringhiera.

Ci incamminiamo verso casa.

Non so se l'abbia mai raccontata a qualcuno, questa storia. Dalla voglia sconclusionata che ha di tirare fino in fondo, senza cercare passaggi a effetto, credo di no. A casa controllo che le foto siano arrivate a chi di dovere e lui mi ripete che dopo un anno di combattimenti Cocíss ormai valeva quasi centomila euro.

– Esagerato, – insisto.

Si offende, quasi.

– Ma tu non hai idea. Tu che ne sai del giro che ci sta sotto?

Poi Curto combinò l'incontro con Attila, un rottweiler, il campione di un tizio straniero, forse slavo, a quanto capisco dal nome storpiato. Un evento storico, si ricorda che c'erano puntate per piú di 150 000 euro. E giura che l'avevano preparato come si deve. Carne cruda, tapis roulant due ore al giorno e cocaina, quella vera, non la Hitler Speed, prima di essere lanciato verso Attila.

Però era andata male. Attila era un mostro, era troppo forte. Cocíss non mollava, ma stava morendo dissanguato, da una zampa posteriore spuntava il bianco dell'osso e si reggeva a stento su quelle anteriori. Ormai non c'era piú niente da fare, ma anche Attila sembrava avere quel momento di smarrimento prima di portare l'ultimo affondo. Piú il pubblico ruggiva, lanciava accendini e monete, piú il rottweiler sembrava

voler dire che non era necessario, il nemico stava morendo da solo, era una questione di minuti.

In quei minuti si sparse la voce che stesse arrivando
la polizia.

Si scatenò il caos nel caos. Tutti volevano andarsene, ma prima volevano intascare i soldi delle scommes-
se. Solo che il combattimento non si era veramente concluso, perché Cocíss non era morto. Mentre comincia-
vano a spuntare coltelli e pistole, lui e suo fratello ne
approfittarono per chiudere il cane in un sacco e cari-
carlo sulla macchina.

Loro due scappavano con il cane moribondo, e qualcuno scappava con tutti quanti i soldi delle puntate. Perché
in effetti la polizia non arrivò mai, quella notte. Secondo
lui fu tutta una trovata di Curto e dei suoi. Ma a lui importava solo una cosa: il suo campione era ancora vivo.

Lo portò da un veterinario di fiducia, uno di quelli
che se li paghi bene stanno zitti, poi lo ricoverò in un
vecchio cascinale. Ci andava mattina e sera, qualche
notte ci aveva anche dormito. Per fortuna, sottolinea
un paio di volte, in quel periodo cominciava a fare la
sentinella, aveva uno scooter e dei soldi. E quello che
non riusciva a comprare, lo rubava. In farmacia non
c'era la sorveglianza come al supermercato.

In sei o sette mesi il cane si riprese. Non vedeva piú
da un occhio e di certo le orecchie devastate dai morsi non gli sarebbero ricresciute, ma riusciva a tenersi
su tutte e quattro le zampe, le ferite gli si erano rimar-
ginate, non aveva piú infezioni. Mangiava solo carne
macinata e riso, non aveva piú il morso d'acciaio del
campione. Non avrebbe piú combattuto.

Suo fratello lo disse a Ezio Curto, e il grande organiz-
zatore di incontri andò a prelevare Cocíss una sera alla
sala giochi, assieme ad altri due compari. Si fecero portare al casale dove teneva il cane. Lui mostrò il cane con
orgoglio e capisco da come racconta che forse si sarebbe
perfino aspettato riconoscenza e un minimo di ammirazione. Lo aveva quasi resuscitato, in fondo.

Il grande campione da centomila euro gli andò incontro, un occhio marcio e una zampa traballante, ed Ezio Curto si mise una mano all'interno del giaccone di pelle scamosciata. Cocíss mi descrive la scena con una certa accuratezza, è incredibile come insiste sui dettagli, su come la bestia si sforzasse di stare su tutte e quattro le zampe, di fargli fare bella figura. Di sembrare un cane normale che saluta con affetto il suo padrone.

Ricorda anche bene di non essere stato minacciato. Anzi, me lo specifica proprio. I tre uomini stavano in silenzio, intorno a lui.

Curto gli chiese solo se aveva una pistola. Tutta sua.

Lui gli disse di no.

Ezio Curto allora gli mise in mano una semiautomatica, una vecchia Walther 7.65, e gli disse che era sua, ma doveva fargli vedere che la sapeva usare.

Quando capisco che non ha per niente sonno gli propongo di fare lui il primo turno. Dubito che i fantasmi della collina possano essere già arrivati qua nel borgo, ma non dobbiamo rischiare. Lui trascina una poltrona verso l'ingresso. Si piazza a sedere per terra, i piedi contro la porta, le spalle appoggiate al bracciolo della poltrona. Mi dice che è cosí che si monta la guardia, perché non ci si può addormentare e non si sta ad altezza d'uomo, nel caso che dall'altra parte della porta decidano di sparare.

Apprezzo l'intraprendenza.

Io mi rifugio in camera mia con i soldi, la pistola e la coca. Chiudo tutto nella cassaforte, dentro la scatola a fiordalisi blu che ha contenuto per sei anni la mia tesi su sant'Agostino.

Torno di là e propongo che mi svegli alle tre, cosí lui dormirà fino alle sette.

Mi fa appena un cenno con la testa, e continua a fissare la porta.

– Mi ero scordato... che io non l'ho dato a quelli del camion, però.

– Che?

– Cocíss, il mio campione.

Mi ci vuole qualche secondo per rimettere a fuoco l'argomento.

– Come tutti gli altri cani, come quelli randagi che ammazzavamo per strada, hai capito? Quelli sai che fine facevano? Ci facevano una polvere per dare da mangiare alle vacche.

– Con i cani morti?

– Sí, o anche pecore, vacche morte, di tutto. Ma Cocíss era un campione. Un campione non deve finire mangiato dalle vacche.

Mi abbasso sulle ginocchia, appoggio un gomito alla poltrona. Mi parla continuando a fissare la porta, e mi racconta di averlo tirato via dal camion delle carcasse. Lo ha seppellito lui, e in un posto che sa solo lui. Ogni tanto ci è tornato. Ci ha messo delle pietre in cerchio con sotto il collare.

– E poi ho anche fatto una cosa che se te la dico non ci credi.

Mi guarda di striscio con la sigaretta spenta in bocca. Adesso ha gli occhi sornioni della sfida.

– E sentiamo.

– No, non te la posso dire.

Se la sta tirando un po'. Ma io sto nella parte e insisto.

– Ho staccato un pezzo di carne sua e me lo sono portato a casa. E poi l'ho mangiato.

Non devo sembrargli abbastanza stupita. In effetti, non lo sono. Ci rimane un po' male, e rincara la dose.

– Lí ho pensato che, per avere il rispetto, dovevano tutti quanti chiamarmi Cocíss.

Anch'io finisco a sedere per terra.

– Non l'ho mai raccontata a nessuno, questa cosa. Ti immagini i dottori, là al minorile? Quelli mi scrivevano che ero tutto pazzo e mi mandavano al manicomio criminale.

Torna a stampare lo sguardo sulla porta.

– Magari un po' pazzo sono. Eh?

Gli do la buonanotte e mi chiudo in camera. A chiave, ma faccio piano perché non senta gli scatti nella
toppa.

Bussa che sembra voglia buttare giú la porta.

– Rosa!

(È la prima volta che mi chiama per nome).

Mi pare di essermi addormentata da poco, e forse
è vero. Devo essermi rigirata sopra il lenzuolo per
non so quanto. Non ho neppure spento la luce del comodino.

Vado alla porta, poi in bagno, e poi ancora in cerca
di qualcosa che mi calmi il mal di testa. Vedo che Cocíss
ha finito una confezione di pane in cassetta con burro
e miele e lo sento borbottare che non ha sonno. Gli faccio cenno di non trascinare la poltrona sul pavimento
e mi lego i capelli all'indietro.

Prima di crollare sul divano si toglie le scarpe. Lo
prendo come un gesto di buona volontà.

– Non è che tieni qualcosa per dormire alla svelta?

Torno in camera, recupero un cachet per me e un
ansiolitico per lui, sempre dal blister di mio padre. Evito di dargli le vitamine, ma lo convinco a lavarsi i denti con il dentifricio medicinale, visto che continua a
sputare sangue.

Metto su il caffè mentre lui è in bagno. Quando esce,
a piedi nudi e senza maglietta, io ho già cambiato idea.
Metto la moka nel lavandino e mi vado a sistemare in
poltrona, vicino alla porta.

Lui si infila una maglietta pulita, ingoia la pillola tirando giú d'un fiato un bicchiere colmo e si butta sul
divano facendo muggire il pavimento.

– Vuoi fare piano o no? – bisbiglio, incazzatissima.

– Qua dormono tutti.

(Tutti meno noi). Mi siedo a guardare la porta, come ha fatto lui.

Quando ormai penso che si sia addormentato, lo sento borbottare che ho parecchie cose di plastica, nella mia casa, e in effetti ha ragione. Odio l'arte povera e il metallo mi mette freddo. La nostra epoca passerà alla storia per la plastica. Nel bene e nel male, la plastica parlerà di noi alle generazioni future.

I fiori recisi li metto in vasi arancione a tubo, semitrasparenti, ne ho due o tre identici, sparsi qua e là. E anche l'unica lampada accesa adesso, che sembra un informe grumo minerale, è di celluloide. Come oggetto fa schifo, ora che lo guardo nel cuore della notte mi è chiarissimo, ma mi piace la luce che manda, è caramellosa, screziata. Tutto di plastica. I mestoli, lo scolaposate fatto a coniglio, il cavatappi, l'appendiabiti, il portariviste e il tavolino per mangiare sul divano. Quello è un ottimo pezzo di design, monoblocco di curve perfette, morbido da guardare, un regalo di gusto. Di Antonello, non per niente. Forse avrei dovuto rispondere diversamente a quel suo messaggio idiota.

– E poi ti piacciono il rosso e l'arancione.

Confermo per pura cortesia.

– Come mai?

– Boh. Il blu è maschile e il verde mi deprime.

– Pure a me, il verde mi fa vomitare.

(Ecco, abbiamo qualcosa in comune, e spero che gli basti).

– Allora qua non ci sono cose blu perché non tieni un ragazzo, un uomo?

– Ma che c'entra?

– Allora ce l'hai.

– Dormi, che è meglio.

Incassa ma non demorde.

– Non ci sono delle foto di uomini, in giro. No, forse non ce l'hai.

(Ma non gli viene sonno, a questo?)

– Ti sei mai sposata? – insiste.

– No. E allora?

– Niente.

– Buonanotte.

Finalmente dorme.
Ma per me è peggio. Potrei leggere qualcosa, ma non
ci riesco. Guardo la porta e penso in maniera disordi-
nata.
Non so piú chi è, questa scoria della società che dorme sul mio divano. Non so come renderlo innocuo.
Non so a chi farà del male, la prossima volta.
Non so se ha sparato davvero a Riccardo Capuano
senza preoccuparsi che a un metro di distanza passas-
sero due bambine.
So che è bugiardo e ingenuo, so che ha dell'orgoglio
e forse un piano in testa che sfugge a me e anche a D'Intrò. So che non smetterà di combattere, anche se non
sa piú dalla parte di chi. Ma è un cane da combattimento, non sa fare altro, e per lui, in definitiva, combattere e sopravvivere sono la stessa cosa.
Mi rivedo il film di tutto quello che mi ha raccontato Cocíss, poi mi torna in mente il professor Guarneri. Una volta disse che le reclute dei corpi speciali della polizia argentina venivano mandate a vivere in una
baracca, lontano da tutto e da tutti. Per tre mesi avevano come unica compagnia soltanto un cane e alla fine dei tre mesi dovevano ammazzarlo. Chi non era capace di farlo, veniva scartato.
Non devi sapere chi sei, non devi chiederti per cosa
uccidi. Non c'è nessun diritto a rimanere vivi per il fatto di essere nati. Solo paura e dolore. Qualsiasi cosa, dopo la morte, non sarà peggio della paura e del dolore.
Cocíss tira su con il naso, borbotta qualcosa e sospira (ho pensato a lui troppo forte).

Arriviamo sull'Aurelia e inizia a piovere. Cocíss si è
impadronito di un orrendo portasapone a forma di rosa, di plastica opaca con i brillantini, che tenevo in un
cesto di cianfrusaglie sopra la lavatrice. Mi ha chiesto
se volevo tenere i campioncini.

– No, butta pure.
– È una rosa, – ha fatto. – Chi te l'ha regalato?
– Una profumeria.

Pensare a un nascondiglio per la coca gli ha stempe-
rato l'ansia per una mezz'ora, ma ora devo ripetergli
che l'uomo di D'Intrò sa già tutto, con i documenti ci
porterà anche qualcosa per lui. Spero che mi creda, per
ora preferisco non sappia di averne a portata di mano
in gran quantità.

Usciamo da una galleria e ci ritroviamo in cima a un
tratto in discesa. Un centro abitato di tetti rossi alli-
neati a striscia fino al mare, dalla parte opposta invece c'è un minuscolo borgo, niente piú che un'incrosta-
zione sulla groppa di una collina sbilenca. Cocíss però
sembra rapito dalle ciminiere bianche e rosse che svet-
tano nel mattino sbiadito. La nebbia è fine e leggera
come polvere. Il mare brulica di qualche riflesso solo
quando un raggio di sole perfora le nuvole, ma per il
resto ha il colore delle mie occhiaie.

– Il mare sembra che finisce, e invece no, – commenta. Si toglie gli occhiali finti e lo guarda bene. Dopo
poco la strada si separa dalla costa e Cocíss si volta indietro, il naso al finestrino, finché il mare non sparisce
oltre le colline folte di pini bassi. Al largo, lontano, il
cielo è ancora sgombro e notturno.

Mi chiede se ad Amburgo c'è il mare e io scopro di
non saperlo. Sono sicura che ci sia un grande porto, ma
forse è sulla foce di un grande fiume. Quando lo osservo lisciarsi un'ombra di baffi alla radice del naso ho quasi la sensazione di averlo deluso. L'ho convinto a infilarsi la T-shirt nera di un club berlinese, dimenticata fra la
mia roba da un fidanzato dei tempi dell'università (ma,
a essere sincera, non ricordo quale). Con i capelli deco-
lorati assomiglia a una matricola universitaria, categoria
alternativo moderato. Il tipico esemplare che da un certo momento in poi ho scansato regolarmente, per evitare ristoranti vegetariani scadenti e mortali proiezioni
d'essai (cosí non lo riconosce davvero nessuno).

– Non credevo che a vederlo sul serio, il mare, era
cosí bello.

– Cosa vuol dire «sul serio»?

– Vederlo dal vero.

– Non hai mai visto il mare in vita tua?

– Come no. Alla Tv.

– Ma non ci sei mai stato.

– No. E allora?

– Ce l'avevi a cinque chilometri.

– Io tenevo sempre da fare. Tutto il giorno. Non è
che puoi allontanarti tanto, il giro va controllato.

– E quel posto sul mare con tutti i locali famosi? Come si chiama…

– Baia Nerva? Ma sei pazza? Là ci devi andare quando stai a un certo livello. Quando tieni la macchina giusta per caricarti un paio di quelle che tutti si voltano.
Là non puoi farti vedere che sei un ragazzetto, con la
motoretta, che ancora non sei nessuno. Quelli lo sanno chi sei, non basta che tieni i soldi arrotolati in tasca. Io là ci vado quando, se non pago o sfascio mezzo
locale, nessuno mi dice niente, capisci?

Lo capisco e devo ammettere che ogni tanto mi stu-
pisce. Questo predatore sa anche alzare la testa, leggere le situazioni e guardare un po' piú avanti. Anche i
peggiori bastardi possono essere intelligenti, come diceva Guarneri. Ma questo li rende piú vulnerabili o piú
pericolosi?

Scalo la marcia e mi infilo sulla piccola statale. Un
paio di chilometri verso l'entroterra e dovremmo trovare lo spaccio di un agriturismo che la mattina fa anche da bar. *La Conca Blu*, si chiama.

L'uomo dei nostri documenti, ha detto D'Intrò, ci
aspetta lí.

Il bar è una brutta veranda verde attaccata a un vecchio cascinale ristrutturato a metà. Incastro l'auto fra
un furgone e un rimorchio che trasporta la scocca di uno
scafo lucidissimo e nuovo. Cocíss mi monta un casino

con i fiocchi. Se è necessario incontrare uno di D'Intrò, ribadisce che il patto ha le sue condizioni: il commissario capo non deve sapere dove siamo. Conclusione: lui non vuole farsi vedere e vuol rimanere in auto.

A me l'idea non va, battaglio un quarto d'ora e lo convinco. A chi ci guarda da fuori, dobbiamo sembrare una
coppia in pieno litigio. È ridicolo, ma è meglio cosí.

Dentro, sono l'unica donna, a parte la barista. Come tale, vengo subito squadrata. Non a tutti i tavolini
si parla italiano. Ordino due cappuccini e mi metto subito in cerca del nostro ufficiale di collegamento. Da
un angolo della saletta si alza un giovanotto ben messo, con una giubba vagamente marinara, la faccia sim-
patica e il codino. Si avvicina al banco per pagare e mi
saluta con il mio nome di battesimo. Ha sottobraccio
un paio di giornali, sportivi mi sembra, si comporta come se ci conoscessimo da una vita, io tengo la parte e
lui mi passa uno dei quotidiani.

Con la coda dell'occhio controllo Cocíss impalato
davanti alla vetrina delle brioches. Gli domando se gli
è venuta fame, ma lui scuote le spalle e guarda verso la
piccola finestra accanto a delle vecchie affiche di latta
arrugginite.

Il tizio gioviale paga anche per i nostri caffè ed esce.
Cocíss intanto si è seduto a un tavolino e ha preso un
giornale da sopra il frigo dei gelati. Aspetto i caffè e lo
raggiungo, facendomi strada fra le seggiole (e qualche
sguardo di troppo al mio culo). Preferisco che guardino
lí, piuttosto che piú in alto. Sento il tessuto tirare sulla
spalla, dalla parte della tasca interna con la pistola.

– Tutto a posto? – mi chiede Cocíss.

– Tutto a posto, – ripeto io. Due bustine di zucchero (Cocíss tre).

– Ti ha dato pure qualcosa per me, no? – chiede,
tamburellando sul tavolo.

Lo tranquillizzo e porto la tazzina alle labbra. Il caffè
è incandescente, mi brucia come certi sguardi che mi
sento addosso. Passo in rassegna ogni tavolo, mi salta

all'occhio l'unico che non indossa tute da lavoro o maglioni sporchi di calcina. Ha la giacca, la cravatta a righe trasversali e gli occhiali con la catenella. Mi arriva al naso uno strano miscuglio di abiti sudati, vernice e caffè tostato (voglio uscire subito da qui).

– Non mi va il caffè, voglio fumare una sigaretta, – mi informa.

– Allora andiamo.

– Stamani non hanno messo la mia foto.

Scorro il giornale, lo richiudo e mi alzo.

– E chi ti credi di essere? – gli dico.

Siamo ancora sulla provinciale che deve riportarci sull'Aurelia, quando da dietro una centralina elettrica di mattoni spunta il collega con la paletta. Fa un passo verso il centro della strada, mi sa che vogliono fermare proprio noi. Ce n'è un altro, appoggiato all'auto, nello slargo di una deviazione che porta a un passaggio a livello soppresso. Cocíss mi guarda subito.

– Che c'è?

– Che fai, ti fermi?

– E perché no?

– Ma sei pazza? Vai!

– Tranquillo, siamo in regola, – gli faccio (ma doveva proprio capitare ora, a noi, questo controllo?) Cocíss si solleva gli occhiali per guardarli meglio e io so che farei meglio a indovinare subito cosa gli passa per il cervello.

– Niente cazzate.

Fermo l'auto e mi slaccio la cintura di sicurezza. Cocíss non se l'era allacciata, ma spero che non ci facciano storie per questo. Il collega è giovane, leggermente strabico e con il pizzetto, mi saluta e si china mentre abbasso il finestrino.

– Patente e carta di circolazione, grazie.

Faccio segno a Cocíss di togliere i piedi dal cruscotto e di aprire il vano portaoggetti. Mi frugo il giubbino e in quel momento mi rendo conto di avere i nostri documenti nella stessa tasca interna con la Beretta (cretina).

Prendo tempo, sorrido al collega e penso a un modo di aprire la cerniera senza far vedere la pistola. Poi decido di uscire, qualificarmi e parlare direttamente con i colleghi. La carta di circolazione è intestata a me, ma sui documenti di copertura il mio nome è un altro, e dovrei inventarmi qualcosa. Non è il caso di andare incontro a equivoci.

Cocíss si sporge verso di me e allunga al collega la busta blu di plastica. Quello ringrazia, gentile. Io metto un dito sulla maniglia e vedo che anche l'altro viene verso di noi.

Poi sento un peso sul fianco e sulla coscia. Cocíss è tutto inclinato verso di me. Quasi non mi riesce di crederci, ma mi sta mettendo una mano addosso. (Che cazzo gli prende?)

– Ma spostati, scusa, – gli sbuffo, sottovoce. Ma lui ha gli occhi opachi, come vetri incrostati di gelo.

Non faccio in tempo ad agguantargli il polso che vedo la pistola. La mia.

Con una mano mi schiaccia contro il sedile, il grilletto fa appena un clic (penserà che è scarica) ma lui pigia ancora di piú. Al secondo scatto il botto spacca l'aria, i vetri tremano secchi. Le dita del collega si aggrappano all'orlo del finestrino. Lo sento accasciarsi contro la portiera, da fuori. L'aria chiusa rimbomba contro il parabrezza non so quante volte. E non so come facciano i vetri a non esplodere. Io scivolo, incastrata sotto il volante, una mano piantata sotto la gola. Dal finestrino cola del rosso scuro. Qualcuno urla come una bestia imbizzarrita, poi Cocíss mi lascia e rotola a terra aprendo la portiera dal lato del passeggero.

L'altro collega ha la pistola in mano, poi si piega come se gli fosse caduto qualcosa per terra. Un colpo gli strappa via i capelli sopra un orecchio. Fa un giro su se stesso, inciampa e finisce a scalciare la polvere.

Io non riesco ad aprire la portiera, c'è il collega appoggiato che rantola e gorgoglia una bestemmia. Provo a sporgermi dal finestrino e me lo ritrovo che mi fis-

sa, istupidito. Boccheggia e non riesce neanche ad aprire la fondina.

– Fammi uscire! – gli urlo, mentre quella belva impazzita spara ancora, almeno due volte

Si passa le dita sul naso insanguinato, respira e gonfia con la bocca una grossa bolla viola. Prova a spostarsi, non chiede aiuto, non mi dice niente. Il sangue
gli sgoccioola veloce dal pizzo. Riesco ad aprire di dieci centimetri la portiera e lui artiglia il bordo con le dita per rialzarsi.

Cocíss arriva saltando giú dal cofano. Con un calcio
chiude la portiera, schiacciando le dita del collega. Io
vengo ributtata all'indietro, sento come se mi avessero sbattuto un ferro da stiro rovente in faccia.

Il collega urla, seduto per terra, con le dita frantu-
mate dallo sportello.

Canna verso il basso, piede sulla portiera. Cocíss im-
pugna con tutte e due le mani, inclina il calcio e spara.
Al rinculo digrigna i denti e caccia un lamento stridulo. Vedo uno sbuffo di grumi neri e ciuffi, sento il bos-
solo tintinnare contro la carrozzeria, una scheggia d'osso si conficca nel poggiatesta. Poi lui salta dentro, al volante, mi lancia i documenti e sgomma come una furia.

La portiera si riapre quasi subito, e lo vedo togliere
dal meccanismo a scatto un mozzicone rosso, con l'unghia ancora attaccata.

– Che cazzo hai fatto?! Che cazzo hai fatto?!

Non so quante volte glielo ripeto, ma lui non mi
ascolta. Neppure io, forse, mi ascolto Un paio di curve e mi appoggia in grembo la pistola.

La canna è rovente, caccio un urlo ma riesco a togliere il caricatore vuoto. Metto quello pieno, incame-
ro il colpo e ricomincio a urlare, ma non so neppure se
sto dicendo qualcosa.

Lui si butta sulla sinistra e schiviamo un trattore, io
glielo grido ancora, che cazzo ha fatto. Non riesco a
stare zitta e non riesco a stare ferma. Lo tengo sotto ti-

ro, ma non gli posso fare niente, se non voglio finire
contro un albero a cento all'ora.
  – Fermati!
  Grido, ma la mia voce la sento a malapena, nelle orecchie mi fischia un sibilo tipo il monoscopio, ma fortissimo. Perdo sangue (ho preso un proiettile di rimbalzo,
merda), ma non capisco da dove. Mi tocco le labbra e
sotto il polpastrello sento come della gomma umidiccia.
  – Fermati, hai capito?
  Provo a puntargli la pistola. Anche se la stringo con
due mani, è come se vibrasse da sola.
  Lui mi lancia soltanto un'occhiata e poi imbocca un
viottolo. Saliamo per un bosco fitto, i rami schiaffeggia-
no il parabrezza, le ruote grattano il bordo dell'asfalto.
  – Dove cazzo credi di andare, ora?
  Cambio posizione alle dita, ma la mia pistola non
ne vuole sapere, di stare ferma. Il sangue mi gocciola
sui pantaloni.
  Sorpassiamo due case di pietra grigia. Una è diroccata, l'altra sembra semplicemente chiusa e disabitata.
Piú avanti ci sono delle panche e una polla di ghisa, con
la leva, il rubinetto a forma di testa di cavallo.
  – Fermati! – gli dico ancora. E questa volta mi ub-
bidisce.
  Si infila fra una catasta di legna e un carretto. Il motore si spegne, ma il fischio nelle mie orecchie no. Abbasso
un po' la pistola, ma le dita continuano a tremarmi.
  – Che cazzo pensi di fare adesso?
  – Pulire 'sto cesso di macchina, – mi risponde. E
scende.

  Io rimango dentro.
  In una mano il cellulare, nell'altra la pistola.
  Lo guardo sedersi su un ceppo e chiudersi la faccia
fra le mani. Si alza di scatto, tira un calcio alla catasta
di legno, poi fa qualche passo in tondo, le mani sulla
nuca, come un prigioniero di guerra.
  Il cellulare non prende e io non so cosa fare. Sono

in un groviglio, paralizzata. Intanto Cocíss trova un
secchio, lo va a riempire e poi lo rovescia sugli archi
rossi spalmati dal tercigristalli.

Ha ucciso due colleghi e mi ha ridato la pistola. Non
devo agire subito, e poi non ho la piú pallida idea di
come venirne fuori.

Lui intanto va alla polla, torna e rovescia ancora il
secchio, stavolta sul tettino.

Fa questa cosa cinque o sei volte, gesti identici, faccia impassibile, e neppure mi guarda. La macchina
gronda acqua rosa. Ho io la pistola, ma questo a lui
sembra non importare.

Raccolgo il caricatore vuoto caduto sul tappetino.
Ha ucciso due colleghi, e li ha uccisi quando era sotto
la mia tutela, con la mia pistola, e questo vuol dire sospensione dal servizio, un processo che durerà anni,
carriera a puttane.

Vuol dire che in un giorno solo sono affondata nella merda con lui, questo vuol dire.

Risale in auto lasciando la portiera aperta e allunga
una gamba fra l'erba. Gira la chiave dell'accensione e si
mette a cincischiare l'autoradio. Pigia a caso, si inner-
vosisce subito, e allora si rivolge a me, senza degnare della minima attenzione la pistola che gli punto addosso.

– Voglio sentire le notizie. Come si fa?

– Ma tu sei fuori di testa… fuori di testa.

– Voglio sentirle, va bene?

Mi stringo il naso e con la punta della canna gli indico il tasto dello scan. Sto lacrimando, le piccole scritte sono come grumi di formiche bianche.

– Vuoi sentire cosa dicono della tua bella impresa?

Mi ricopre di compassione con un ghigno storto
(questo mi tira verso il fondo, e mi sfotte anche).

– Credevo che avevi capito. Invece non hai capito
proprio un cazzo.

Prende un fazzolettino di carta dal vano sotto il portacenere. Me lo porge. Anzi, me lo avvicina al viso.

La notizia di un conflitto a fuoco arriva prima su un
network regionale. Dopo dieci minuti è nel sommario
di cronaca di un giornale radio nazionale. Due morti
in un conflitto a fuoco.

Indossavano divise della polizia, ma dalle prime ve-
rifiche non risultano appartenenti alle forze dell'ordine. Un funzionario intervistato conferma che il commissariato di zona non aveva predisposto alcun posto
di blocco su quella strada.

Saltiamo da una stazione all'altra, sopra gli alberi si
apre uno squarcio di cielo assolato, e passa mezz'ora.
Io con la pistola, lui con le sue sigarette, non diciamo
niente e il bosco cinguetta come se niente fosse.

Dei due morti non si conosce ancora l'identità. Alla fine si ipotizza un agguato nell'ambito della crimi-
nalità organizzata: il vecchio trucco dei finti poliziotti, che in Toscana però non era mai stato usato.

– Hai capito o no, ora?

Cocíss si accende l'ennesima sigaretta. La tiene fra
le labbra senza espirare. Fuma da boss, gli occhi soc-
chiusi, le guance tese. Quando fuma sembra che abbia
cinquant'anni. Anzi, che li abbia sempre avuti.

– E tu, come l'hai capito?

– La scritta.

– Che?

– La scritta sulla portiera, quella azzurra e bianca.

– Cosa aveva di strano?

– Era sbagliata.

– Come sbagliata? Non c'era scritto «polizia»?

Finalmente espira. Tossisce e scaglia uno sputo fra
l'erba. Si appoggia al volante e si morde il labbro.

– Ti dico che non era la stessa che avete sempre.

– Ti vuoi spiegare?

– Non lo so, come spiegare… è chiaro che ci stava
scritto «polizia», almeno questo lo so, cosa credi?

– Lo sai? Ma come sarebbe?

– Sarebbe che io non so leggere, Rosa. Neppure questo hai ancora capito?

Finiamo di lavare la macchina, ma sui sedili rimangono gore scure e lugubri, di sangue ormai raffreddato.

Ci sciacquiamo alla polla, la faccia, le mani e poi su fino ai gomiti, senza sapone. L'acqua gelata sembra dura come marmo.

Io devo anche cambiarmi, cosí mi infilo in macchina con la mia valigia e gli dico di allontanarsi.

Cocíss trova il tempo di un mezzo sorriso, poi si piazza sulla stradina a controllare che non arrivi nessuno. Mi guardo nello specchietto retrovisore. Ho un taglio in bocca, sopra gli incisivi, e un gonfiore bluastro sopra il labbro. Mi si sono rotti dei capillari del naso, sul fazzoletto di carta rimane ancora qualche macchia. Devo rimediare con un po' di fondotinta e un rossetto ciliegia troppo lucido ma che, almeno, copre bene.

Mentre mi lego i capelli squilla il cellulare. Potrebbe essere Reja, o D'Intrò. Non sto neppure a guardare, non ne voglio sapere. Chiunque sia, lascio che si stanchi. Poi spengo il telefonino e tolgo la scheda. Mentre rimetto la borsa nel bagagliaio, Cocíss si riavvicina.

– Cazzo, i tuoi te l'hanno proprio giurata, – lo anticipo.

– E tu pensa ai tuoi. Due volte, mi avete fatto trovare.

Lo guardo e non dico niente (ha ragione, ha ragione e basta). Mi siedo sulla panca e stringo le mani fra le ginocchia.

– Il tizio del bar, l'ha mandato il dottore D'Intrò, vero?

– Dimmi cosa dovevo fare? Senza dei documenti di copertura non possiamo andare da nessuna parte.

Mi bestemmia contro, sputando rabbia e saliva, mi dice che anche il mio capo è una merda, come tutti gli sbirri. E lui che s'è anche fidato, urla ancora, picchiando i pugni sul tavolone. Uomo *dimmerda*, uomo *dimmerda*, lo ripete non so quante volte.

– Ora dammi un po' di roba, forza, – conclude. Gonfia il petto a scatti. Le sue dita si muovono come zampe di un insetto rovesciato. – E non farmi discutere.

Non è il momento di contraddirlo. Vado ad aprire il bagagliaio e (basta, non mi importa piú un cazzo) gli consegno tutto l'involucro di cellofan. Cocíss non se l'aspettava. Un miraggio nel deserto gli spalanca gli occhi, è il miraggio della roba, ma soprattutto il miraggio dell'abbondanza, la fine dell'ansia continua di doversela procurare (spero che serva a calmarlo). Stringe il pacchetto fra le dita (se sniffa ora, gli esplode il cuore) e se lo ripone in tasca.

– Perché non hai sparato anche a me?

– Sei viva, non ti basta? Devi pure scassarmi con le domande?

– Ti servo, vero?

– E io a servo a te. Io i patti li rispetto. Io non sono un uomo *dimmerda*, Rosa.

Si china sulle ginocchia e si batte sul petto.

– Io non sono un uomo *dimmerda* come quello là, come il tuo capo. Meglio che te lo metti in testa, altrimenti....

– Altrimenti?

Non so come, ci ritroviamo fronte contro fronte, senza toccarci, per una questione di millimetri. O lo aiuto o mi ammazza, questo è chiaro. E del resto, se lui non rispetta il suo patto con me, sono fottuta.

– Ora dimmi che facciamo, forza, – mi ordina. – Ce l'avrai un'idea, no?

Nel suo sguardo c'è la sfida, c'è la paura e c'è il rimprovero. Daniele Mastronero detto Cocíss mi sta davanti, il collo grosso e il naso piccolo, perfetto, i denti orlati di sangue per le gengive infiammate. Il cane da combattimento che non sa neanche leggere, il maschio alfa braccato dal branco mi dice che non abbiamo scampo, non abbiamo piú alleati e chiede a me cosa facciamo. Dove andiamo.

Almeno un'idea ce l'ho.

– Andiamo a prendere un aereo.

– Andiamo a Roma?

– No. Torniamo a Pisa. O a Firenze.

– Dobbiamo andare in Germania.

– Ci andiamo. Ma non subito ad Amburgo. Potrebbe essere proprio là che ci aspettano, a questo punto. Non è detto che sia l'idea giusta.

– E allora, dove andiamo?

– L'essenziale è prendere il primo aereo e andarcene dall'Italia.

È solo l'unica.

Ci mettiamo un'ora, ad arrivare a Pisa. Non diciamo una parola, il vento che entra dai finestrini è caldo, il polline che vola dai campi ci fa starnutire tutti e due. Con l'indice incollato al tasto della sintonia, Cocíss scorre le stazioni in cerca dei notiziari.

Dicono che per l'omicidio dei due finti poliziotti non ci sono testimoni. Del resto avevano scelto un posto isolato. Dopo questa buona notizia parcheggio l'auto in una strada poco frequentata e ci avviamo verso l'aeroporto con i bagagli in spalla. Sembriamo due universitari in partenza per una vacanza-studio (o almeno lo spero).

In aeroporto sento che finalmente si allenta un minimo la tensione. In mezzo alla folla è piú facile sentirsi anonimi e quindi protetti, ma in realtà è qui che verrei a cercarci, se fossi in loro. Sul volo per Monaco di Baviera che decolla fra tre ore ci sono ancora un paio di posti. Non ci penso su un attimo.

Lui e io non ci perdiamo di vista neppure per andare in bagno. Lui ci sta piú di me, all'uscita lo vedo congestionato e gli chiedo se va tutto bene.

– Fa caldo. Tengo fame, – borbotta, e si abbassa gli occhiali dalla fronte al naso. Non saprei se è una mia impressione, ma si vede che sono finti. O è la sua faccia da attore in disgrazia, che non è proprio una faccia nata per un paio d'occhiali.

Sbrana due panini al prosciutto e una crostata. Con una coca grande. Anch'io ho fame, ma appena butto

giú la valdostana sento bruciare tutto, dalla gola fino
allo stomaco. Guardo le facce ai tavoli intorno: tre ra-
gazze giapponesi, un tizio robusto con un canguro sul-
la maglia, una coppia di anziane gemelle con un trolley
a scacchi. Mi faccio versare del latte freddo in un bic-
chiere lungo e Cocíss mi guarda strano.
   – Mai preso l'aereo? – gli chiedo.
   – Mai.
   – Sul serio?
   – No. E tu, hai mai sparato a qualcuno?
   – Mai. Solo una volta, ci sono andata vicina.
   – E allora, che vuoi?
   – Niente, era solo per capire come stavi.
   – Sto come uno che poteva essere morto.
Lascio metà del mio triangolo di valdostana e lui se
lo accaparra subito.
   – Se tu avessi saputo leggere, a quest'ora saremmo
morti. Tutti e due.
Non mi aspetto che si inorgoglisca. E infatti con-
tinua a masticare, strafottente. Anch'io lo conosco,
ormai.
   – Che vuoi dire?
Gli spiego che, invece di leggere le lettere, ha guar-
dato la parola intera, come uno stemma, come per ri-
conoscere una faccia. Da quello ha capito che non erano poliziotti veri.
   – Però ora tu mi devi imparare.
   – A fare cosa?
   – A leggere e a scrivere.
Vorrei chiedergli come gli è stato possibile arrivare
a diciott'anni senza saper leggere né scrivere. Ma sento che è un argomento delicato e preferisco prendere
tempo e finire il latte del mio bicchiere.
   – Non è che sono handicappato, io, okay? Io stavo
imparando, a scuola. Solo che mi faceva fatica, non stavo attento, dei giorni ci andavo, a scuola, dei giorni non
mi andava oppure andavo a fare un po' di macello. Delle parole, comunque, le stavo imparando. E dei miei

compagni mi aiutavano con gli sbagli che facevo, avevano paura che fuori poi li mazziavo. Io penso che la mae-
stra forse se ne accorgeva, ma forse era già contenta se
uno del blocco K stava in classe e non faceva troppo casino. E per un paio di volte mi ha dato la promozione.

– Fino a quanti anni sei andato a scuola?

– Fino alla terza elementare. Poi ho cominciato a lavorare.

– Lavorare dove?

– Sui palazzi. A fare la vedetta. Mi davano ventimila lire a turno di sei ore e poi a dieci anni sapevo che
mi davano pure lo scooter. Usato, ma con lo scooter
potevo andare in città, vedere un po' di gente, farmi i
miei giri. Ho finito le sigarette.

Finiamo sulla terrazza del bar, lui con la sigaretta,
io con il giornale. Non ho la testa per leggere niente,
voglio solo che sembriamo normali.

– Dov'è che andiamo?

– In Germania. Ma a Monaco.

– Perché?

– Perché intanto ce ne andiamo dall'Italia. E poi ci
avviciniamo ad Amburgo.

– Tu lo sai parlare, il tedesco?

– Me la cavo.

– Sai un sacco di cose, tu. Ci sei già stata, in questo
posto?

– In Germania? Sí, ma in un'altra città. A Tubinga.

– E come mai?

– Quando ero all'università.

– Perché?

– Per studiare, no?

– Hai studiato tanti anni, tu?

– Abbastanza.

– E che studiavi?

– Filosofia.

Butta la sigaretta per terra. Lancia il fumo in alto,
pensoso.

– E di che parla, la filosofia?

– Si occupa di problemi, – dico.

– Ce l'abbiamo tutti quanti, i problemi.

– Appunto.

– E poi te li risolve, i problemi?

– Diciamo che li trova. Qualche volta è già tanto.

– E vabbè, io tengo il fratello meccanico. Lui trova i guasti, ma poi li ripara anche.

– Il mondo non è un carburatore. È piú complicato.

– Ti sei presa la laurea, nella filosofia?

– No. Ho smesso.

– E perché?

– Problemi, – gli faccio.

– La roba, – gli dico, prima di entrare al check-in.

– Tutto a posto, – mi risponde.

– Dove l'hai buttata?

– Non l'ho buttata.

– Guarda che non possiamo rischiare casini.

Controllo la coda dietro di noi. Mi cade l'occhio su un tipo tarchiato, con una maglietta di cotone a maniche lunghe e un orrendo collanone d'oro.

– Non mi scassare. È tutto a posto, ti dico.

– Dove l'hai messa?

– Tu sei una poliziotta, no? Hai presente come fanno i negri?

Lui sorride, io no. Mi è toccato un paio di volte rovistare con lo spazzolone nella tazza dopo aver accompagnato al cesso uno di quelli che lui chiama *negri* piegato in due dalle coliche intestinali.

Ora capisco cosa ha fatto un quarto d'ora in bagno. Scuoto la testa e guardo dietro un gruppetto di gente che saluta qualcuno. Mi fisso su un uomo dai capelli biondo cenere, lunghi e un po' sfilacciati, la camicia rosa di cotone e i jeans scuri con le cuciture bianche. Non mi piace come passeggia, mi pare che faccia soltanto finta di aspettare qualcuno.

A Cocíss fanno togliere la cintura e una catena. Gli chiedono se ha il telefonino, ma lui scrolla le spalle. Si

pianta davanti al personale di controllo con l'aria dif-
fidente di uno che ha paura di essere derubato. Io lo
osservo con il cuore in gola, ma va tutto bene. I nostri
bagagli passano senza problemi. Penso alla mia Beretta volata in fondo all'Arno e ai proiettili Parabellum
che troveranno in corpo ai due finti poliziotti. Quelli
li usiamo solo noi. E guarda caso, io dovrò denunciare
la sparizione della mia pistola e giustificare la mancanza di un intero caricatore di proiettili.

Troviamo due seggiolini isolati. Ci imbarcheremo
fra tre quarti d'ora e quindi siamo fra i primi. Cocíss
occhieggia subito le stecche del Duty Free. Gli allungo un po' di soldi e mi raccomando di mettere carta d'i-
dentità e carta d'imbarco in una tasca sicura. Li tira
fuori e sono già stropicciati. Li confronto con i miei e
gli chiedo se riesce a vedere che i nostri cognomi sono
la stessa parola.

– Quello sí, ma non so come si dicono, questi cognomi.

– Mezzanotte. Io sono Rosa Mezzanotte e tu Giovanni Mezzanotte.

– Allora dobbiamo ricominciare a fare che sei mia
sorella?

Rimango in silenzio, come una cretina, come se dovessi pensarci su.

– Dobbiamo solo tenere la parte. Senza esagerare, –
faccio.

Al decollo viene preso dalla smania di togliersi la cintura. Lo steward lo adocchia subito e torna un paio di
volte verso di noi. Cocíss vuole andare in bagno, è pallido e suda.

– Ora non è possibile, – gli spiego. Gli riaggancio la
fibbia della cintura e lui mi stringe i polsi.

– Questo aereo è una chiavica, non lo vedi? – sbuffa. – Trema tutto.

– Sono i motori.

– È piccolo.

I vicini di posto cominciano a guardarci.

– Lasciami subito e calmati.

Scalpita sotto il sedile del passeggero di fronte, che si volta infastidito.

– Che hai da guardare? – gli fa.

Torna lo steward, e stavolta anche una delle hostess.

Cocíss si irrigidisce, io cerco di rassicurare tutti. Mi scuso con il tizio di fronte, anche se Cocíss brontola che non ho «niente da scusarmi».

L'aereo si ferma, siamo sulla pista di decollo e lui si schiaccia contro lo schienale.

– Che cosa abbiamo detto, prima?

– Che sei mia sorella, – mi risponde, chiude gli occhi e mi stringe una mano. Dita fredde e umide.

L'hostess sorride e io ricambio.

– Tutto a posto, grazie.

Gli aeroporti sono piú o meno tutti come stanze di decompressione, a temperatura costante. Zone neutre che attutiscono lo sbalzo di un viaggio che in fondo è solo una specie di rudimentale teletrasporto.

– Credevo che in Germania faceva piú freddo, – dice Cocíss.

Gli faccio cenno di passare dove c'è il cartello giallo con la scritta UE.

– La u e poi il 3 rovesciato. I numeri li sai leggere?

Mi risponde di sí e ripete le due lettere, prima piano, poi veloce.

Mi aspetterei che guardasse le vetrine, il pannello gigantesco con il calciatore di turno dallo sguardo epico, e invece ha gli occhi bassi, verso i piedi, verso il pavimento bianco e brillante. Sembra di camminare su una distesa di latte.

Attraversiamo la hall in diagonale e lui si guarda intorno con troppa insistenza. Ha notato un paio di poliziotti e si è messo all'erta. Riflesso condizionato. Ci sfila accanto un donnone in bermuda. Poi un cinquantenne butterato, smunto come la cravatta nera che porta sulla camicia grigia. Di nuovo nella folla, di nuovo protetti.

Studio il campionario di tutte le facce da vacanza e di quelle da arrivederci, dei piccoli purgatori personali di sonno e d'impazienza.

Cocíss mi sembra piú teso che al decollo.

– Allunga il passo. E rilassa le spalle. Qua non devi mettere paura a nessuno, – gli dico. Siamo quasi all'uscita del nostro terminal. Ci precede un giovane padre che spinge un carrello con tre valigie rosse e due bambini biondi.

Fuori dalla cattedrale di acciaio e vetro, c'è un sole vero e un cielo sgombro, turchese. La brezza è appena fresca, ma forse solo al confronto con l'effetto serra della hall.

– Ma che è successo, qui?

– Perché?

– È morto qualcuno?

– Ma che dici?

– Mi pare che stanno tutti zitti.

La sera è tiepida, ceniamo in una birreria col giardino, su delle panche sotto le bandiere celeste chiaro con il logo di un leone.

Abbiamo preso due camere singole, al terzo piano, le ho ottenute una accanto all'altra. Hotel da rappresentanti, moquette blu e tende bianche lisce, nessun lusso particolare. Ma finalmente una doccia, quatto ore di sonno, una telefonata a casa, qualcosa con cui provare a rientrare in una vaga normalità. Preziosa, perché dura dieci minuti e in realtà è diventata eccezionale.

A mia madre ho detto che sono all'estero, mi hanno messo di scorta a un onorevole, ma solo perché a certi onorevoli spetta per legge. Lei ha replicato, stizzosa, che tanto i lussi glieli paghiamo tutti noi, agli onorevoli. Su mio padre ha glissato. Ho capito bene che le cose vanno sempre peggio. Non ho avuto il coraggio di dirle che non so quando rientrerò. Una set-

timana, le ho detto, e vorrei quanto lei che non fosse
una bugia.

Qualsiasi previsione è per forza una bugia. Guardo
Cocíss martoriare un Nürnberger Würstel e rivedo per
un istante il pezzo di dito rimasto nella portiera. Tagliato di netto prima che il colpo di pistola aprisse il
cranio del finto collega. Era poco piú che un ragazzo,
non credo che arrivasse ai venticinque anni. Non mi ricordo bene la sua faccia. Solo il pizzetto zuppo di sangue, la bolla violacea sulla bocca. E gli occhi di quando cercava di spostarsi dalla portiera.

Dell'altro non ricordo quasi niente. Solo dei movimenti goffi, quasi che a impicciarlo fosse una divisa che
non era abituato a portare. Quando è andato a terra
aveva già il viso chiuso in una ragnatela di sangue.

– Fanno schifo. Sono piccoli e bagnati e non sanno
di niente. Guarda anche il colore, fa vomitare. Voglio
un'altra birra. Diglielo un po', quando passa.

– Per favore.

– Per favore, – aggiunge, e butta la forchetta sul piatto (dopo che mi ha fatto impazzire mezz'ora a tradur-
gli il menu).

Abbiamo da discutere di parecchie cose. Finisco la
mia insalata, lascio solo i cetrioli a galleggiare in una
salsa di yogurt ed erbe aromatiche e gli illustro il mio
problema principale.

– Saro Incantalupo io non lo devo solo vedere. Devo anche avere una prova che è lui.

– E come?

– Una sigaretta.

– Non lo so se fuma.

– Un capello, un fazzoletto di carta, un bicchiere.

Non sto a spiegargli la questione del Dna, cerco solo
di ficcargli bene in testa che devo essere io in persona a
repertare questo oggetto. E che poi ci vuole del tempo,
per fare gli esami ed essere sicuri che non ci ha preso per
il culo e ci ha portato davvero da Saro Incantalupo. E finché non siamo sicuri, lui non vede un centesimo.

– E io come vado avanti?

– Tu dici a me e ci penso io. Come quando eri alla comunità.

– Cosí sono schiavo tuo. Cazzo, non va bene.

– Figurati a me.

Scuote la testa, lentamente.

– No, qua non ci siamo per niente.

Come previsto, si è impuntato. Tiro fuori dalla borsa la scatola ancora impacchettata. La guarda con sufficienza.

– Spero di essermi ricordata bene il modello, – faccio, cercando di ostentare la stessa sufficienza. Mi aiuto con un sorso di birra.

Scarta il pacchetto, si lascia sfuggire un'alzata di sopracciglia. Me la devo far bastare, come ringraziamento.

– Posso avere anche la scheda dentro? Perché io qualche telefonata la dovrò fare, se volete che vi trovi il nostro amico.

Gli faccio scivolare sul tavolo una bustina di carta con una decina di sim.

– Queste sono tutte buone, sicure. Usale una volta e basta. A ogni chiamata cambiala.

È ancora lí che mi fa cenno di sí, quando arriva la sua seconda birra.

Butta giú quasi mezzo bicchiere, sorride e si mette a viaggiare di pollice sulla tastiera del telefonino nero, doppio display, ultrapiatto.

Tornando verso l'albergo, sento che gira intorno a qualcosa che non vuole dirmi.

Mi dice che non si sente tanto bene. Che forse quegli schifo di wurstel bianchi gli hanno fatto male. Dice che ha bisogno di qualcosa, tipo per la pancia.

Allunghiamo il tragitto in cerca di una farmacia.

Senza che aggiunga altro, lo lascio ad aspettarmi fuori ed entro a comprargli un lassativo.

Su un paio di canali dànno dei quiz da prima elementare condotti da donne con le tette al vento. Su un altro ci sono gli Alleati che sbarcano in Normandia ur-
landosi ordini in tedesco. Mi siedo per terra, mi tolgo
le scarpe e accendo il cellulare.

– Allora, li avete identificati, i due sicari? – chiedo,
non appena D'Intrò mi risponde.

– Naturalmente, – mi fa. – Per prima cosa, mi dica
dove siete.

Dopo un documentario sulle capitali baltiche trovo
un notiziario della Bbc.

– Non ha importanza. La chiamavo solo per dirle che
l'operazione continua. E che voglio portarla in fondo.

– Con la mia copertura?

– Con una copertura che funziona. E invece questi
hanno sempre saputo dove si trovava il soggetto. Laggiú avete una talpa, dottor D'Intrò.

– Lo escludo. È evidente che il Mastronero è riuscito a mettersi in contatto con qualcuno del clan.

– Non è possibile.

– Sí. E gli avranno fatto credere che venivano a tirarlo fuori dai guai.

– No, Cocíss non ha contattato nessuno e non è cosí idiota. Non farebbe un errore del genere.

– Se fosse davvero intelligente non sarebbe quello
che è. Non lo sopravvaluti.

– È venuto lei, di persona, a consigliarmi di non sot-
tovalutarlo.

– Bene. Adesso le consiglio di sorvegliarlo con piú
attenzione. E di dirmi subito dove vi trovate.

– Mi dispiace, dottor D'Intrò, ma non credo sia una
buona idea.

– Lei continua a non ascoltare i miei consigli.

– Io vado avanti. La chiamo non appena ho raggiunto qualche risultato.

– Tanti auguri.

La sua pausa mi gela. È una sentenza, anche se non
pronunciata. Riattacca e io spengo subito il cellula-

re, tolgo la scheda e butto tutto per terra. Affanculo.

Appena mi stendo sul letto, mi pare lampante che D'Intrò ha ragione. Non dovevo parlargli cosí. Mi alzo, mi infilo le scarpe ed esco nel corridoio. Nella saletta della colazione c'è una ragazza dagli occhi a mandorla che apparecchia per l'indomani. Ha dei capelli bellissimi, lisci e neri come il cielo della serata primaverile. Ci scambiamo un sorriso, io passo davanti alla stanza di Cocíss e sento un pezzo rap o qualcosa del genere, a volume molto basso. Sono tentata di bussare, ma poi sento lo scroscio dello sciacquone. Credo proprio che sia impegnato a ripulire la coca che s'è ingoiato e non ci tengo a disturbarlo mentre fruga nella merda. Mi basta sapere che non gli si è aperto qualche ovulo nello stomaco.

Torno in camera mia e metto nel cellulare la mia scheda. Mentre sono in bagno che mi sistemo per la notte, sento arrivare la raffica di messaggi che mi ricorda la mia vita precedente. Gente che mi cerca. Che vuole parlare con me.

Esco dal bagno, spengo il cellulare senza leggere niente e tolgo di nuovo la scheda.

Mi infilo sotto il lenzuolo e decido di addormentarmi senza spegnere la luce.

L'ultima volta che l'ho fatto non avevo ancora dieci anni, credo.

E forse pensavo ancora di avere i superpoteri.

Mi hanno trovata che avevo già aperto le tombe delle due bambine. D'Intrò dice che mi ha visto mentre tentavo di infilare nelle loro bocche due grosse pile. Io so che è vero, e lui mi addita. Fuori, tutto il rione è in strada. Io mi alzo, dall'ultimo banco, mentre vedo sbucare dal davanzale le facce inviperite di gente che s'è arrampicata per venire a linciarmi.

– Sono cariche! – grido io, disperata, mostrando a tutta la classe le due grosse mezze torce che stringo in mano.

– Non è vero!

– Sono cariche! – grido ancora. Nessuno mi crede.
– Io sono la bambina elettrica.

– Non lo sei piú. Non hai i superpoteri, – mi accusa D'Intrò. – Quelle pile non servono a niente!

Il vetro di una finestra va in pezzi e mi sveglio con il suono ancora nelle orecchie.

Non è il caso di puntare proprio dritti su Amburgo, prima di sapere con esattezza dove andare e come muoversi. Piú ci avviciniamo all'obiettivo e piú dobbiamo programmare.

Come diceva Reja, eviteremo anche i centri piccoli e isolati, anche perché in questa parte della Germania non arrivano certo fiumane di turisti italiani. La città piú grande, vicino ad Amburgo, è Brema, e da Monaco ci vuole una mezza giornata di treno. Cocíss non ne vuole sapere dell'aereo e io non voglio affittare un'auto che potrei guidare solo io. Se ne esce che fra i suoi documenti di copertura ci dovrebbe essere anche la patente, ma cerco di spiegargli che non è cosí che funziona, lui ha solo una carta d'identità fasulla che serve per proteggerlo temporaneamente. Tutto il resto, come la patente e il libretto di lavoro, verrà un giorno, con il cambio di generalità, che è una cosa piú lunga. Potrà ottenerlo fra qualche tempo, quando tutto sarà finito, e per il meglio. La disquisizione lo annoia e in piú c'è qualcosa che lo offende, nel non poter guidare.

– Ma poi, scusa, tu la patente non ce l'hai.

– No, – mi fa, candido.

– E allora, che vuoi?

– Che c'entra? Io so guidare.

Sul treno è intrattabile almeno fino a Würzburg. Guarda dal finestrino, sonnecchia e gioca con il cellulare. Si alza dal suo posto solo per andare in bagno.

Intorno a noi scorre una campagna ondulata, ogni tanto le colline ci stringono, i boschi si infittiscono, scuri, e il cielo impallidisce. Quando il panorama si riapre sbuca sempre in lontananza un campanile aguzzo, sperduto in mezzo ai campi punteggiati da un gregge.

Proseguendo verso nord, l'orizzonte si allunga e si appiattisce. I mattoni delle case prendono un colore severo, tra il carbone e la ruggine scura. Ogni garage, ogni box per gli attrezzi, ogni insignificante metro quadro di ghiaia ha una criniera di fiori gialli, viola e bianchi. Dai tetti ripidi spuntano abbaini senza persiane né avvolgibili, con le tende ricamate. A un certo punto Cocíss osserva una strada che ci corre a fianco. L'unica auto che la percorre sembra incollata all'asfalto, mentre la distanza la risucchia via.

– Ma in questi posti non ci sta nessuno? – mi chiede. È la prima volta che mi rivolge la parola, da quando siamo partiti.

– Come no.

– E allora dove sono, tutti?

Non saprei cosa rispondergli. Mi torna in mente quello che mi ha detto D'Intrò.

– Anche nel Transatlantico, sembra che non ci stia nessuno. Eppure in tutto il quartiere siete quasi centomila.

– Che c'entra, quando venite voi, si chiudono tutti quanti. E poi tu che ne sai, del Transatlantico?

– Ci sono stata.

– Ma quando?

– Quando sono andata a parlare con D'Intrò. Mi ha portato anche alla tua base.

Mormora contro D'Intrò qualcosa che assomiglia a una minaccia di morte. Per qualche secondo si contrae come se avesse preso una coltellata nello stomaco. Io mi alzo un attimo, prendo un fazzoletto dal giubbino, ma in realtà perlustro con un'occhiata la carrozza. Quando mi risiedo, mi si rivolge a muso duro.

– Chi gliel'ha detto, dov'era il mio posto?

– Non lo so.

– È proprio un uomo *dimmerda*, non doveva andarci.

– Se decidi di collaborare, devi consegnare tutto quello che...

– Proprio questo, ti sto dicendo.

– Sí, ma abbassa la voce.

– Ha voluto far sapere a tutti che mi avevate preso. Non gli servo piú.

– Non è vero, – obietto, ma senza convinzione. Lui lo capisce, per la prima volta ci scambiamo con gli occhi la stessa paura, la stessa stanchezza. E senza dire una sillaba.

– Allora hai visto anche il mio drago, – fa.

– Sí.

– Sul serio? Che gli è successo? Dov'era?

– L'hanno portato in uno zoo, – mi sbrigo a rassicurarlo, poi mi piego sul sedile accanto e vedo il primo cartello che annuncia la stazione di Fulda.

– Quando arriviamo?

– Siamo a metà strada. Piú o meno.

Sbuffa.

– Facciamo un po' d'esercizio. Leggimi quel cartello, forza.

– Non mi scassare. Non ho voglia.

– Forza, è facile. Solo cinque lettere. La prima è la F.

– Stai zitta.

– Forza, la seconda?

– L'hanno ammazzato, vero?

– No, l'hanno portato in uno zoo. C'ero, quando lo portavano via.

– Non è vero.

– Te lo giuro.

– Non mi fare fesso.

Stiamo fino a Kassel su tre parole: il suo nome, il mio e «ciao». Alla fine, riesce a scriverle tutte e tre bene, anche se mi accorgo che continua a memorizzare l'insieme della parola, piuttosto che abbinare ai suoni le singole lettere. La verità è semplice, ma non credo di potergliela dire. Cocíss è dislessico, ormai non ho piú dubbi. Non avrebbe mai potuto imparare a leggere e a scrivere come tutti gli altri, senza un aiuto.

A Kassel scopre un amore improvviso.
– Cos'è quella lettera lí, la prima?
– Si chiama kappa.
– Siamo a Kappassel?
– Kassel. Kappa è il nome della lettera. Il suono è come la c di casa, cuore...
– Di che cazzo dici... – aggiunge, e se la ride.
– È giusto, – cerco di smontarlo subito.
– A che servono due cose diverse per lo stesso suono?
Non ho una risposta seria. C'è anche la q, con lo stesso suono, e se mi chiede anche di quella, ci impantaniamo. Sa essere puntiglioso, alla sua maniera. Piú che altro paranoico, ha continuamente paura che gli «impari sbagliato», come dice lui. È costretto a fidarsi, ma vuol farmi sapere che sta sempre all'erta, lui. Decido di inventarmi qualcosa su due piedi.
– Serve... che è piú dura a vedersi. Piú tosta.
– Che vuol dire? Mi vuoi fare fesso?
– Ma no... guarda. Questa è la c, no? Vedi come è tonda? La k invece è...
– Sembra una punta che entra da qualche parte. Tipo un coltello.
Ne scarabocchia tre o quattro. Poi mi chiede se allora la può mettere all'inizio del suo nome, al posto della c.
– Se vuoi.
– Allora lo riscrivo con la kappa.
Un paio di volte si scorda della i, un'altra della seconda esse.
– Perché ce ne vogliono due?
– Perché con due esse dura di piú, sembra come una coltellata.
Gliela mimo anche, lui annuisce e apprezza. Mi concede un sorriso, forse il suo primo vero sorriso aperto, disarmato, da diciottenne. Peccato che glielo abbia strappato il gesto di una coltellata.
– Hai proprio ragione. Tu me le impari proprio bene, le lettere.

A Brema c'è un vento puntuto, che ci arriva addosso dal mare del Nord, inseguendo le nuvole veloci a lente folate. Per noi è come tornare ai primi di marzo. E poi siamo stanchi e affamati.

– Che merda di posto, – si lamenta, cambiando la spalla su cui porta il suo borsone. Usciamo dalla piazza della stazione e i negozi sono già tutti chiusi. Per la strada passano solo dei tram coloratissimi e qualche ciclista con la fascia catarifrangente. Di fronte a un paio di *Döner kebab* e un *Asia takeaway*, Cocíss si ferma a guardare dentro, storcendo il naso, e alla fine mi tocca suggerirgli con gentilezza di non cercarsi guai.

Attraversiamo un ponte. Le due sponde del canale sono un parco perfetto, bellissimo, viene da pensare che, se anche fosse autunno, probabilmente passerebbe un addetto a spazzare le foglie secche ogni mezz'ora. Cocíss si ferma a guardare il mulino che spunta fra gli alberi.

– Quello è un posto dove si mangia.

– Può darsi. Ma prima troviamo da dormire, cosí posiamo i bagagli.

Abbandona il borsone per terra, si stira e prende il cellulare.

– Le sette e mezzo. Devo fare una telefonata.

– Vedi di farti dare qualche indicazione precisa. Voglio partire per Amburgo con le idee chiare.

– Faccio quello che posso. E tu, non lo chiami il tuo capo?

– Non sono affari tuoi.

– Non ti fidi piú di quell'uomo *dimmerda*, eh?

– Mi fido, – gli rispondo. – Ma anch'io voglio rispettare il nostro patto.

Lo mollo in mezzo al ponte e vado a piazzarmi davanti alla vetrina sul primo angolo. È una banca, ma espone una scacchiera di proposte immobiliari. Cartellini quadrati con foto, descrizione, prezzo. A me torna utile per tenerlo d'occhio nel riflesso.

Cocíss lavora di pollice, chino sul parapetto. Non gli

serve saper leggere, gli basta che il cellulare sia il modello che conosce bene. Per il resto, distinguere numeri e figure gli è piú che sufficiente per utilizzare un aggeggio del genere.

I prezzi delle case non sono esorbitanti, come da noi. Sono quasi tutte a due piani, con un po' di giardino. Vedo che Cocíss ha cominciato a parlare. Vorrei trovare la maniera di fregargli quel numero, ma lui mi ha detto che lo tiene solo a mente, non l'ha mai scritto né memorizzato da nessuna parte e immagino che sia vero (e se fosse lui, a fregare me?) In fondo lui può andare avanti cosí chissà quanto, ma io no. Lui non ha piú niente da perdere, io sí. Io sto rischiando tutto.

Io non sono come lui. Però sono finita con le spalle al muro. Come lui. E purtroppo con lui.

Cocíss gesticola, si appoggia al parapetto di schiena. Gli passano accanto due anziani sottobraccio. Camminano a piccoli passi, nei loro impermeabili leggeri schiaffeggiati dal vento.

Poi Cocíss chiude il telefonino, toglie la batteria e butta la scheda nel canale.

Io ho un freddo maledetto. E mi sento lontana, lontana come questo sole malinconico (ma dove cazzo sono finita?) Le ombre dei tetti appuntiti si allungano sulle facciate senza balconi.

Troviamo due stanze una accanto all'altra in un grande hotel vicino al fiume. Quattro stelle, Cocíss sembra piuttosto soddisfatto. Siamo a un piano alto, si vede tutta la sponda opposta, verdissima. Si vedono gli attracchi, i porticcioli, qualche pontile con le canoe in secca e delle piccole lingue di sabbia pallida.

Non andiamo a mangiare al mulino a vento. Facciamo un giro verso il centro, e sui marciapiedi larghi e deserti il vento ci corre poco avanti come una muta di cani invisibili. Scendiamo verso la passeggiata lungo il fiume. C'è una specie di promenade pavimentata, costeggiata di locali. In molti bevono sulle panche, sotto

i tendoni. Non appena vede gente, Cocíss sembra rin-
francarsi (e anche io mi sento piú rilassata). Ogni tanto si scuote, raddrizza le spalle e tira su con il naso.

Ci infiliamo in un posto che sceglie lui. Ambiente
etno-minimale, con sottofondo di ruscelli e flauti new
age. Sedie bianche con lo schienale alto, un po' retrò,
ma carine. Il tavolo però lo scelgo io. Vista sulla porta,
non lontano dall'entrata. La parete di fondo, tutta a
specchio, mi dà un ottimo controllo su tutta la sala. La
maggior parte della clientela è composta da coppie o,
tutt'al piú, da doppie coppie. Non ci sono famiglie, non
ci sono gruppi di amici.

Le pareti arancioni sono tappezzate da manifesti di
opere liriche e vecchie réclame. Ci viene incontro una
ragazza sicuramente non tedesca. Per l'aspetto e per
come parla. Per la prima volta Cocíss spiccica una parola, e dice: – Italiani.

La ragazza risponde che lei è spagnola. Ma c'è anche un suo collega italiano, e ce lo indica.

La cosa non mi entusiasma. Faccio cenno a Cocíss
di non strafare, ma ormai è tardi. Il ragazzo viene subito al nostro tavolo, avrà piú o meno la stessa età del-
l'ex capozona e due basette quasi imbarazzanti. È di
un posto vicino a Campobasso.

Cocíss fa il simpatico, è loquace, il tipo gli traduce
il menu. Lascio fare, ma non abbasso la guardia. Guardo dietro il bancone. Il locale è piú grande di quello che
sembrava da fuori. C'è un piano superiore e anche una
specie di cantina.

Intanto Cocíss mi ha presentato come sua sorella,
quella della famiglia che ha studiato, quella che ha girato il mondo e sa le lingue, pure il tedesco.

Da come sorride, appiattendo le labbra contro i denti, me lo immagino in camera sua, in ginocchio, con il
naso a formichiere sul comodino. È un po' troppo tirato, ma regge la parte senza esagerare.

Ordino la prima cosa che mi viene in mente, un fi-
letto al pepe verde e delle patate arrosto. Lui si fa por-

tare una superinsalata di pollo affumicato, ma solo perché l'ho convinto a lasciar perdere i piatti italiani.

Non appena il cameriere se ne va, Cocíss si tira su le maniche della felpa, pianta i gomiti sul tavolo e unisce le mani.

– Una camicia sarebbe stata piú adatta, stasera.

Mi dà ragione con una smorfia.

– Domani ce l'andiamo a comprare. Facciamo un giro per i negozi. Magari hai voglia di comprarti qualcosa pure tu.

– Abbiamo altre preoccupazioni, al momento.

– Senti, ma tu ce l'hai davvero, un fratello?

– Perché?

– Sono solo curioso, tutto qua.

– No, – riesco a mentire di getto, stavolta. Lui si struscia il naso con il dorso della mano, almeno un paio di volte.

– Ti sarebbe piaciuto, avercelo?

– Penso di sí.

– E ti fa strano che ce l'hai? Anche se è solo una finta.

– Sí, un po' mi fa strano, – gli rispondo. – Però ora dimmi della telefonata.

Butta un'occhiata verso il tavolo alla nostra sinistra.

– Ma qui si può fumare.

La cosa lo mette ancor piú di buon umore.

– Pare di sí. Allora? Che informazioni abbiamo?

– Sta ancora a Barcellona, mi dicono. E rimarrà là ancora qualche giorno.

Il mio umore precipita, per il poco che ancora può.

– È molto lontana, la Spagna? – mi chiede.

– Sí, ma in aereo… saranno due ore al massimo.

– L'aereo no. No.

– E allora?

– Allora io dico che lo aspettiamo qua. Tanto è sicuro che deve venire.

– Tu però devi dirmi come e dove lo troviamo.

Abbassa ancora la voce e si sporge con il busto sopra il tavolo.

– Viene la settimana prossima. Sabato. Per la partita.

– Viene in Germania per vedere una partita?

– No. Viene per incontrare un tipo, per un affare. Un tipo tedesco che tiene dei locali, mi sembra. Si incontrano alla partita, perché questo è tifoso dell'Amburgo.

Arriva il ragazzo di Campobasso con l'acqua e il vino, un bianco della Franconia che ci ha consigliato lui stesso. Io mi stendo il tovagliolo sulle gambe e accenno a Cocíss di fare lo stesso. Con un sorriso.

– Chi te l'ha detto?

– Quello che gli ha comprato i biglietti.

Lo lascio finire la sigaretta e rifletto. I biglietti negli stadi sono nominativi, ma è ovvio che non lo avrà acquistato a nome Incantalupo. A quello che ne so, dànno diritto a un posto numerato. E se si tratta delle tribune piú costose, è difficile che uno si sieda in un posto che non è il suo. Bisogna che il contatto di Cocíss ci dia i riferimenti dei biglietti, e sapremo che chi si siede lí è Saro Incantalupo.

Ha tutta l'aria di una buona occasione, ma in queste condizioni una settimana mi fa paura.

Quando il nostro connazionale torna con i piatti, Cocíss gli chiede se conosce qualche locale giusto, dove c'è del movimento interessante.

– Teniamo proprio voglia di divertirci un po', vero Rosa? – dice.

Sorrido e gli faccio vedere che anch'io so tenere una parte. Poi alzo appena le braccia perché veda come si impugnano decentemente un paio di posate.

Prima che entri in camera sua, gli raccomando di farsi una buona dormita (traduzione: basta pippare, per stasera).

Lui annuisce, dallo spiraglio stretto fra la porta e lo stipite. Gli gocciola il naso, se lo asciuga con un polsino e mi risponde abbastanza gentilmente di non scassargli, che deve andare a pisciare e tiene sonno.

Mi chiudo in camera e comincio a proiettare il film delle mie paranoie.

Primo problema: trovare i biglietti. No, il primo problema è sapere in quale settore dello stadio devo comprarli. Sarebbe meglio non andargli troppo vicino. Una distanza di una decina di metri sarebbe perfetta, e in posizione piú elevata. Prendo la carta intestata dell'albergo e comincio a tirar giú degli appunti. Terzo: comprare una macchina fotografica. Una professionale sarebbe troppo vistosa, l'importante è che abbia un discreto zoom.

Devo tener presente che Incantalupo non sarà solo, avrà la sua scorta, e non è detto che gli stiano tutti intorno, anzi. Rifaccio la lista e metto in cima una voce nuova: sopralluogo allo stadio. Il giorno prima sarebbe l'ideale.

La parte piú difficile del piano rimane il campione biologico da raccogliere. In uno stadio si formeranno delle code, ma escludo la possibilità di avvicinarlo cosí tanto da raccogliere un capello, o comunque da arrivare a toccarlo. Improbabile e troppo rischioso.

Devo fare in modo che sia lui a lasciarmi la traccia di cui ho bisogno. Prenderà una bibita, un caffè, butterà da qualche parte un bicchiere di plastica o di carta, una lattina? Questo è piú probabile, meno rischioso, ma non facilissimo.

Smetto di scrivere quando mi rendo conto di aver riempito un foglio di parole e frecce già incomprensibili.

Salto giú dal letto e accosto l'orecchio alla parete. Pare tutto calmo, dall'altra parte.

Non si sente neppure la Tv.

Passiamo tutta la mattinata nella fashion gallery di un centro commerciale. L'aria preconfezionata di certi posti, i mille faretti da studio televisivo e gli odori di mobilia nuova mi fanno l'effetto di un blando analgesico.

Dopo estenuanti trattative lo convinco a comprare una camicia rosa, colletto abbottonato e due taschini, tre polo e dei jeans blu, senza scoloriture e senza strappi.

– Io a quelli vestiti cosí gli rubavo pure le mutande, quando ero piccolo.

– Ma senti.

– Gli studenti del rione Forte Santo, come no. Pure due o tre a sera. Facevamo finta che gli vendevamo il fumo, e poi non c'era bisogno neppure dei coltelli. Se la facevano sotto subito, quelli, ci davano tutto. Non ci divertivamo neppure piú, a un certo punto. E poi non è che tenevano tanti soldi. Il telefonino, magari, o il lettore di musica, quello sí.

– Devi sembrare uno di quelli lí, comunque.

– E tu? Anche tu devi essere un po' meno uguale, no?

Si picca di farmi provare top nero e un paio di pantaloni di pelle beige, modello capri, a vita bassa. Io però gli dico che mi ingrossano le caviglie, non ho le caviglie da modella.

– Ma no, – insiste, – fidati che stai benone.

Non mi fido e ne provo un paio dritti, bianchi, di lino. Poi un paio neri di cotone. Sono carini e conviene anche lui che questi modelli mi stanno meglio.

– Se vuoi il mio parere, però, prendi quelli bianchi.

– Perché?

– Le tasche dietro ti rovinano il sedere, – si lancia, spavaldo, stravaccato su un divanetto.

(E chi ti ha chiesto un parere?) Ringrazio e tiro la tenda.

Compriamo una maglietta da calcio dell'Amburgo e un paio di scarpe sportive per uno, poi lui quasi mi obbliga a prendere un paio di sandali neri con tacco esagerato, per i miei standard. Alla fine gliela do vinta per sfinimento. Costano anche uno sproposito ma, tanto, che mi frega.

Facciamo uno spuntino dentro il centro commerciale.

Lui si cava di tasca dei fogli di carta intestata dell'albergo, chiazzati e mal ripiegati.

– Ho fatto degli esercizi, stanotte. Guarda.

Ha scritto sei o sette volte il suo contronome. La

grafia è da prima elementare, ma non ha fatto neppure un errore.

– Bravo. Tutto giusto, – gli faccio.

– E poi guarda anche questo.

Su un altro foglio ha scritto una decina di volte «Rosa». Per la prima volta lo vedo aspettare impaziente il mio parere, la mia approvazione.

– Benissimo. Torniamo in albergo e facciamo un po' di esercizio con le insegne.

– Imparo veloce, io.

– È vero.

– Perché se non sai leggere e scrivere, tutti quanti pensano che sei scemo.

– Non è quello, il problema.

– E allora qual è?

– È un disturbo.

– Tipo che ci nasci?

Per quanto ne so, potrebbe essere dislessico anche per lo stato di abbandono in cui è cresciuto (non compatirlo, s'incazzerà). Oppure averla ereditata, almeno come predisposizione (qui è urgente una sterzata).

– A me pare che nessuno ti credesse scemo.

– Fra i miei compagni, a scuola, qualcuno sí. Ma tenevano paura di dirlo.

Scrolla le spalle, guarda il fondo del bicchiere di carta.

– E tu come facevi a gestire tutto quanto il tuo... lavoro?

– Mi ero fatto i miei sistemi. E poi uno meno scrive meglio è. I punti di spaccio, per esempio, vuoi sapere come li controllavo? Con i videotelefonini. Ne tenevo cinque o sei, da guardare. E poi tenevo gli orologi.

– Li ho visti. Ci ho fatto caso, c'era una lancetta sempre sulle dieci.

– Dieci dosi alla volta, davo a quelli che mi stavano sotto. Non ne dovevano tenere troppa. Con quell'altra lancetta segnavo quante me ne pagavano e non mi confondevo mai.

– Ogni orologio era uno spacciatore?

– Sí. La palla da basket era Fortunato, uno che era cento chili.

– E il delfino?

– Era uno che si chiamava Delfino, non so se di nome vero o contronome. Ma si chiamava cosí.

– E quelli da polso?

– Gli spacciatori che stavano in galera. Era per ricordarmi... tipo le manette, capito? Magari li arrestavano che mi dovevano ancora pagare qualcosa. E quando uscivano io mi ricordavo che dovevano pagare.

– E se non pagavano?

Dondola la testa.

– Se non paghi la roba è come rubare.

– E tu? Non rubavi agli universitari?

– Era diverso, – mi fa, senza ombra di imbarazzo. – Io prendevo i soldi perché non ce li avevo, mia madre non teneva lavoro e che dovevamo fare, morire di fame? E poi quelli che problemi avevano? I cento, i duecento euro, il giorno dopo glieli ridava papà suo.

– Questo non ti riguarda. In ogni caso, quei soldi qualcuno se li era guadagnati. Lavorando, magari.

– Ascoltami bene... Io, appena ho trovato qualcuno che mi ha detto «puoi guadagnare», ho smesso di rubare e sono andato subito al lavoro. Stavo su un terrazzo sei-sette ore, pure d'inverno. Per guadagnare, lo facevo. Quello c'era, che vuoi che ti dica, e quello ho fatto. Se arrivava qualcuno prima e mi faceva fare qualcosa che non teneva la legge contro, io lo facevo anche. E magari a quest'ora ero diverso.

– Non prenderla alla larga. Rubare significa prendere una cosa che non è tua. Fine.

– La fai semplice, tu.

Mi sfugge un sorriso, vaffanculo.

– Qualche volta le cose sono anche semplici. Non sempre serve tanta filosofia.

Mi fa di no con il dito, poi mette le mani sul tavolo.

– Ascoltami, ti spiego.

– Che hai da spiegarmi.

– Tu non puoi dire rubare è questo e basta, non lo puoi dire perché devi capire le situazioni delle persone. Se io sto messo male, è chiaro che non aspetto di morire di fame. Però cerco di non fare cose che un altro poi ha dei problemi per colpa mia. Prendo i soldi a chi un domani non ha problemi. Ma se tu prendi della roba e poi non me la paghi, a me, tu mi mandi incontro a dei guai, io posso anche morire, perché io quei soldi non è che me li tengo, io li devo dare a qualcuno che non sente storie, è chiaro? Tu mi fai morire sparato, per colpa tua, solo perché ti ho dato la roba, sulla fiducia. Questo è fare del male, è rubare. Questo è sbagliato, capisci?

– Va bene, è come dici tu. E allora, a chi sbagliava, cosa gli succedeva?

– Gli insegnavamo di non sbagliare.

– Le ho viste, le foto della roulotte.

– Zecchetto delle volte esagerava, perché quello è sempre stato un animale. Ha la testa che non funziona. Faceva la guardia in un Cpt, quelli dove mettono i marocchini e gli albanesi, e l'hanno buttato fuori pure di lí. Si faceva fare i servizietti dalle negre, quello. In cambio delle sigarette, di telefonare, o anche gli prometteva il permesso. A quello gli piaceva, vedere la gente soffrire. Ogni volta era una guerra.

– A te invece non piace, vedere la gente che soffre.

– Io per me vorrei che si rispettano sempre i patti. Ma certa gente invece crea problemi. E a quelli, con le parole, non gli prendi nessun rispetto, Rosa.

– E tu, non hai mai sbagliato?

(Lo voglio sapere, se è stato lui. E voglio che me lo dica lui. Me lo deve, cazzo).

– Io? Ho fatto tanti sbagli. Sono tutto sbagliato. Lo so, che credi? Ma ormai è andata cosí, la mia vita. Sto pagando, no? Non ho piú un cazzo. Sono scappato. Mi vogliono ammazzare. L'hai detto tu, che sono un morto che cammina.

Stiamo in silenzio a guardare il tavolo.

– Però io non sbaglio quasi piú, guarda.

Mi rimette davanti i suoi fogli. Azzecca un sorriso di una ingenuità perfetta, quasi satanica.

Nel pomeriggio si accende un po' di sole e andiamo sul fiume. C'è una lingua di sabbia dove affittano dei grandi bauli rossi, di vimini, che si aprono e diventano dei divanetti con una specie di tettoia. Le case affacciate sul fiume si allungano uguali, bianche e ordinate oltre gli alberi. Il rumore del traffico è un brusio liscio, che scende pigro dai terrapieni erbosi.

Ho come la sensazione che Cocíss si senta scoperto e vulnerabile, in mezzo a tutta questa calma, e allora non smette un attimo di tenersi impegnato, di leggere e di scrivere. Dopo due ore devo essere io a dirgli che basta, sono stanca, e che andiamo a prendere un gelato su un barcone. Lui ordina la coppa piú grande che c'è, con le meringhe, le noccioline e le ciliegie candite.

Intanto, dai pennoni delle bandiere si allungano ombre sbiadite.

Cocíss scava nel suo bicchierone e segue con lo sguardo una chiatta. L'acqua del fiume si solleva a onde basse, come un foglio di carta velina ingiallita.

– Che io, veramente, – fa a un certo punto, come se avesse interrotto un discorso mezzo minuto prima, – non penso che i poliziotti sono gente *dimmerda*. Non tutti. Vedi, io lo capisco che voi dovete fare il vostro lavoro. E che pure i poliziotti tengono famiglia. E che anche nei poliziotti trovi della gente a posto, come te.

Non saprei da che parte iniziare a incazzarmi, e poi sono troppo curiosa di capire dove va a parare.

– E quindi?

– Quindi io non ti giudico male o bene perché stai nella polizia, capito? Cioè, non devi credere che guardo quello, io cerco di vedere la persona che sei, indipendentemente. Mi piacerebbe che per te è lo stesso. Quello che pensi verso di me, voglio dire.

– Vuoi la verità?

– Tu pensi che sono nato male.

– Non è quello. Nessuno nasce male.

– Ecco, vedi, questa cosa che dici, anch'io la penso cosí.

– Agostino pensava che nessuno nasce male, perché il male non esiste.

– Sul serio?

– È come dire il buio. Pensaci. Il buio lo senti, lo mangi, lo tocchi?

– No.

– Ecco, il buio non esiste, non è una cosa vera. Il buio vuol dire solo che non c'è la luce. La luce è una cosa vera. Il sole è vero. Voltati, forza.

Lo prendo per un braccio. Come quando la notte del suo arrivo a Spaccavento lo guidai fino alla sua stanza.

– Chiudi gli occhi. Lo senti il sole? Sulla faccia?

– Non è caldo come da noi.

– Va bene, però lo senti.

– Sí.

– E allora esiste.

Lo lascio. Lui riapre gli occhi, si toglie gli occhialini da studente e mi guarda.

– Questo Agostino è un amico tuo?

– È stato il mio primo grande amore.

Si volta dall'altra parte. La confidenza l'ha colto di sorpresa.

– Era uno che faceva molti di questi pensieri?

– Abbastanza.

– Non state piú insieme, però.

– Diciamo che era un amore impossibile.

– E come mai?

– Era molto piú anziano di me.

– Ce ne stanno tanti ora, che tengono la donna piú giovane. Parecchio. E che problema c'è?

– Il problema è che era un vescovo.

Sbatte la mano sul tavolo e ride di gusto.

– Un prete che tiene la donna.

Rincara la dose con un bel fischio.

– Infatti ti ho appena detto che era un amore impossibile.

– Faceva il vescovo dove stavi tu?

– No. Ad Algeri, in Africa.

– Faceva il vescovo in Africa?

– Sí, d'altronde era africano.

Ride ancora piú forte, pencolandosi indietro sulla sedia.

– Ma che cazzo dici, Rosa. Guarda che io li conosco, quelli, e i marocchini non possono fare i vescovi. Non ti devi mai fidare. È che non si voleva inguaiare piú di tanto, con te.

Rido anch'io. E piú so che non dovrei, piú mi viene da ridere. Lui si piega sulla sedia, fa quel suo rumore di naso, ma piú stridulo, come un nitrito, si stringe la guance per tornare serio. Non lo sa, che rido anche di lui.

Rido tanto da avere i brividi. Forse sono brividi di freddo, perché il sole sbiadisce.

Ma sono anche brividi che non lo so spiegare, come direbbe Cocíss.

Su internet riesco a comprare sei biglietti per la partita Amburgo-Wolfsburg. A coppie di due, in tre punti distinti della tribuna centrale e laterale. Sceglieremo sul momento dove sistemarci. Il piano è quello di rimanere a una certa distanza durante il primo tempo, e sfruttare l'intervallo per avvicinarmi in tribuna centrale, da sola, per vedere se Saro Incantalupo si lascia dietro qualcosa di interessante. È incredibile pensare come un gesto cosí stupido e insignificante possa cambiare tutto.

Cocíss dice che il calcio non gli piace tanto (abbiamo almeno un'altra cosa in comune). Non glielo confesso, però forse lo capisce lo stesso, mentre butta la sigaretta prima di entrare nell'ufficio dell'autonoleggio.

Partiamo ancora. Ci muoviamo ancora verso nord. Su una Skoda station wagon verde bottiglia, su autostrade senza caselli, con un navigatore satellitare a cui Cocíss adora fare il verso. Ma non mi chiede mai cosa

stia dicendo quella voce. Si limita a sottolineare che
meno male ci sono io, a parlare con questi qua.

Ci avviciniamo al confine con la Danimarca perché,
dalle ultime informazioni di Cocíss, il boss senzafaccia
potrebbe decidere di arrivare a Copenhagen la sera prima della partita e spostarsi ad Amburgo in auto. Il volo da Barcellona atterra a Kastrup alle 22 e 30. Parte
subito il mio film: magari il boss si ferma per la notte
al grande albergo dell'aeroporto. Sarebbe perfetto. Una
camera è un raccoglitore ideale di tracce, basta passarci un'ora per lasciarne parecchie. E in un albergo con
duecento stanze è piú facile non farsi notare.

La verità è che sono sfinita. Io non sono piú io, non
ho piú la mia vita, la mia casa, forse neppure il mio lavoro. I miei genitori stanno andando alla deriva e io
sto cercando stupidamente una scorciatoia verso la cima dell'iceberg.

– Ma dimmi un po', chi te le dà queste dritte?

– Che vuoi sapere, tu?

– Qualcuno del clan vuole fare la festa al grande capo, scommetto.

– A quello non gli fa la festa nessuno, neanche i suoi.
Quello muore a cent'anni, te l'ho detto.

– E tu saresti l'unico che lo può incastrare. L'hai incontrato di persona?

– E che c'è di strano?

– Non si faceva vedere in faccia neppure dai suoi uomini piú fidati, quando tornava dalle vostre parti.

– Non mi scassare. Fidati e basta.

– Non è che sai soltanto come si fa chiamare?

– Di nomi falsi ne tiene cento. Ma di faccia ne tiene una. Che c'è, vuoi mollare il patto? Guarda che qua
non si può tornare indietro.

Ha ragione.

– E chi ha parlato di mollare?

Annuisce e punta i piedi contro il cruscotto.

– Dobbiamo solo aspettare qualche giorno. Senti un
po', io voglio aspettare in un posto dove c'è il mare.

Dobbiamo aspettare tre giorni, per l'esattezza. La partita è per sabato pomeriggio e venerdí capiremo se ci conviene raggiungere Copenhagen o partire per Amburgo.

Il traffico è tranquillo, Cocíss segue con lo sguardo ogni macchinone che ci sorpassa a piú di centocinquanta. Gli chiedo se ha perso ancora sangue dal naso. Mi fa subito cenno di no, senza guardarmi (traduzione: sí).

Credo che un'allergia di stagione abbia aggravato la sua rinite. Spesso si tocca un punto della mandibola perché forse uno dei denti malfermi gli si sta infiammando, ma non mi dice niente. E io mi sono stancata di ricordargli il collutorio. Non sono sua sorella, tanto meno sua madre. La commedia non deve andare oltre.

Prende una carta stradale e passa una ventina di minuti a leggere nomi di località tedesche decisamente poco pronunciabili, specie al suo livello. Ogni tanto mi piazza la carta sul volante.

– Dovrei guidare, se permetti, – lo freddo.

Ripiega la carta a forza, sbagliando il verso, poi mi chiede ancora di quel vescovo marocchino (non gli va proprio giú, questa).

– Algerino, – correggo io.

– Quelli sono tutti uguali, – fa lui. – Dimmi un po', tu pensi che lui aveva altre donne? Cioè, l'hai mai saputo?

– Prima di farsi prete, senz'altro, – rispondo. Poi gli indico una sfumatura di tono del cielo oltre un piccolo bosco di querce basse e robuste, – Guarda, siamo sul mare.

– Gira, gira, – mi fa.

– Giro, giro. Aspetta almeno che ci sia un'uscita.

Due chilometri dopo, giro. Sono le sette e dieci e ho una fame tremenda. Seguo le indicazioni verso l'unico posto scritto in maiuscolo sulla mappa nel raggio di trenta o quaranta chilometri. Siamo piú o meno a metà strada fra Amburgo e Copenhagen. Il posto è un pae-

se nascosto in un fiordo di acqua scura come il ferro.
Parcheggio davanti a una linea di case cosí minuscole
che a stento sembra di poter entrare dalla porta.

– Non si può andare piú avanti? – chiede.

– No.

La piazza principale è un camposanto erboso. Le lapidi grigie e squadrate sono quasi sommerse da cespugli di iris, tulipani e ranuncoli. Intorno, una corona di
alberi e un cerchio di case bianche dai tetti a punta come denti di sega. Gli infissi di legno scuro dividono a
scacchi le piccole finestre. Fra una finestra e l'altra cre-
scono piante di rose.

– E che è, un presepe? – fa Cocíss. Io apro la portiera ma lui pare quasi intimorito dall'idea di scendere.

– Sembra.

– Ci fermiamo qua?

– Mangiamo qualcosa, sto svenendo. Poi vediamo.

Il signor Fischer ha l'hobby della pesca e la targhetta con il campanello è montata sopra una sorridente
trota di ceramica. È l'unico in paese, dicono, che può
avere ancora un posto libero per la notte.

Il signor Fischer è basso, con i baffi scuri, sembra
quasi italiano. Ci fa vedere la casetta degli ospiti, carina e linda come la sua, soltanto un po' piú piccola. Un
soggiorno-cucina, due camerette e un bagno a pochi
metri dalla battigia. A Cocíss piace. A me no. Cerco di
convincerlo a cercare un albergo, magari nel centro cit-
tadino, piú moderno.

– A me piace qua. Che problema c'è?

(*Posto piccolo, troppo isolato, troppo tranquillo*).

Ci mettiamo a discutere e il signor Fischer sembra
spazientirsi.

– Stanotte e basta. Che c'è, ti secca dividere il bagno con me?

– Ma se ti ho fatto anche dormire a casa mia.

Lo dico quasi come se lo rimproverassi a me stessa.

– E allora?

Allora c'è che non lo so. C'è che il signor Fischer mi sembra poco tedesco, questo paese mi sembra finto (sono in paranoia) e preferirei mimetizzarmi in una grande città, in un albergone anonimo.

Cocíss fa un gesto d'intesa al proprietario e si butta sul divano. Il signor Fischer toglie le chiavi dalla porta, le appoggia sul tavolo e ci saluta.

– Per una notte e basta, però.

Ci rimaniamo tre giorni.

– A me sembra che qui non succede niente, – mi ripete ogni tanto. – È una cosa nuova, per me. In questo momento mi va bene cosí.

La mattina leggiamo e scriviamo. All'emporio della stazione arriva un quotidiano italiano con un paio di giorni di ritardo, ma su di lui dicono sempre le stesse cose: «Il cerchio si stringe», oppure: «Lo prenderemo presto». Cazzate: quando sei davvero vicino a prendere qualcuno, non lo dici ai giornali. La sua foto non la mettono piú, e di quello Cocíss mi sembra persino dispiaciuto. Non è piú il mostro fresco di giornata, penso.

In genere andiamo a comprare qualcosa da mangiare, a piedi, fino alla parte piú moderna della città. Cocíss non vuol saperne di cose maghrebine o indiane, si imbottisce di patatine fritte, snack e gelato. Per metà pomeriggio sonnecchia davanti alla televisione, poi si rimette al tavolo del nostro soggiorno-cucinotto e scrive. Sul prato passa il vento, poi il sole, poi il cane del signor Fischer. E intanto lui inventa parole senza senso, perché quelle che pensa, o che dice, non gli si formano sul foglio come penserebbe. Lo correggo con molta delicatezza, anche quando scrive per la decima volta «patro» invece di «prato».

Prima del tramonto usciamo a fare una passeggiata fino alle banchine di cemento ruvido. Le anatre volano in formazione, come frecce perfette. Fra uno scatto di vento e l'altro, nell'aria cruda si allontanano gli strilli dei grossi corvi che ci sorvolano. In un cantiere c'è una boa gigantesca, sembra un'astronave ripescata dalle profondità oceaniche e adagiata sulla melma scura. Lui ripete i concetti frugando in un cassetto di parole troppo piccolo e sempre in disordine. Mi racconta che la notte dorme poco e gli capita di fare molti pensieri, di chiedersi fra quanti anni potrà tornare a casa, senza piú paura. Siccome non gli rispondo, mi chiede cosa farò io, invece, finita tutta la faccenda.

– Il mio lavoro. O almeno spero.

– Non pensi che potresti darmi una mano?

– Io? No, non penso, – gli rispondo. Secca e sincera.

– E perché no?

– Perché credo che sarebbe pericoloso. Anche solo rivederci. Per tutti e due.

– Metti che tra dieci anni mi sono messo a posto, tengo una famiglia e tutto quanto regolare. Dei figli, anche.

– Sí.

– Non mi vieni a trovare? – sorride.

– Fra dieci anni? Forse sí.

– Chissà dove sarò. Io ora devo trovare un posto, devo ricominciare qualcosa, da solo, da zero. Sono lontano da tutti. Neanche mia madre, posso rivedere. Neanche mio fratello.

Sto per dirgli che si trova nella stessa, identica situazione dei genitori di Nunzia e di Caterina. E di altri trenta. O quaranta. Dei morti di aprile, i morti sparati per strada che non possono risuscitare.

Invece mi tengo tutto dentro e parto con un altro film. Forse Cocíss nega per rimuovere quello che ha fatto. Nega perché ha capito, perché sa che da quel marciapiede può sgorgare ancora sangue, un'onda di sangue che lo inseguirà per tutta la vita, altro che dieci, quindici, venti anni. Nega per non doversi pentire, o perché pentirsi, tanto, sarà comunque impossibile. Molti di quelli come lui non vivono abbastanza per pentirsi davvero (ma questa, come sempre, è filosofia).

Per tre sere ci sediamo a cena al *Laura Kneipe* all'angolo della piazza. Il tavolo alla finestra ormai è come riservato, la proprietaria è una bella donna alta, dai capelli scuri, che quando accende le candele sorride piú a me che a Cocíss, se devo essere sincera. Lui divora tutto, velocissimo, e vuota almeno due medie lasciando appena un po' di schiuma sul fondo.

Quando usciamo la sera è azzurra, ma per le vie strette è già calata una nebbia salata che impregna tutto. La sua felpa, i miei capelli, i fiori sui balconi, le finestre dei salottini illuminati e le gobbe lucide dell'acciottolato.

Una sera Cocíss si ferma davanti al camposanto della piazza. Una donna bionda sulla cinquantina spinge una sedia a rotelle fra le lapidi. Sulla sedia a rotelle, un vecchio rattrappito, il collo piegato che sbuca da una coperta a quadri, la bocca ridotta a un orifizio grinzoso che succhia aria e butta bava.

Cocíss si volta dall'altra parte, si accende una sigaretta e mi chiede se l'apostrofo, di cui abbiamo discusso inutilmente per due ore, non sia un po' come una tomba. Sulle prime non capisco.

– Sta al posto di qualcuno che hai eliminato, che non c'è piú, – chiarisce.

È l'esempio che avevo cercato per tutta la giornata.

– Non fa una grinza. Bravo.

Per tre giorni facciamo le stesse cose, con pochi cambiamenti. Vediamo lo stesso panettiere, salutiamo gli stessi vicini, il signor Fischer con le scarpe da trekking e sua moglie con i fuseaux. Ordiniamo gli stessi piatti per cena. Zuppa di pesce per me e cotoletta di maiale con le patate per lui. Gelato per lui, torta ai frutti di bosco per me.

– Ti piacciono proprio i lamponi a te, eh? – nota.

– Sí, tanto, – (se non fosse per la cistite, forse meno).

Cocíss fa un paio di telefonate al giorno, verso l'una e intorno alle sette. Senza che gli chieda niente,

scuote la testa: ancora nessuna novità. Il nostro personaggio deciderà all'ultimo momento se salire sull'aereo
per Copenhagen o per Amburgo. Un pomeriggio, mentre lui riposa sul divano, mi siedo sul prato dei Fischer
e mi faccio un film: avvertire D'Intrò, farsi dare dai
colleghi spagnoli la lista dei passeggeri di quei due vo-
li. Ammesso che sia possibile in tempi rapidi, a cosa arriviamo? Ad avere una lista di nomi, da restringere magari a una ventina, se proprio ci va di lusso una quin-
dicina. Magari tutti cittadini di paesi diversi, di sicuro
tutti incensurati. Una bella rogna. Ma ammettiamo di
ottenere i documenti con le foto di questi qua. A che
ci serve? La faccia di Saro Incantalupo noi non la co-
nosciamo, e non abbiamo le forze per pedinare quindici persone diverse per tutta Europa.

La via è tortuosa, il risultato incerto. Abbandono l'i-
dea quando ho già selezionato il numero di D'Intrò.
Oltre il cielo riflesso dal vetro vedo Cocíss grattarsi la
nuca e tentare di aprire gli occhi (e il patto, non lo rispetto piú?)

Il sole si smorza e allora alzo la testa.

Mia madre potrebbe trovare dieci nomi per indicare il colore di questo cielo. Pancia d'angelo, per esempio. Carta da zucchero. Ne diceva sempre di nuovi,
molti ne inventava solo per far ridere me e Diego.
Quello che ci fece scompisciare fu «cacca di strega»,
ovviamente, con cui lei liquidò il giallo scuro scelto da
mio padre per la facciata di una piccola stalla da ristrut-
turare. Litigarono di brutto, e mio padre ci spedí a letto perché ci eravamo messi a ripetere «cacca di strega»
ridendo come matti.

Non so cosa si inventerebbe mia madre per il colore di questo cielo. Ma di sicuro sembra che sotto un
cielo cosí sottile non debba succedere niente, come dice Cocíss. Il vento fa dondolare una muta subacquea
appesa e il bambino dei vicini pesta sui pedali di un tri-
ciclo rosso. (Rosso veloce).

Cerco il numero di casa dei miei e penso che, per il

momento, niente è la cosa migliore che possa succedere. Anche a me.

Cocíss sfila la sim dal cellulare e la scaglia in acqua con l'indice e il pollice. Per telefonare è andato fino all'ultimo asse del pontile, e ora torna verso di me.
– Allora è confermato.
– Cosa?
– La partita. Sabato, – chiarisce, sottovoce. Io mi ero distratta in cerca di qualche ciottolo ben modellato.
– Bene. Allora domattina ce ne andiamo.
Mi abbasso sulle ginocchia e mi sciacquo le mani nell'acqua bassa.
– Ci siamo, – mi fa, toccandosi il naso arrossato. Guarda su, verso la strada che sbuca da un piccolo bosco di tigli. Oltre lo schermo protettivo dei vetri antirumore, le familiari metallizzate passano senza fretta.
Su ogni pannello è disegnata la sagoma di un falco. Mi hanno spiegato che serve per tenere lontani gli uccelli piú piccoli, che volano piú bassi e rischierebbero di schiantarsi contro il vetro trasparente.
(L'ombra del predatore può significare la salvezza, a volte).

Per dividere lo stesso bagno, ho imposto una serie di regole e di turni precisi. A dire il vero, Cocíss le rispetta senza sgarrare. Fa due docce al giorno e ora ho capito perché: non sente gli odori e vive nella paranoia continua di puzzare. E comunque non lascia peli nel piatto doccia o schizzi sulla ciambella del water.
Stasera, però, lo becco che sbircia nel mio beauty case. Come diversivo, mi racconta del suo amico che si truccava per andare con gli uomini. Willy, si faceva chiamare. E non era un mistero, non se ne vergognava mica. Allora lui, Zecchetto e Medina un giorno gli avevano proposto di lavorare per loro.
– Ma non che gli facevamo i papponi, – precisa subito, mentre mi faccio ridare il mascara e chiudo la zip.

– Tu porti i clienti in un dato posto, gli abbiamo detto, tipo una strada fuori mano, e a un certo punto arriviamo noi. Facciamo la rapina e tu fai lo spaventato.
Andiamo tranquilli. E quello, quando ci denuncia? Anzi, se ci va, secondo chi è o chi non è, Zecchetto gli fa
pure due foto e vediamo se ci paga una bella macchina
a tutti quanti.

– Geniale, – ammetto. – Quante macchine vi siete
fatti?

– Neanche una. Non è che tieni le pinzette?

Rimango come una cretina, mentre lui si avvicina allo specchio, tirandosi con i polpastrelli la pelle incre-
spata sotto gli occhi. Frugo e gliele passo. Lui si appoggia sul lavandino e si strappa un paio di peli neri da sopra l'attaccatura del naso. Poi si guarda di tre quarti.

– Com'è che questa grande idea non ha funzionato?
– chiedo io.

– Perché un bel giorno Willy è sparito. Nessuno ne
ha saputo piú niente. Qualcuno dice che fra i suoi clienti c'era uno troppo su, che doveva andare alle elezioni
e gli Scurante volevano farlo salire, nel senso che doveva vincere per degli affari che avevano insieme. Non
lo so, se è davvero andata cosí. Però lo dicevano. E comunque Willy, io per me non è che lo schifavo per quel
fatto lí. Insomma, gli avevamo anche detto di fare questa cosa insieme. Era uno a posto, come dire…

– Indipendentemente.

– Proprio. Anche se diceva che un giorno poi diventava donna.

È come un improvviso senso di colpa. Lui mi guarda strano, mentre mi metto a frugare nella mia borsa
(occhio, che non veda dove tengo nascosti i soldi). Nella mia trousse ridotta all'essenziale trovo la collanina
nero e argento.

– Me ne ero dimenticata. Questa me l'ha data Joséphine.

Se la rigira fra le dita, senza troppo interesse. Ma
qualcosa lo mette a disagio.

– Stava in comunità. Te la ricordi, no?

– E come, se me la ricordo, – allenta le labbra in un
mezzo sorriso di soddisfazione. – Dopo che ho sistemato la parabola, mi ha pure fatto un bocchino per ringraziamento.

Forse dovrei prenderla come una confidenza.

– Non è che gliel'ho chiesto io, – tiene a precisare.

– Nemmeno io ti ho chiesto spiegazioni.

– Lo dico perché, se magari pensi che io sia ricchione, sbagli. Io non ci andrei *veramente* con una che non
è una donna. È che ha insistito, e poi certi miei amici
m'hanno sempre detto che questi qua sono proprio
bravi, pure meglio delle donne. E allora volevo provare. Tutto qua.

Sono sicura che nella sua sconfinata strafottenza si
aspetta da me una difesa della categoria. Se la ride soddisfatto, appoggia la collanina alla mensola e mi resti-
tuisce le pinzette (sei solo un ragazzino sbruffone, anche se hai le rughe sotto gli occhi).

Si toglie la maglietta. Si passa le dita proprio al centro, nello spazio fra i pettorali, dove gli spunta una ri-
crescita di peli simile a una spolverata di pepe, con qualche brufolo. I lividi di qualche giorno fa sono appena
degli aloni. Gli chiedo se anche D'Intrò ha usato i me-
todi di Morano.

– Quello è un uomo *dimmerda*, ma non è fesso. Quello ci arriva con la furbizia, dove vuole arrivare. E poi
c'era anche quella donna, la giudice...

– E quei lividi?

– Questi? Sono quando proviamo i giubbotti antiproiettile. La botta arriva lo stesso, cosa credi?

– Vi sparate fra di voi?

– Serve anche per prendere coraggio. Ti abitui a non
perdere la testa, anche con la pistola puntata. Non è che
tieni delle cose per la depilazione? Tipo le striscette?

– Ti depili?

– I peli li tengono le scimmie.

(No comment). Gli allungo la confezione e torno nel

soggiorno-cucina. Mentre cerco di far funzionare un aggeggio diabolico di plastica blu che dovrebbe fare il caffè, mi sorprendo a infilare un'occhiata nella porta socchiusa (dovrei vergognarmi).

Anche dopo aver finito, rimane davanti allo specchio, si stringe con le dita i bicipiti gonfi e nervosi. Alla fine appoggia la confezione sulla mensola e si rimette la maglietta.

A cena mi dice che sono tre o quattro mesi che non va in un posto, a divertirsi un po'. Tipo una discoteca, tipo ballare, specifica.

Provo a deviare subito il discorso in maniera morbida, raccontandogli di quel tipo che arrestammo quando stavo nella stradale, a Casale Monferrato. Pare che gli interessi.

– Ci chiamarono per un tamponamento a catena, su uno svincolo. Cinque auto, due feriti, un bel macello. Il primo della fila era un ragazzo, qualche anno piú di te. Nel casino generale, mi accorsi che invece di prendere i documenti stava cercando di rimettere in moto. Era il primo, gli avevano rincalcato il bagagliaio pieno di valigie rigide, con le rifiniture metalliche, sai, quelle che usano per la strumentazione. Gli avevano fatto parecchi danni, e di sicuro lui torti non ne aveva, ma pareva non veder l'ora di andarsene. Mentre i colleghi facevano i rilievi, spostai la nostra auto davanti alla sua. Non me lo posso scordare, come mi guardò, da dietro il parabrezza. Lo agguantammo prima che scavalcasse il guardrail e scappasse per i campi. In una valigia aveva 6000 pasticche di ecstasy.

Sbuffa, sdegnato.

– Per me, io le pasticche non le ho mai trattate. Non c'era giro, al blocco. Era roba da Baia Nerva, da discoteche, come la coca, ma là era affare di altra gente. Un mio amico però mi aveva imparato a fare l'Hitler Speed, quella che ti dicevo l'altro giorno. Ma te l'ho detto, piú che altro lo facevamo per darlo ai cani. Ai combattimenti. E quanto s'è beccato, questo?

– Quattro anni perché ha spaccato il setto nasale a un collega e si è preso anche lesioni e resistenza a pubblico ufficiale. Ma se ne farà due e mezzo, al massimo tre.

– Se li fa per colpa tua.

– Anche noi dobbiamo fare il nostro lavoro.

– Allora tu fai la poliziotta per tenere un lavoro. Come tutti.

– E con questo? Potevo scegliere qualcos'altro.

(Nell'ordine in cui mi sono capitati: cassiera del supermercato, segretaria a tre mesi per una ditta di profilati, traduttrice in nero per manuali tecnici).

– Non tieni paura che magari quando esce quello ti viene a cercare?

– No, non credo. Questo non è un criminale... – (Guardarlo negli occhi significherebbe aggiungere «come te»). – Famiglia perbene, padre imprenditore e madre psicologa. Fa il dj, ed è anche abbastanza famoso nel suo giro. Ogni tanto dal carcere mi arriva un cd mixato da lui. Techno, hai presente?

– Mi fa schifo.

– A me no. Qualche volta mi aiuta. Mi fa dimenticare tutto.

– Tutto che?

– Tutto quello che mi va di dimenticare.

– Tipo?

Sollevo le spalle e lo guardo di striscio (traduzione: ma che ti frega?)

Lui lascia squagliare il gelato mescolandolo con il cucchiaino. Cento volte, sovrappensiero, sempre alla stessa velocità.

– Io tengo proprio voglia di farmi un giro, stasera. Chiedi dov'è che troviamo un po' di movimento.

– Ma lascia perdere.

– Dove sta il problema?

– Il problema? È che non sei in gita, il problema.

– Ma che cazzo, una birra e un po' di gente, di musica. Mi va bene anche la techno. Sono tre giorni che stiamo davanti a un cimitero. Cazzo, sto di merda, come un morto.

(A chi lo dici). Passa davanti alla nostra finestra la signora bionda con il vecchio sulla sedia a rotelle. Ci riconosce e ci saluta. Sembra che porti in giro solo una coperta a quadri con un cappello blu appoggiato sopra.

– Fai l'educato, per favore.

– Ciao, ciao, Hitler Speed, – sussurra Cocíss, alzando una mano.

– Hitler Speed, proprio, – ripeto io.

La signora bionda si chiama Helke Baumann. E la carcassa tiepida che porta in giro per il paese è suo padre Dieter. Ha ottant'anni e suo fratello è sotto una lapide di granito, lí nella piazza. Erano nello stesso reparto a Stalingrado, nessuno dei due aveva ancora compiuto diciotto anni. Quando me lo raccontava, ieri sera, Helke Baumann mi indicava in continuazione Cocíss, per far capire che suo padre era un ragazzo come lui, piú o meno della stessa età. Per mandarli a farsi macellare dai russi, li imbottirono di metamfetamine al punto che in molti si spararono da soli o fra di loro, per via di crisi convulsive e attacchi di paranoia violenta.

Dieter Baumann ha perso l'uso della parola che era ancora giovane. Da venticinque anni non cammina piú, da dieci non riconosce nessuno e la sua unica funzione autonoma è la respirazione. È al massimo capace di deglutire meccanicamente se avverte qualcosa in gola che gli impedisce il passaggio dell'aria, e in questo modo riesce almeno a nutrirsi.

– E cosí abbiamo scoperto da dove viene il nome, – mi pare giusto sottolineare la coincidenza.

– Roba da dare ai cani, guarda là. Io non l'ho mai presa, te l'ho detto. Io mi tratto bene, – conclude, e io sento la tristezza addosso, come una collana di piombo che mi pesa in mezzo ai seni.

– Ma sí, facciamoci un giro.

Lui si fa la barba, mette la camicia rosa sulla canottiera nera da coatto. Sta in bagno un'eternità, si deodora e si impiastra i capelli di gommina.

Io intanto mi provo quello che abbiamo comprato assieme. I pantaloni bianchi senza le tasche sul culo e il giubbino viola, stretto in vita, che ho preso al posto di una giacca pacchiana, dai revers lucidi e con tanto di martingala, che a Cocíss piaceva da matti.

Prendiamo la macchina e giriamo un paio di locali, una birreria con i maxischermi per le partite di calcio e un discopub dove due giovani colombiani rappano la *revolución del corazón* o qualcosa del genere. A Cocíss «fanno cacare il cazzo», lui vuole proprio una discoteca, e finiamo in un posto dove per entrare c'è il contapersone come in metropolitana. Gli energumeni dello staff sono i tipici ex lottatori o ex guardie del corpo, bulgari o polacchi, ci potrei scommettere. Ci timbrano il dorso della mano e ci infiliamo sotto un colonnato di neon gialli. La pista sarà grande come un campo da tennis ed è dominata da una cupola di impalcature fitte, scale e balaustre blu fluorescenti. Sul piedistallo piú alto balla un cubista a torso nudo. Ha un cappello texano e sputa pennacchi di fuoco come certi saltimbanchi che si vedevano per strada fino a qualche anno fa. Cocíss si controlla in uno specchio ovale: ha di nuovo i suoi occhiali scuri a goccia, stasera. Si mette in coda per la consumazione, guarda le ragazze ma ogni tanto si volta verso di me come per controllare che non me ne sia andata.

Mi siedo su uno sgabello davanti a uno schermo a parete che proietta una cascata d'acqua blu. Questo posto mi fa schifo e sto di merda, è evidente.

Ho paura. Dopodomani (*ci siamo*, ha detto Cocíss) arriva anche la mia Stalingrado. Vivere o morire. Passare le linee nemiche e poi rientrare in una trincea sicura, forse in retrovia. In un ufficio, un posto tranquillo. Magari a Roma, perché no.

Rimane il fatto che ora sto di merda e ho paura.

E non posso farci niente.
Quindi devo fare qualcosa.

Cocíss esce dalla coda del bar con due margarita. Si
siede accanto a me e guardiamo un po' la gente.
Bevo di fretta, il ghiaccio mi si attacca alle labbra.
Vado a prenderne altri due e al ritorno lo trovo che
confabula a gesti con un paio di ragazzine. Una ha una
parrucca rosso carota con la frangetta, l'altra minigon-
na bianca e stivali di pelle sopra il ginocchio, oserei dire imbarazzanti.
Il dj mette su un pezzo elettronico che credo di aver
sentito arrivare dalla camera di mio fratello, per tutto un
inverno, agli inizi degli anni ottanta. Non mi ricordo come si chiamava il gruppo. Comunque mi piaceva. Mando giú un bel sorso, gli mollo i bicchieri e vado a ballare.

Un'onda di sangue elettrico.
Di questo ho bisogno, nient'altro. Chiudo gli occhi
e sono in camera di mio fratello, con il suo walkman
fra le mani. Felice. «Se non me lo presti, dico alla mamma che stai in casa con Francesca quando loro non ci
sono...» Torno nel mio mondo di bambole di plastica,
di pentolini di plastica, di collanine e braccialetti di plastica. Ballavo cercando di ricordare i video alla tele.
Ballavo in camera, sul letto, e non volevo che nessuno
mi vedesse. Finché non fossi diventata brava. Ma forse non mi interessava diventare brava.
L'infanzia non è uno spicchio d'eternità. È uno stato mentale di eternità che dura solo qualche anno. Questo Agostino non l'ha detto. O forse sí.

In pista mi si appiccica un tipo a cui sbologno con
gran disinvoltura di essere americana. Mi va male, perché lui conosce bene il New Jersey, dove la sua ditta
ha delle joint venture. È gentile, ha un naso adunco e
il labbro sporgente. Si presenta come Jurgen e ci strin-
giamo la mano proprio mentre Cocíss torna dal pelle-

grinaggio alla toilette. L'ho tentato anch'io, ma per il bagno delle donne la fila è il triplo, come sempre.

Mi si avvicina subito all'orecchio.

– Chi cazzo è questo?

– Tranquillo.

– Ti sta per caso dando fastidio?

– No.

– Perché gli hai dato confidenza?

– Me la cavo da sola, grazie.

– Mandalo via.

– E tu piantala di guardarlo storto. Che cazzo hai fatto in bagno?

– Niente. Ci sta un macello, non lo vedi?

Lo vedo, come no, che s'è spolverato una bella striscia, lo vedo da come solleva a scatti le narici. Puzza di liquore dolciastro e le luci al fluoro gli accendono un leggero sbaffo viola sul colletto. Glielo tolgo e scuoto la testa. Jurgen si allontana con un sorrisetto scocciato.

– Dammi duecento euro, forza, – ordina.

– Brindiamo a champagne? Cosa c'è da festeggiare?

– Voglio pagare da bere a delle ragazze che stanno al piano di sopra.

– Non mi pare proprio il caso.

– Che cazzo vuoi?

(Non lo sopporto piú, questo).

– Cambia tono e smetti di bere.

Faccio per dargli una spinta e lui mi serra i polsi.

– Ma chi mi conosce, qui? Vado a divertirmi un po' con queste due. Sto qua sopra, vuoi venire pure tu? Per me non c'è problema.

– Ma per carità.

– Vuoi controllarmi anche mentre fotto, eh? Vieni, a me che m'importa. Mi diverto pure di piú.

– E vatti a divertire, – gli dico.

Gli passo i soldi tenendo la mano bassa sotto il tavolino. La tolgo di scatto appena sento avvicinarsi le sue dita.

– Vai, veloce. Non ho voglia di tirare mattina qui, –

gli ripeto, mentre lui ha un incomprensibile attimo di
esitazione.

Terzo margarita.
O forse quarto, non lo so. E comunque fanno sempre piú schifo. La musica nelle orecchie è lontana e pesante e vedo tutto sfocato, come in un liquido denso.
Sorrido a tutti quelli che mi passano vicino, ma in
realtà sento di odiarli. Li odio, li odio.
Se solo avessi i superpoteri, mi dico. Invece un bel
giorno se ne sono andati con il sangue. Troppo sangue
elettrico, ho perso. Ora ne avrei bisogno.
Il dj torna sulla techno pesante. E io torno in pista.
Un giorno mia madre annunciò che avremmo avuto cia-
scuno una camera tutta per sé. Mio fratello era contentissimo. Io piansi perché non volevo, ma soprattutto
perché, invece, Diego era felice. Mia madre mi spiegò
che eravamo diventati grandi.
Traduzione: l'eternità era finita. Per le mie bambole, la scatola con i fiordalisi blu divenne una specie di
bara. Da lí le toglievo solo di rado, ma non ci giocavo
piú, mi limitavo a morderle, a rosicchiare lentamente
le loro mani e i loro piedi di plastica.
Anni dopo ho nascosto in quella scatola la prima pallina di hashish, poi ci ho seppellito la mia tesi.
Da quando lavoro in polizia ci ho sempre riposto la
mia pistola.

Devo andare a tutti i costi in bagno e mi metto in
fila.
Due ore dopo la fine dell'ultima prova, fecero un ap-
pello e ci divisero in due file. Senza dirci nient'altro.
Ma io speravo di essere nella fila delle scartate.
Mi guardo intorno ma non lo vedo. E sinceramente, dopo non so quanto tempo, provo la sensazione esal-
tante che non me ne freghi un cazzo di questo qui. So
che me ne pentirò, ma ora è quello che voglio e che mi
fa stare bene.

Alla prima esercitazione di tiro l'istruttrice mi chiese se non avevo mai pensato di fare la cassiera al supermercato.

Le ragazzine entrano quasi tutte a coppie. Si rifanno il trucco, vomitano nel lavandino o si incipriano il naso. La fila procede a rilento e io non ce la faccio piú.

Il mio primo giorno di volante, il capomacchina chiarí subito che durante il turno non rompessi il cazzo con l'andare a pisciare ogni due ore.

Stalingrado io la sentivo rammentare ogni tanto da mio nonno. Fra una bestemmia e l'altra.

Non si può affrontare nessuna Stalingrado con le proprie forze. Mio fratello lo sa, mi offre un altro bicchiere, mi chiede se ho voglia di tirarmi su. Ha di nuovo diciotto anni, l'età di quando è scappato di casa. L'eternità è ricominciata, allora.

Anche lui è di plastica e io sono contenta perché cosí non cambierà, mai piú.

Come questa musica che non cambia mai. Le cose che cambiano sono fatte per finire.

Gli prendo una mano e gli mordo le dita per sentire se sanno di plastica come quelle delle mie bambole. Sanno di sangue e mi fanno frizzare la lingua.

Sono nel colonnato dei neon gialli. Odio tutti, meno mio fratello, che ha gli occhi azzurri e le dita che sanno di sangue elettrico.

E che ride.

Mi sembra di inciampare.

Però non cado.

Allora rido anch'io, e mi tengo la lingua fra i denti per non farla vibrare.

Mio fratello mi chiama per svegliarmi. Mi passa le dita sulla guancia.

Non l'ha mai fatto, ma ora che lui ha di nuovo diciotto anni è tutto diverso, fra di noi. Siamo grandi, quindi possiamo fare tutto quello che vogliamo, e lo

possiamo fare perché mio fratello non ha piú gli occhi
neri, ma azzurri. Tipo la fiamma del gas.

Sono nel soggiorno-cucina del signor Fischer. Sono
sul divano e ho la testa piena di pietre che sbattono fra
di loro.

Sono al buio, la tele è accesa su un notiziario muto
e c'è qualcuno seduto per terra, sul tappeto.

Mi guarda e sorride. Non è mio fratello. È Cocíss.

– È tutto a posto, Rosa?

Provo a girarmi e il soffitto comincia a dondolare.

– Tutto a posto un cazzo.

Mi accompagna in bagno, mi regge finché non arrivo al lavandino.

Mi tiene anche i capelli indietro mentre vomito.

Gli dico che adesso va meglio, che può lasciarmi da
sola, e mi chiede se voglio un caffè.

– Se ti riesce, con quel cesso di coso, – gli faccio, prima che chiuda la porta.

Bussa e rientra con una scodella fumante. Il brodo
nero ha un sapore a metà fra la cicoria e un copertone
bruciato. Devo avere la bocca arsa dai succhi gastrici.

Si siede sul bordo della vasca e io gli chiedo di raccontarmi cosa è successo.

– Che è successo? Niente.

Siamo andati un po' su di giri, tutto qua, mi fa. Mi
ha riportato a casa, perché lui sa guidare, tiene a precisare. Ho dormito un bel po' sul divano, e lui guardava la tele. Ha controllato «che dormivo».

Le cinque e dieci. Almeno del mio orologio, posso
fidarmi. Di me stessa, non piú, ormai è chiaro.

– E tu, te la sei spassata?

Fa spallucce, poi alza il sedere e si cava dalla tasca
due biglietti da cento euro accartocciati. Li lascia cadere sul tappetino bianco davanti ai miei piedi.

– Mi dispiace, – dico. Non so di preciso di cosa, sento solo di doverlo dire.

– Tanto fra poco me ne dovete dare assai, di soldi.

Lo rassicuro facendo di sí con la testa. Le pareti del bagno rimangono abbastanza ferme.

– Quarantamila. Se trovo la puntata buona, con i contatti che tengo, io li raddoppio in un mese. Forse meno. Però non voglio stare sempre nello stesso posto. Metto i soldi e basta, e aspetto che mi ritornino, me ne sto coperto, buono. E mi muovo da solo, senza compari. Meglio, no?

– Cosa farai con quei soldi non mi interessa. E non lo voglio neppure sapere, te l'ho detto. La scelta è tua.

– Non è una scelta, è che ora sto quasi a zero. E come faccio? Mi rimetto nel giro, ma per poco. Faccio solo puntate. Un anno o due al massimo, e poi magari mi compro un locale, una discoteca, capito? Mi sistemo, veramente. Esco fuori. E penso a una ragazza, *veramente*.

– Bravo.

Chissà come, si zittisce e io riesco ad arrivare al fondo granuloso della brodaglia.

– Tu non ce l'hai un uomo, vero? Un fidanzato, proprio.

– Che cazzo c'entra, adesso?

La risposta lo autorizza a concludere che non ce l'ho, non uno fisso, non un marito né un fidanzato, proprio. Perché del resto è la risposta che vuole.

– È strana, questa cosa. Io, se fossi tipo uno che ci ha trent'anni, con una come te ci starei *veramente* –. (Ci hanno già provato, guarda, e non è facile). – Io credo che, trovare quella giusta, una che tiene un po' di cervello, che non fa i casini, una cosí trovarla tante volte è fortuna, e uno allora certi sbagli non li fa, ti metti a posto, la testa ragiona in un altro modo, no?

Non ho idea di come ragiona la sua testa. Spesso stento a capire come ragiona la mia.

– La mia idea, – continua, – è buttare via tutti gli sbagli che ho fatto e non farli piú. Ma vedi, se non ce l'hai l'uomo e quindi tanti problemi, capisci, questa co-

sa non te ne crea, tipo gelosie, intendo, io penso che tu
puoi pure darmi una mano a ritirarmi su. Allora sí, posso stare fuori dalla neve e da tutte quelle cose. Non mi
fraintendere, è solo questo. Uno, da solo, nei giri sba-
gliati ci finisce sempre, non c'è possibilità, guarda, è
garantito. Ti manca qualcosa, però non lo sai e ti cerchi altre cose, non vuoi dipendere da nessuno e allora
ti senti forte, un leone. Ma non è vero. Dentro ti manca come un pezzo, qua, e senza questo pezzo la testa
gira male, questo voglio dire.

Vorrei ricordargli che ne abbiamo già parlato.

– Mi basta un anno. Meno, anzi. Mi metto a posto,
giuro, io lo sai che rispetto la parola, la parola è la prima cosa, per me, la parola e la famiglia contano piú di
tutto, sempre. E poi volevo anche dire che, se tu non
te ne vai, nel senso che sparisci e non ci vediamo piú,
per me è come avere davanti le cose buone che posso
fare, che non è vero che sono nato male. Com'è che diceva, il marocchino, insomma, quello là...

– Agostino. *Sant'*Agostino.

– Sí, vescovo e ora pure santo?

– Il male non esiste, diceva, – (il che non implica che
si viva sguazzando nel bene).

– Questa cosa io me la voglio sempre tenere qua dentro. Però, finché non sono piú a posto, tu me la devi
dire, tu me l'hai imparata e me la devi dire ogni volta
che posso fare qualche sbaglio, capisci?

Capisco, ma non funziona cosí e io non gli devo
niente.

– Mi dispiace, non è possibile e lo sai. Avrai i tuoi
soldi, il cambio di generalità e ci saluteremo, per il bene di tutti e due. È cosí che devono andare le cose, – dico ancora. Allungo una mano e gli tocco la spalla. Lui
si avvicina scivolando sulla sponda di smalto candido.
Non me lo aspettavo. Si lascia stringere, ma senza toc-
carmi nemmeno con un dito. Sento che per lui è quasi
una resa umiliante. Gli do un bacio sulla fronte, lo
stringo e lui si abbandona un po'.

Respira forte, proprio in mezzo ai miei seni, e mi passa un braccio dietro la schiena. Ha un piccolo scatto solo quando gli sfioro una cicatrice sotto i capelli.

– Scusa.

– Niente.

Poi richiude subito gli occhi, con un brivido di stanchezza.

Rimaniamo cosí, io sulla tazza chiusa, lui sul bordo della vasca. Per non so quanto non si sente neppure un ticchettio d'orologio, non passa un corvo fuori, non una sola goccia d'acqua scivola nelle tubature dentro le pareti.

Non è uno spicchio di eternità, penso.

È proprio una piccola eternità.

Poi mi dice: – Tu mica ci sei mai stata *veramente* con quel marocchino, no?

Sono come stordita e non afferro al volo.

– Che?

– Quello là, Agostino.

– Ma cosa ti viene in mente?

– Cioè, magari a lui piacevi pure, ma mica tu ci sei stata con un marocchino, no?

– Ma che domande fai? – gli dico, e lo afferro per le spalle. Lui si scosta in malo modo.

– Quello là, c'è stato con te?

(Ma senti questo). Invece di perdere la pazienza, mi limito a prenderlo per il culo.

– Saranno fatti miei.

– Sí, ma a me non va che una come te va con un marocchino.

Gli rido in faccia.

– Ma non hai capito niente.

– Capito che? – fa, con il suo tono piú rauco e abrasivo. – Lo voglio sapere, io. Tipo un bacio, tipo un bacio e basta, ve lo siete dati?

Sono incazzata, almeno quanto lui, ma continuo a ridere e non riesco a frenarmi.

– Smetti di ridere, te lo sto chiedendo sul serio, Rosa! – insiste. – Me lo devi dire, io non voglio che una come te fa come le puttane, capisci?

Sto ancora ridendo quando gli giro la faccia con uno schiaffo. Lo spingo via, lui finisce dentro la vasca e gli dico che ora basta, che io voglio sapere, io. *Io* ho il diritto di sapere, casomai.

Io devo giudicare, non lui. Testa di cazzo. Strappo il telefono della doccia, glielo tiro contro senza neppure guardare se l'ho preso e se gli ho spaccato la testa.

Io. Io.

– Tu cosa? Cosa vuoi sapere? Ti dico tutto, io, tutto quello che vuoi.

Gli agguanto la camicia e mi chino su di lui. Non sembra sorpreso, sembra che lasci addirittura fare.

– Allora dimmi se le hai ammazzate tu le due bambine. Dimmelo, forza, e io ti dico tutta la verità sul marocchino, come lo chiami tu. Hai sparato tu? Allora, sí o no?

Guardo il graffio nero che ho aperto nello smalto della vasca. Non ci muoviamo. Silenzio. Ma questa non è piú l'eternità, lo so benissimo. Sta succedendo qualcosa, ma non so cosa.

Cado nella vasca come se mi fossi sporta troppo su un precipizio.

Perdo l'equilibrio, poi il respiro. Un masso di cento chili mi si pianta sotto lo sterno e mi spegne gli occhi. La stoffa mi si strappa fra le dita, sgomito e mordo, ma finisco a boccheggiare, le labbra schiacciate a una mattonella fredda.

– Io, quando sparo, penso sempre che mi si spaccano i denti nella bocca. O delle volte la notte mi sogno che mi taglio la lingua a pezzi da solo. Quando mi sveglio, vedo il cuscino pieno di sangue. Allora ho preso questo qua, vedi, è una cosa che usano i pugili, per non spaccarsi i denti. L'ho preso da un amico mio che tiene una palestra. Ma l'altro giorno per essere proprio sicuro ho preso pure del nastro adesivo, l'ho appiccicato sopra i denti, perché cosí stavano fermi. Quando mi sono messo il casco integrale, sai, a quel punto ho sentito che con i denti chiusi quasi non respiravo piú. Me lo dovevo infilare all'ultimo momento, appena vedevo Capuano che usciva. E dovevo fare veloce. Neanche potevo fermarmi. Trenta secondi, quaranta, non di piú. L'importante era metterlo a terra, quello, e li ho sparati tutti quanti, quello girava, pareva ballasse, pareva matto, e io sparavo un altro colpo perché sennò non andava giú. Gli ultimi li ho sparati che guardavo davanti, per non sbandare con la moto. Ho sentito tutto un casino di vetri e qualcuno che urlava. C'erano dei negri che correvano fra le macchine, uno a momenti lo prendo in pieno. La gente su un autobus mi guardava dai vetri. Se tenevo un altro colpo, lo sparavo pure a loro, che non guardassero. È questo che volevi sapere? È tutto qua. Ho sparato io. Ho sparato a Capuano, perché quel certo personaggio mi ha fatto sapere che era necessario, altrimenti quelli facevano alleanza e ci schiacciavano. Ho sparato perché c'era un ordine di farlo. Tutto il resto io non lo so, per me non c'era niente, io guardavo solo lui e la strada davanti. È stato tutto in mezzo minuto, non respiravo e pensavo che dovevo scappare e che stavo soffocando. E che il fottuto di Capuano non andava giú. È questo che volevi sapere? Sei contenta, adesso?

Mi si avvicina. Non riesco a muovere né mani né piedi. Mi ha legato al water con qualcosa che mi scortica la pelle a ogni minimo movimento. Mi stringe il nodo dell'asciugamani dietro la nuca.

– Vuoi sapere se stavo male quando l'ho saputo? Io per tre giorni mi sono rinchiuso, ho detto che ero via, non ho visto nessuno, neanche quelli del giro mio. Nessuno. Tutto spento, solo la playstation e i filmati di Cocíss, del mio campione. Quello era il mio combattimento, avevo vinto, era andato tutto bene. M'ero preparato tre scatole di gelati. Per i denti il freddo mi fa

bene. Ho mangiato gelato, ho giocato e ho dormito sul
divano senza sapere se era giorno o notte. Ho fatto la
vita del mio drago, rinchiuso. C'era solo lui, con me.
E poi Cocíss sul televisore. Dopo tre giorni mi sono fatto vedere fuori, la sera tardi, tutti parlavano di una cosa molto brutta, di queste ragazzine, e io neppure ca-
pivo che parlavano di corso Due Sicilie. Nessuno sapeva che ero stato io e nessuno ci poteva arrivare, questo
ho pensato. Ho pensato che al blocco tirava aria brutta, che la polizia avrebbe fatto qualcosa, si capiva che
ormai dovevano farlo, e me ne sono andato alla roulotte. Là pensavo che non mi trovavano. E invece non lo
so, forse non sono stato attento.

Lo guardo negli occhi.

Si allontana e apre il rubinetto del lavandino. Ci ficca sotto la testa e si riempie una mano di sciampo. Si
insapona, poi risciacqua. Ma non ha finito. Lo rifà. E
ancora. Io lo guardo, paralizzata. Che lo faccia ancora,
non mi importa.

Schiuma, poi acqua. Schiuma poi acqua. I suoi capelli si scuriscono. A quel punto solleva la testa e si
guarda allo specchio. Sembra soddisfatto.

Si toglie la canottiera, respira profondo.

E fa l'ultima cosa che vorrei: si volta per guardarmi.

Si infila il paradenti con cura, alzando il labbro.

Io spingo con le caviglie, ma niente. Mugolo nell'a-
sciugamani, ma non serve a niente, solo a rischiare il
soffocamento.

Lui mette due striscette per la depilazione sul lavandino. Non mi perdo una mossa, uno scatto delle labbra
o delle sopracciglia. Che cazzo vuol fare?

Dal portasapone di plastica a forma di rosa tira fuori la coca e ne passa un po' con il dito sulle striscette.
Che cazzo vuol fare?

Per sistemarsi bene le striscette adesive sui denti si
avvicina allo specchio.

Si pulisce le labbra dal sangue e dalla saliva, e si volta verso di me.

Non può piú parlare, ha i denti serrati e respira dal naso, ogni passaggio d'aria è come uno strappo nella carne viva (che cazzo vuol fare?)

Quando muove una spalla di scatto, io chiudo subito gli occhi, d'istinto.

Lo specchio è sbriciolato nel lavandino. Cocíss si guarda le nocche della mano.

Poi sceglie con cura una scheggia. Non troppo grande. Un triangolo acuto, sghembo.

Fruga nel mio beauty case, lo rovescia per terra e prende dei tamponcini di cotone per stringere la scheggia fra le dita senza tagliarsi (che cazzo vuol fare?)

Ho le caviglie martoriate da una corda di fuoco vivo ma non riesco a tenerle ferme.

Lui mi guarda. Si è rinchiuso la lingua nella gabbia dei denti.

Si inginocchia davanti a me.

Il serbatoio del water trema ai miei tentativi di liberarmi. Convulsioni di panico. Inutili.

Il colletto della maglietta mi sega la nuca e il tessuto si squarcia, in diagonale.

Mi prende per i capelli e mi tira la testa indietro. Io lotto contro il water e contro le mie caviglie bloccate, ma non contro di lui.

Non vedo quello che fa, di colpo sento la puntura appena sotto il seno destro.

Mi chiedo solo quanto durerà, poi sento che scende lentamente. Troppo lentamente, e io non voglio soffrire. Per favore, per favore. Che finisca, se deve finire.

Invece lui va giú piano. Non so quanto. Piano. Va giú e poi si ferma.

Guarda quello che ha fatto e poi ricomincia, scegliendo un punto preciso. Questo capisco. Una nuova

linea di dolore mi apre la pelle. Ho la gola contratta dagli spasmi, come se qualcuno mi avesse avviluppato la
bocca con una ventosa.

Mi guarda fra il seno e la cintola, mi guarda bene e
poi si alza.

Si tira su la pelle appena sopra il capezzolo. Valuta
con attenzione, non so cosa.

Le convulsioni sono cosí forti che vedo tutto sfocato.

Lui ci pensa ancora su, poi parte. Si incide una riga
con la stessa scheggia di specchio.

Il sangue dritto ingrossa la linea sulla pelle tirata dai
muscoli.

Ritorna su, all'inizio. Fa come un mezzo cerchio,
non so. La mano è meno sicura. Cocíss schiuma dalle
labbra saliva e sangue. Ma chiude il semicerchio.

Poi va in diagonale. Si ferma sotto l'ombelico.

Il cerchio gronda sangue viola.

I due uncini ritorti gocciolano piano.

Una freccia verso l'alto. Cocíss la taglia a metà, con
un'incisione netta, fra due costole.

Abbandona le braccia e io leggo il mio nome, rosso
e orrido sulla sua pelle.

Poi Cocíss butta la scheggia per terra.

Quando esce e chiude la porta, rimango a guardarmi riflessa nelle schegge macchiate dal suo sangue e dal mio.
Lotto per tenere gli occhi aperti, per guardare cosa mi ha
fatto, tendo i muscoli e inarco la schiena. Mi ha sfregiata.

Perché?

Le macchie sono rosse e disordinate come un'eru-
zione cutanea virulenta.

Mi ha sfregiata. Rovinata, segnata per sempre. Come lui.

Lui con il mio nome.

Io con una kappa.

Quattro

La signora Fischer entra nel bagno alle dieci. Grida il nome del marito e per venire a liberarmi scivola sulle schegge dello specchio e sulle mattonelle che ho inondato di piscio.

Il signor Fischer vuole avvertire la polizia.

Io ripeto solo: – Pago tutto, pulisco tutto.

Loro vogliono chiamare anche un dottore, vogliono che mi lavi. Io sono fuori di me, lo capisco, ma penso solo a riempire la mia borsa da viaggio. E a trovare i soldi.

Cocíss non li ha presi.

Metto mille euro sul tavolo e assicuro che entro mezz'ora lascio l'appartamento.

Ma niente polizia. Niente polizia e niente polizia. Sono un disco rotto.

Alla fine mi metto a piangere e la moglie passa dalla mia parte (neanche un filo di dignità, m'è rimasto, e allora tanto vale).

Il signor Fischer mi accompagna persino nel bagno di casa sua, a darmi una bella risistemata. I lividi piú grossi ce li ho su una coscia, su un fianco e su una spalla. In faccia solo uno, vicino all'orecchio destro. Lo copro con il trucco e con una ciocca di capelli, ma si vede, eccome.

Nel cimitero c'è una funzione all'aperto, sotto gli ombrelli colorati come i fiori.

La pioggia mormora sui tetti scuri e il cielo è bianco. Gli anziani viaggiano per il paese appoggiati a dei piccoli carrelli con le ruote e il paniere metallico per la spesa.

Cocíss s'è preso la macchina, e per prima cosa denuncio il furto alla compagnia di noleggio. L'auto la ritroveranno di certo, lui non credo proprio.

Resto un'ora seduta su una panchina di pietra, davanti a una brutta chiesa di mattoni anneriti dall'umidità. Rivedo Cocíss che si incide il mio nome nella carne e non riesco a darmi pace.

Proseguo a piedi verso la stazione. Il primo treno per Amburgo parte fra un'ora e mezzo. Prendo un caffè e compro il biglietto.

Mi chiudo in un centro telefonico gestito da una coppia di pakistani. La cabina insonorizzata è foderata di pubblicità di ristoranti moghoul, money transfer, imprese di pulizie, servizi di escort. Chiamo i miei genitori, ma a metà numero riaggancio. Non voglio che mi sentano cosí. Mi basta sapere che ci sono, mio padre nel seminterrato e mia madre a telefonare a qualche sua amica per consolarsi.

Chiamo, aspetto di sentire la voce di mia madre, poi riattacco.

Ora piove a dirotto. La pioggia taglia il cielo pesante e sferza i passanti dalla stradina pedonale finché non si rintanano tutti (ma chi cazzo mi sono creduta di essere?)

Cerco fra i miei sbagli il capro espiatorio perfetto. Mi sembrano tanti, tutti enormi.

Aspetto che smetta e attraverso la piazza.

È sul treno per Amburgo che scopro di aver fatto uno sbaglio diverso dagli altri. Salto giú convinta che proprio quello sbaglio potrebbe farmi ritrovare Cocíss.

Perché io lo devo ritrovare.

Io lo *voglio* ritrovare.

La grande terrazza della stazione domina i binari e io sono di nuovo attaccata a un telefono. Brucio schede telefoniche come niente. Il collega Morano mi fa perdere tempo, vorrebbe che gli spiegassi troppe cose. Invece gli spiego solo di andare dai miei padroni di casa, di farsi dare le chiavi della mia mansarda e di controllare le chiamate effettuate dal mio telefono. Niente di trascendentale, preannuncerò la cosa con una telefonata.

Vago per i piani, le balaustre e i corridoi stivati di scarpe da ginnastica, tranci di pizza e viaggi last minute. Cerco qualcosa da mangiare, ma giusto per non svenire. Mi siedo a un tavolino tondo, con un dolce alle mele, un succo di frutta e un giornale italiano che richiudo subito. Forse farei meglio a prendere una camera nel primo albergo che trovo e dormire fino a domattina.

Mi rincorro per telefono con Morano finché non arriva a casa mia. Mi chiama e mi dà l'unica notizia che può farmi volare via il cappello di piombo che mi pesa sulla testa.

La notizia del mio primo sbaglio.

C'è un numero, nella memoria del mio telefono fisso, che sono sicura di non aver mai chiamato. Un numero con un prefisso estero, cosí d'acchito direi la Gran Bretagna. La data e l'ora coincidono: è la sera in cui ho portato Cocíss a casa. L'ho lasciato solo quaranta minuti, non aveva un cellulare e il giorno dopo lui sapeva già dove dovevamo andare. Me lo faccio dire due volte, il numero.

Lo saluto prima che mi chieda per la decima volta che cazzo sto facendo.

– Ci vediamo presto, – taglio corto.

Dopo un'ora e mezza in un Internet Cafè, scendo dalla terrazza panoramica, faccio un giro lunghissimo intorno alla stazione perché esco dalla parte sbagliata, ma alla fine lo vedo. Da lontano leggo le lettere Zob su uno scatolone di vetro. La stazione degli autobus. Con

una corsa folle salto sul pullman per l'aeroporto all'ultimo secondo.

È da come mi guardano gli altri passeggeri che capisco di essere ormai allo stremo. Crollo sul sedile. Di
nuovo le pietre nella testa. E acqua fredda nelle vene, anche.

Verso le cinque di pomeriggio mi rannicchio su due
seggiolini dell'aeroporto di Amburgo, con la testa sul
borsone, sperando che per le mie condizioni i colleghi
tedeschi non mi scambino per una senza fissa dimora.

Il volo per Heathrow parte alle 20 e 15. Gate 39,
imbarco alle 19 e 35. Darei qualsiasi cosa per dormire
queste due ore.

Invece riapro il mio blocco di appunti. All'internet
point ho passato due ore a trascrivere nomi di persone
che non conosco, indirizzi di posti che neppure sapevo esistessero, numeri di telefono e ragioni sociali che
non capisco proprio cosa abbiano a che fare con uno
come Cocíss.

L'ideale, per una che si fa i film come me.

Ho imparato che Alderney è la piú piccola delle Isole del Canale della Manica.

Mentre aspettavo che qualcuno tirasse su la cornetta, mi immaginavo di far suonare il telefono di un gra-
zioso cottage su una collina davanti al mare. In realtà
non lo saprò mai, perché il numero chiamato da Cocíss
una settimana fa non è negli elenchi pubblici. Dopo
cinque o sei squilli è partita una segreteria, una voce
maschile mi ha ripetuto in inglese, spagnolo e tedesco
che potevo lasciare un messaggio oppure chiamare un
altro numero, questo regolarmente sull'elenco, registra-
to a nome di Miguel Angel Ferrera, Bartholomew Squa-
re, a Londra. Zona di Shoreditch, a nord del Tamigi,
non lontano dalla City e da Clerkenwell, la Little Italy
di Londra, a quanto ricordo dai racconti di qualche mio
amico d'università. Nuovo rimbalzo di segreteria, sta-

volta con la voce da umanoide di un servizio standard
della compagnia telefonica. E un nuovo numero, quello della Mediservice UK Ltd.

Prima di chiamare, però, mi sono fatta un giro sul
web. Perché di Mediservice ce ne sono almeno quattro
o cinque, con sede a Londra, ma una sola dipende dalla CWA, una holding con sede nell'isola di Alderney
di cui non è possibile sapere praticamente nulla. Giusto una strada e un numero civico. Alderney è la piú
piccola delle isole del Canale e, se solo ci abitasse una
persona per ogni società che ospita, farebbero a gomi-
tate per non cadere dalle scogliere. Altro film: forse
non era un cottage, ma un ufficio di rappresentanza
vuoto, quello dove ho fatto squillare la mia prima chiamata. Cocíss, invece, ci deve aver trovato qualcuno.

Il sito web della Mediservice è lussuoso, con musica
lounge in sottofondo e navigazione in cinque lingue.
Non mi è chiaro se l'azienda sia un grande contenitore
diviso in varie branchie o se i link portino solo a dei part-
ner. La Blue Daisy, per esempio, gestisce una decina di
ostelli fra Dublino, Galway, Edimburgo, Cardiff e Liverpool. La Colbig importa generi alimentari e prodotti tipici da tutto il bacino mediterraneo, e ha anche inau-
gurato da poco un webshop che offre dalle olive greche
al composto per i falafel con spese di spedizione irriso-
rie. Un altro link mi ha portato alle pizzerie *Mamma Maria*, disseminate in tutto il Regno Unito, e ai volti sorridenti di cinque o sei giovani cuochi che si chiamano tutti Aldo e Mario, ma che secondo me potrebbero anche
essere turchi o andalusi. Sorridenti come il volto del ge-
neral manager David Stevens, scozzese, trentacinque anni, due figli e una grande passione per il golf, che parla
di sé e si intervista da solo sul grande successo della sua
catena, e sulla prossima apertura di due ristoranti *Mamma Maria* a Pechino e Shenzhen.

Cosa c'entri Miguel Angel Ferrera con questi qua
l'ho scoperto arrivando sull'ultimo link, quello della
McDougall Catering. Ora rivedo il nome di Coleen Mc-

Dougall ripassato e impresso per almeno dieci fogli sotto. «Top woman of the year» l'ha definita una rivista dedicata al business al femminile.

«Ma non sarei niente senza mio marito», le facevano dire a un certo punto, in chiusura di articolo. Il suo fedele, prezioso Miguel Angel, che a quindici anni già si faceva la sua esperienza come cuoco di bordo sugli yacht, adesso è il suo «total consultant» su qualsiasi scelta operativa, dal personale ai fornitori. Mi dispiace proprio che di questa perfetta coppia felice non ci sia una foto.

Ho telefonato all'ufficio londinese della Mediservice e ho chiesto di Miguel Angel Ferrera. Ho usato il nome della ditta di mio padre, ormai defunta, spacciandomi per l'ufficio vendite di una azienda italiana di latticini.

Un'impiegata mi ha risposto che in quel momento il signor Ferrera si trovava fuori Londra per un evento aziendale e sarebbe ritornato tre giorni dopo. Ho insistito per parlargli con urgenza, ma senza alcuna speranza fondata di ottenere un numero di cellulare. Dopo avermi fatto richiamare tre volte, la ragazza (coda di cavallo, camicia bianca e ginocchia nervose, ci giurerei) mi ha detto di rivolgermi alla clubhouse di un posto chiamato Fyr Glennan, per lasciargli un messaggio ed essere richiamata, compatibilmente con i suoi impegni.

Il volo per Aberdeen lo perdo e forse è una fortuna. Mi rinchiudo nell'ennesima camera d'albergo, diversa da tutte le altre, sperduta e anonima come tutte le altre. Dormo poco, ma riacquisto almeno un minimo di decenza.

Evito di guardarmi allo specchio dal collo in giú. Anche quando mi medico, abbasso a malapena gli occhi.

L'indomani la situazione si complica. Lo scalo di Aberdeen è chiuso per nebbia e devo fare tappa ad Edimburgo. Arrivo a sera inoltrata, noleggio un'auto e mi fermo a mangiare una specie di truce salsiccia speziata, gonfia e grigia come la pancia di un annegato.

Dormo due ore nel parcheggio dell'aeroporto, poi mi metto in viaggio nel cuore della notte.

Il mare è di una tonalità cadaverica, ma le onde sembrano croste di zucchero. Vado ancora piú a nord, la fame che si sta trasformando in nausea. Mi concentro a tenere la sinistra, ma ogni volta che mi viene in mente di cambiare la marcia, sbatto una gomitata nella portiera.

Sempre piú a nord, le miglia sono chilometri che si allungano come fossero elastici.

Aberdeen è grigia e fuma di nebbia, come una distesa di braci appena bagnate.

Proseguo lungo la costa, mi lascio alle spalle il porto e la costellazione delle navi in rada. In un cantiere un gruppo di uomini lavora intorno a un grande scheletro di fasciame, mi ricordano delle formiche intorno a una carcassa.

La A90 continua uguale come un'ossessione, il mare si incaglia contro una lunga barriera inclinata di cemento. I tergicristallo mi fanno no. No, No. Non andare. Torna indietro. Fermati.

Forse, se non fossi cosí stremata, se avessi un minimo di lucidità, tornerei indietro.

Ma non posso. Una volta che hai perso tutto, non puoi piú smettere di cercare.

Piú avanti, la costa si solleva. In fondo alle scarpate verdi, affiorano i tetti di qualche casa, file di facciate bianche irregolari come dentature malmesse. Dalle nuvole sul mare, ogni tanto, filtrano luci sfocate. Piú avanti ancora, quando la foschia si sfilaccia, vedo le fiaccole lontane e capisco che sono piattaforme petrolifere.

Salgo e riscendo su colline di terra spugnosa macchiata da cespugli color zolfo. Dopo una curva che mi pare del tutto inutile, in questa desolazione, un grande stemma verde di legno, tenuto in piedi da una piccola catasta di pietre, indica la deviazione per Fyr

Glennan. Le tre frecce sotto dicono: Castle, Cottage,
Golf Club.

Il Castle è un rudere con un muro di cinta quasi sbriciolato. Sulle onde erbose del Golf Club si accende di
tanto in tanto un fascio di sole opaco e la pioggia microscopica sembra non toccare mai terra. Un gentile signore con un completo di velluto blu mi informa che il
parcheggio per i non-soci è quello vicino alla staccionata, in uno spiazzo di fango ammorbato dal fetore delle stalle di un grande maneggio.

Torno a piedi verso la Clubhouse e un altro tizio,
piú giovane, piú biondo e meno gentile, mi informa che
nella Clubhouse vige uno stretto «dress code». Sarebbe a dire che non posso entrare con i miei jeans scolo-
riti e le scarpe sportive. Un vero peccato che in questo
cazzo di posto la prima boutique sia a cento chilometri di distanza, gli dico, ma lui solleva le spalle. Gli spiego che devo parlare con Miguel Angel Ferrera della Mc-
Dougall Catering, non m'importa dove, posso aspettare. E quello mi fa aspettare. Mezz'ora. Dal suo ufficio
sbircio le balaustre di legno scuro, i panneggi color crema e un lampadario con le candele che sembra preso
dal set di uno di quei film in cui il lampadario con le
candele, prima o poi, cade. Su un pannello verde leggo l'elenco dei soci e quello dei Corporate Members.
A quanto capisco, sono ditte che sponsorizzano il Club
tramite l'iscrizione di un certo numero di dirigenti. Oltre alla Bank of Scotland e alla polizia della regione dei
Grampiani, ci sono delle società di trivellazione petrolifere, una compagnia chiamata Northern Light e qualche immancabile Financial Consulting. Questo posto,
credo, non dispiacerebbe a mio fratello.

Il tipo torna, mi dice che i due responsabili della Mc-
Dougall Catering sono in riunione operativa nella saletta riservata della Clubhouse, quindi off-limits per
me. Mi consegna una brochure con il programma di una
convention aziendale che dura fino a sera, e mi dice di

provare ad accreditarmi al Cottage, per gli eventi del pomeriggio. Lo ringrazio, ma poi torno indietro.

Mi avvicino e gli punto l'indice sul bottone piú alto della giacca.

– Il primo sempre, il secondo qualche volta...

Gli sguscio dall'asola il bottone piú basso e lo lascio impietrito. Piú per la confidenza che ho osato, che per la figura di merda che sta per fare.

– Ma il terzo mai, – gli sorrido. – Coraggio. Tutti possiamo migliorare.

Quello che chiamano cottage è una villa a tre piani, di arenaria, ben proporzionata. Un'ala intera è ricoperta di edera rossa che sembra una stola di velluto, per come cambia brillantezza a seconda del vento e dei raggi solari.

Oltre un grande olmo intravedo musi scintillanti di berline e coupé, un gazebo e il padiglione di una serra con gli infissi di ferro bianco. La reception è gremita, su tutti campeggia un pannello della McDougall Catering, ma ci sono anche delle sagome di cartone a grandezza naturale di una collezione casual. Le ragazze sono tutte filiformi, gli occhi tristi di mascara e rimmel. A quanto pare la *top woman* dell'anno ha deciso di lanciarsi nella moda. La collezione si chiama *Via Roma*, ma in realtà c'è di piú, c'è una linea di franchising per grandi negozi di abbigliamento con *lunch cafè*, *relax lounge* e centri di bellezza.

Qualcosa di familiare mi passa dagli occhi, ma sono troppo all'erta per trattenerlo. Sono a disagio, mi guardo intorno e qualcuno, non so perché, mi saluta. Dal tono chic trasandato direi che sono in mezzo a giornaliste di moda, registi, creativi e qualche giovane sarto ambizioso. Non mancano neanche i gorilla della sicurezza con gli auricolari e gli occhiali scuri.

Spiego che ho bisogno di parlare con il signor Ferrera della McDougall Catering per un problema urgente e chiamano un giovanotto vestito di nero, dal sorriso automatico. Non credo proprio sia lui, Ferrera, e infatti si presenta come Mike, responsabile dell'ufficio stampa. Mi accompagna in un salottino umido con la carta da parati color salvia e mi fa portare del tè tiepido.

Gli ospiti accreditati sciamano nella grande sala. Un po' li guardo, un po' faccio schioccare le pagine patinate di un catalogo di moda alto come un elenco del telefono (c'è una faccia già vista). *Via Roma* è il moderno stile italiano che si impone, ammonisce lo slogan. Non c'è un modello che abbia piú di venticinque anni (ma è una faccia senza un nome). Dopo mezz'ora torna l'efficiente Mike, stavolta assieme a una donna minuta con un tailleur albicocca e i capelli ramati, a caschetto.

Non mi rendo subito conto di essere davanti a una *top woman*. Non mi stringe la mano, ma il sorriso è deciso, quasi convincente. Coleen McDougall mi chiede qual è la ragione per cui devo vedere cosí urgentemente suo marito.

– Preferirei parlarne con lui in privato, – le rispondo. E, forse per la prima volta da quando sono in servizio, mostro il tesserino.

Ora sono della polizia e l'uomo davanti a me lo deve percepire, fuori da ogni equivoco. Miguel Angel Ferrera me lo immaginavo gioviale, tarchiato e riccioluto. Invece ha pochi capelli neri, pettinati all'indietro senza gel, la faccia gommosa e guardinga, e devo dire che la sua gentilezza rasenta la signorilità. Il suo ufficio di fortuna ha un bovindo con vista sul mare. Si scusa per la confusione, per il suo italiano tutt'altro che perfetto. Cammina su un paio di silenziose scarpe di camoscio, sposta un cavalletto con la lavagna di appunti perché passi piú luce dalla finestra.

Si siede. I pantaloni di velluto con le pince non possono nascondere le ginocchia ossute, anche il gilet rosa, di cachemire, gli scende dalle spalle come da una gruccia. Solo il ventre è rotondo. Da bevitore, direi. Bevitore metodico, accanito. In giro non vedo bottiglie, ma sopra dei cartolari dal dorso di pelle spuntano un paio di bicchierini di plastica.

Di primo acchito gli avevo dato piú di cinquant'anni, ma ora che lo guardo meglio non so se ci arriva.

Mi dice che preferisce parlare in inglese. L'italiano lo parlava bene qualche anno fa, quando lavorava sulle navi. Ormai parla sempre in inglese, qualche volta non ricorda neanche lo spagnolo. Ora è suddito di Sua Maestà, precisa.

Ride e prende a sistemare le penne sparse sulla scrivania.

– Suddito, certo.

La stanza è ingombra di scatole, pacchi e poster arrotolati. Su un divano stile impero sono accatastate un paio di livree verdi chiuse nel cellofan. A un attaccapanni di quercia sono appese due sacche con delle mazze da golf.

– Come mai una poliziotta italiana fa tanta strada per parlare con me?

– Per un ragazzo che si chiama Daniele Mastronero.

– Come, scusi?

– Daniele Mastronero.

Gli guardo le mani. Immobili.

– Non so chi sia.

– Non ne ha mai sentito parlare?

– No. Perché, dovrei?

Sposta il portapenne, poi il fermacarte.

– Sono sicura che ha cercato di lei, qualche giorno fa.

– Decine di persone cercano di me, tutti i giorni.

Si alza e va verso la finestra. Lo seguo con lo sguardo, poi mi fermo a leggere la lavagna alle sue spalle. Stampatello inclinato, in pennarello blu.

Fetucine Italia, pomodoro e basilico è la prima riga.

– Cerchi di ricordare, la prego.

– Avrà parlato con il mio segretario. Chi è, un cuoco, un cameriere? Qualcuno che cercava lavoro?

– Mi dica una cosa, signor Ferrera. Quanti aspiranti camerieri chiamano il numero della sede della Wca ad Alderney? Oltre tutto non è neppure sugli elenchi.

Si volta e torna a sedere. *Finnan habbock*, leggo due righe piú sotto (dev'essere il menu del giorno).

– La Wca? È una holding finanziaria. Ma di questo si occupano mia moglie e i suoi soci. Io sono, come dire, un operativo. Ma posso sapere perché la polizia italiana cerca questa persona?

– Perché in Italia ha ucciso un uomo e due bambine.

Aggrotta la fronte. Sottovoce, invoca Gesú Cristo.

– E come?

– Per strada. Undici colpi di pistola.

– E perché?

– L'uomo perché non faceva parte del suo clan. Le due bambine perché passavano di lí per caso.

– È terribile. Quanti anni ha questo ragazzo?

– Diciotto. Appena compiuti.

Nota che sposto lo sguardo da lui alla lavagna. Il menu della giornata prevede salmone con aneto e crema di rafano. E poi *Smoked tukrey*.

– Io posso solo fare una ricerca fra i miei collaboratori. Se questa persona ha contattato qualcuno che lavora per me, ve lo farò sapere, al piú presto.

– Le ho detto che ha chiamato la Wca di Alderney, non *qualcuno che lavora per lei*. Per cortesia, non prendiamoci in giro.

– Ho capito *per-fet-ta-men-te*. Vuol ripetermi il nome, per favore?

Come dessert *Dundee cake* e una *Scottish Sundea* (come sarebbe *Sundea*?)

Torno a guardare lui (cazzo, ma sí che è possibile).

– La smetta, signor Ferrera.

(Certo, non si somigliano granché). Cocíss ci ha preso per il culo. Tutti quanti, e me per prima.

– Cosa?

Loro non si somigliano, ma il loro disturbo sí. Quest'uomo scrive *habbock* invece di *haddock*. Quest'uomo è dislessico, come Cocíss. Decido di buttarmi, sia quel che sia.

– Mi dica dov'è suo figlio, avanti.

– Ma cosa sta dicendo?

– Sarà meglio per tutti. Soprattutto per lui, mi creda.

Una storia banale, penso alla fine. Dal piano terra arriva la marcia cupa di una dance music senza tregua. Ogni tanto scoppiano degli applausi e delle risate.

Lui giovane cuoco imbarcato, lei neanche maggiorenne. Lui naviga e gira il Mediterraneo, lei dovrebbe fare la sarta, come il padre, ma li sfrattano dalla casa-bottega del Rione Forte Santo e il comune gli assegna un alloggio popolare della 167. Sono anche fra i piú fortunati, c'è chi finisce in uno scantinato. Però Mariella Mastronero senza la bottega la sarta non la può fare, e nessuno va fino alla 167 per farsi cucire un vestito su misura.

Miguel Angel la vuole portare via, magari alle Baleari, per aprire un ristorante, ma suo padre sta male, vuole continuare a fare il suo lavoro, anche gratis, tanto per ricostruirsi una clientela. Si piega fino a ricucire, riadattare, rammendare, ma non lo paga quasi nessuno. Lí, i soldi non ci sono. Dopo un anno va guardato a vista perché minaccia di uccidersi quasi ogni giorno. Mariella non lo può abbandonare, il blocco è lontano da tutto. Non ci arrivava neppure l'autobus, non c'è un supermercato né una farmacia. Miguel Angel Ferrera va sei mesi ai Caraibi su una nave da crociera, Mariella fa mille volte lo stradone che per un pezzo si chiama corso Due Sicilie, ma che poi si perde senza un nome, sotto i piloni della tangenziale. E lí un bel giorno si ferma e pensa di non farcela piú. Posa i sacchi della spesa, si arrotola la manica del maglione e strappa la bustina della siringa.

– Forse quando è rimasta incinta si faceva già di eroina, e io non me ne ero accorto, – mi ha raccontato Ferrera. – Me l'ha detto una sera per telefono, io le ho subito risposto che bisognava fare qualcosa, ma era tardi, era quasi di cinque mesi, per lei era pericoloso. Ci siamo lasciati cosí. Dopo un anno però sono tornato in

Italia e sono andato a trovarla. Quasi non la riconosce-vo. Era spaventosa, sembrava una larva, un fantasma. È l'unica volta che ho visto mio figlio, aveva otto me-si. Poi mi sono trasferito a lavorare a Liverpool, ho aperto il mio primo ristorante. Per qualche anno, ogni Natale le ho fatto avere dei soldi. Oggi non so neppu-re se è ancora viva.

– È ancora viva. Vive in una comunità di recupero, – l'ho informato.

– Gesú Cristo, sembra quasi un miracolo, – ha chiu-so, con una vena di fastidio.

– Ora mi dica dov'è suo figlio, avanti.

– Non lo so.

– Non ha nessun motivo per mentirmi, no?

– Infatti. Non lo so.

Siamo stati interrotti dal telefono. Un paio di volte l'ha lasciato squillare, poi ha risposto e ha discusso die-ci minuti su una fornitura di questo famoso *haddock*. È un pesce, simile al merluzzo, credo. Sbaglierà a scri-verlo, ma lo pronuncia correttamente e dimostra di co-noscerlo bene, da come insiste su certe quantità ripe-tendo al suo interlocutore delle taglie precise. Guarda il mare e ripete con pazienza ogni sua richiesta, senza mai cambiare timbro di voce. Poi apre la porta, si af-faccia nel corridoio e ordina a qualcuno di non essere disturbato per dieci minuti. Quando torna, si cerca un percorso fra gli scatoloni, la sedia e la scrivania.

– Ho smesso di mandargli i soldi il giorno che mi so-no offerto con sua madre di farlo venire qui. Daniele era ancora piccolo. Ho pensato di crescerlo in Inghil-terra, lontano da quel posto orribile, per dargli un'i-struzione, un lavoro, un futuro. Qui, con me. Ma sua madre non ha voluto.

– Perché far venire qui solo Daniele?

– Non mi sarei potuto occupare di lei, non avevo an-cora soldi e tempo a sufficienza. E sapevo che da sola non avrebbe mai chiuso con la droga. Avrebbe solo distrutto la mia vita. Mi dia pure del vigliacco, dell'insensibile, se vuole. Non mi interessa.

– Neanche a me interessa. Dico solo che una madre non può accettare di separarsi dal figlio.

– E lei non se ne separava mai, certo. Neppure quando riceveva dieci clienti a notte per pagarsi l'eroina, – conclude, impassibile come uno scoglio verticale.

Mi alzo anch'io. Lui capisce subito il mio disagio, allunga una mano come se potesse cancellare le parole ancora in aria. Poi tira fuori dalla sacca una mazza da golf e prende a pulirla dai rimasugli d'erba.

– Era solo per dirle che volevo farmi una famiglia, vera. I conti con il passato li avrei anche pagati, ma non dovevano piú essere riaperti. Quella era la grande occasione, per Daniele. Purtroppo era anche l'unica. Sua madre doveva capirlo, doveva dimostrare di volergli davvero bene, a questo figlio. Invece è andata diversamente. E mi dispiace.

– Questo cosa significa?

– Significa che io e questo ragazzo non abbiamo piú niente a che spartire. A maggior ragione dopo quello che mi ha raccontato lei.

– Daniele lo sa?

– Lo sa. Glielo ripeto da una settimana, perché da una settimana mi telefona ogni giorno. Anche due volte.

Evito di annuire, anche se so che è vero.

– Non è stato facile, dirgli che non volevo vederlo, che non avrei rovinato la mia vita per aiutarlo, che se la doveva cavare da solo. Aveva preso la sua strada. Io non faccio la morale a nessuno. Piccoli o grandi, i propri conti uno li deve pagare.

– Perché non ha avvisato la polizia?

– Perché io non voglio avere niente a che vedere con lui, con tutto il male che ha fatto e con questa storia orribile. In nessuna maniera. Per me Daniele non esiste piú. Vuole la verità? Per me è morto, anzi, se preferisce, non è mai nato.

– Il punto è che c'è chi lo vuole morto. Vede, ormai

si tratta di una prova di forza fra i due clan, di uno schiaffo da dare a noi, alla polizia. Credo che lui sia il prezzo per la fine della faida, a questo punto. Questi l'hanno condannato. Gli è già sfuggito un paio di volte, per un niente.

– Capisco. Ma non è una questione che mi riguarda.

– Riguarda me. Io non voglio che lo ammazzino. E ho bisogno del suo aiuto.

– Se lo scordi.

– Mi ascolti...

– Io solo so dov'è, non l'ho mai protetto e quindi non posso farvelo arrestare.

– Mi lasci parlare solo un attimo.

– È favoreggiamento, questo? Mi denunci, faccia pure.

– Mi dica una cosa sola: pensa che Daniele la cercherà ancora?

Miguel Angel Ferrera rimette a posto la mazza da golf, si asciuga le mani con un fazzoletto.

– Purtroppo credo di sí.

– E allora gli dia un appuntamento. Dove vuole, lontano da qui. Faccia finta di cambiare atteggiamento.

– No.

– Sí, invece, gli dica che vuole incontrarlo.

– Non insista. Sono stato sincero con lei, perché è una donna e perché rispetto la divisa che porta. Ma le ricordo che in questo paese non le dà alcun diritto, nei miei confronti.

– Ci andrò io.

Ferrera si allunga la pelle sotto il mento e per la prima volta, nella sua flemma quasi notarile, vedo un lampo di sorpresa.

– Mi dia solo la possibilità di non farlo ammazzare.

– Si è messa in testa di salvarlo? – mi sfida.

– Lei dice che non vuole entrare in questa storia. Ma Daniele continuerà a cercarla, se non risolviamo la situazione.

– E lei la può risolvere?

– Esatto.

– E come?

– Non deve interessarle. Ne stia fuori. Faccia solo quello che lo ho chiesto e le prometto che Daniele Mastronero non la cercherà piú. E che nessuno saprà mai che è figlio suo.

Si abbassa lentamente sulla sedia e appoggia il mento sul palmo della mano. Mi guarda, quasi annoiato. Ho l'impressione che cerchi il giusto mezzo fra la compassione e il fastidio.

– Non capisco il perché, ma mi sembra che lei tenga molto a questo ragazzo.

Mi guarda per essere sicuro che abbia incassato l'insinuazione, poi prende a frugare in un cassetto, la mano sempre sotto il mento.

– Faccio solo il mio lavoro, – taglio, decisa.

– Lei ha un'aria molto stanca, – mi fa. Legge con molta attenzione le targhette di un paio di mazzi di chiavi. Poi alza il telefono e ordina che gli mandino Mike. Mette un cartoncino dentro una busta e mi spiega che è l'invito per il cocktail di oggi pomeriggio.

– Si fermi pure qualche ora, abbiamo una piccola foresteria dove può riposarsi. Piú tardi c'è un defilé in anteprima per la stampa, magari le interessa.

– La ringrazio, ma non lo so.

– Piú tardi non avrò tempo per lei, quindi mi ascolti bene adesso.

Lancia dalla mia parte della scrivania un mazzo di chiavi giallo ottone.

– Il posto si chiama Blackdog. Periferia di Aberdeen, lungo la A90, okay? Subito dopo un poligono di tiro dell'esercito, c'è una strada che porta verso la costa. Serviva per andare a una vecchia discarica, ora vedrà che hanno recintato tutto. Ci sono cinque o sei case, nient'altro. Queste sono le chiavi del numero 21. Ci ho abitato appena arrivato qua. Fra qualche mese le demoliranno tutte, perché ci passerà una nuova strada. È lí che darò appuntamento a Daniele, quando mi

ritelefona. Gli dirò che può nascondersi lí, per qualche tempo.
– Potrebbe capire che è una trappola?
– No, non lo capirà.
Chiude gli occhi come se sorridere equivalesse ad allargare i bordi di una ferita.
– In serata si farà vivo. Appena ho fissato l'appuntamento, manderò Mike a informarla. Da lí in poi, sono fatti vostri, io non voglio sapere altro.
– La ringrazio.
– Non mi ringrazi. Il mio aiuto ha un prezzo.
– Cosa vuole in cambio?
– Il silenzio. Assoluto.
– Ha la mia parola.
– Bene. E che il Signore si prenda cura di lui. Se può, – sospira, alzando gli occhi, mentre gli stringo le dita fredde.

Arrivo nel salone delle feste che il cocktail è già iniziato da un po'. Coleen McDougall ha dismesso il tailleur per un vestito color prugna, piú impegnativo, forse troppo, per una della sua taglia.
Mi guardo in giro e conto non piú d'un paio di minigonne, e neppure vertiginose. Sono molti di piú i gessati e le scarpe di coccodrillo fra gli uomini. I capannelli si sciolgono e si riformano continuamente, quasi come in una quadriglia, un rituale settecentesco dai tempi ben collaudati.
Riconosco David Stevens con una giacca di tweed (sulla foto del sito sembrava senz'altro piú giovane). Tiene a braccetto una quarantenne con delle extension esagerate e una gonna new romantic che finiscono per farla somigliare a un paralume demodé.
Incontro un tipo simpatico, calvo, abbronzato e ipercinetico, che si spaccia come Aldo, direttore della pizzeria *Mamma Maria* a Oslo. Mi dice che l'Italia gli manca, non torna da un anno. Suo fratello, che sta a Bari, ha avuto una bambina che lui ha visto solo con la web-

cam, una bella emozione, sí, ma non è mica lo stesso. Ha capito che sono un pesce fuor d'acqua e mi fa da guida. Ascolto le sue didascalie con l'interesse di chi ha del tempo da far passare. Ma lui è troppo contento di se stesso per notarlo o farsene un cruccio. L'anziano smunto, con la cravatta che gli arriva fino sulla cerniera dei pantaloni, è il presidente di una compagnia di estrazione che possiede sedici piattaforme nel mare del Nord. Il tipo altissimo, lentigginoso, è un neozelandese che fa il disegnatore di campi da golf. È fra i primi del mondo, e un suo progetto non costa meno di duecentomila dollari. Reggo un quarto d'ora, poi lo sgancio con gentilezza. Vicino alle finestre sono sistemate delle sagome di cartone a grandezza naturale dei modelli di *Via Roma*. Giacche anni Settanta con grandi tasconi e toppe ai gomiti, pantaloni spigati a sigaro. Ragazzotti tosti e appositamente spettinati mi guardano come se fossero i padroni del mondo e trovassero la cosa di una noia mortale.

Le modelle sono poco piú che ragazzine imbronciate. Hanno fianchi inesistenti e ginocchia ossute, ma sono costretta a ricordarmi che da adolescente avrei fatto di tutto per diventare una di loro (*te l'hanno mai detto che potresti fare la modella?* Certo che no, mi mancano almeno una decina di centimetri).

Di nuovo quel viso familiare. È un viso senza nome, ma adesso mi sembra facilissimo ricordarmi chi è. Ma sí, era nel catalogo che ho sfogliato prima. Ovale perfetto, denti bianchissimi, capelli splendenti. È la bionda stronza (ma che cretina!) È l'amichetta di D'Intrò (che caso). Ma no, poi neanche tanto, è ovvio che una cosí fa la fotomodella (sí, però pensa *che caso*).

Gli stivali di pelle con i calzettoni che spuntano fin sopra il ginocchio sarebbero volgari per una donna sopra i trent'anni o sopra i cinquanta chili (io sono al limite di entrambe le categorie), ma lei li indossa con la giusta sfacciataggine, lo devo ammettere.

A distrarmi dal mio film arriva Mike, con due bic-

chieri di aperitivo alla frutta. Questo ragazzo non usci-
rebbe con la camicia spiegazzata neppure da un trita-
rifiuti.

– Il signor Ferrera le fa sapere che l'appuntamento
è per domattina. Alle nove, – mormora, sorridendo a
un gruppo di ragazzotti dall'altra parte del grande tavolo centrale.

Interdetta, mi passo un tovagliolo sulle labbra facendo attenzione a non sbaffarmi il rossetto. Il che costrin-
ge Mike a spendere con me piú di quanto la sua tabel-
la di lavoro gli consenta.

– Mi ha capito?

– Ho capito benissimo, – mi alzo e prendo la borsa.
L'efficiente Mike mi scorta con discrezione dietro l'e-
norme bouquet di azalee.

Solo che domani alle nove, per i miei piani, è troppo presto.

– Potrei parlare con il signor Ferrera?

– Questo non è possibile.

– Solo due parole.

– Mi scusi, ma sta per iniziare l'anteprima per la
stampa.

– Un minuto.

– Lei mi sta obbligando a essere scortese.

Mi infilo la giacca, mi scuso ed esco.

Mi sembra di camminare su uno specchio dorato.

Mi guardo riflessa contro il cielo arancione. Con il
cappello calcato e la sciarpa fino sul naso non mi riconosco, e forse preferisco cosí. Nella piccola baia svuotata
dalla marea e dal vento feroce ci sono solo io. Da mezz'o-
ra vago, attaccata al telefonino, in cerca di un punto che
abbia campo. E del commissario capo D'Intrò.

– Visto che si degna di chiamarmi, mi aspetto grandi novità, – mi risponde, direttamente.

– Le novità sono pessime. Il soggetto mi ha preso
per il culo. Non ha nessuna buona dritta, non ci può
portare dove volevamo. Si è inventato tutto.

Il suo unico commento è un mugugno. E io non scendo in altri dettagli.

– In due parole, questo qua mi ha usato come protezione, per mettersi al sicuro, all'estero. Ha studiato un buon piano, ma non gli è riuscito.

– Cosa intende dire?

– Intendo dire che ha provato a sganciarsi da me, ma domani lo becchiamo.

Mentre parlo a D'Intrò di Blackdog e delle nove di domattina, mi vedo come appesa a testa in giú, nel mondo riflesso ai miei piedi.

Prima di dirmi la sua, si schiarisce la voce, con calma.

– No, non si può fare.

– Come sarebbe?

– Sarebbe che non è possibile organizzare un'operazione all'estero in dodici ore.

– Lo dobbiamo fare, dottor D'Intrò.

– Lei non è nella posizione di dirmi cosa dobbiamo fare.

– O domani o non lo prendiamo piú.

– È lei che ha deciso di fidarsi del soggetto. Sapeva benissimo che non le avrei piú parato il culo.

– Ma cosa significa?

– Significa questo: torni in Italia e lasci perdere.

– Tornare in Italia? Questo ha ammazzato le due bambine.

Non sono sicura, ma credo di sentire dall'altra parte una risata gelida.

– Questo lo so. E sono contento che ne sia convinta anche lei... *adesso*.

– Bastano un paio di uomini.

– Un paio di uomini? Ma cosa crede di sapere, lei? E poi i miei uomini sono già tutti assegnati ad altri compiti, mi dispiace.

– L'operazione è a rischio zero, dottor D'Intrò.

– Non esistono operazioni a rischio zero. E se proprio vuol ragionare di rischi, si ricordi quanti se n'è assunti lei.

– Me ne ricordo benissimo.

– E allora torni in Italia, subito.

– Ma perché?

– Perché la sua posizione è già anche troppo critica.
Non la peggiori ancora di piú.

D'Intrò tronca la comunicazione senza aspettare un
solo secondo, ma non è questo che mi fa gelare le ossa.

(*Torni in Italia. Subito*).

Non so se era un ordine. Sembrava piuttosto un
consiglio.

Cammino verso la riva, scollando un passo dopo l'altro dal risucchio della sabbia viscida. Il sole taglia la
costa in perpendicolare e anche il piú piccolo monticel-
lo di sabbia bagnata ha una lunga ombra acuminata.

Le finestre del Fyr Glennan Cottage mandano ba-
gliori sfolgoranti. Un paio di gabbiani si alzano dal tetto cigolando di fatica contro il vento e lo specchio dorato sotto i miei piedi sembra ossidarsi velocemente.
Inizia anche a vibrare, come se lontano, molto oltre l'o-
rizzonte e le fiamme rossastre delle piattaforme, si stesse sciogliendo un grande impero di ghiaccio.

(*Torni in Italia. Subito*).

Io vedo solo i primi rigagnoli.

Voglio lasciare questo posto prima che sia buio, non
ho dubbi, ma ancora prima meglio trovare un bagno.
Spero che sia uno stimolo vero, non il ritorno del mio
martirio. Per fortuna sono tutti dentro, per il defilé,
e nel giardino del cottage non c'è nessuno. Entro in
una casupola di pietra grigia accanto al padiglione della serra.

Il bagno è occupato, oltre la porta c'è qualcuno che
tossisce. Mi sciacquo il viso al lavandino e aspetto (è di
nuovo la cistite, lo so).

Sento tossire ancora piú forte, poi si apre la porta
(finalmente).

La stronzetta bionda è piegata in due, si regge alla

maniglia e quasi mi crolla addosso. È scalza, ha i jeans sbottonati e le punte dei capelli lisci impastati di non so cosa. Quando si butta in avanti per aggrapparsi al lavandino alza gli occhi verso di me. Non sono sicura che mi riconosca, ma insiste a guardarmi. Incerta se stupirsi o no, forse. Piú o meno come me.

– Aiutami, – mi fa, in italiano. Le tremano le labbra.

La prendo sotto le ascelle, cerco di tenerla in piedi facendola appoggiare alla parete.

– Aiutami, per favore, – dice ancora.

– Cos'hai?

Non mi risponde. Strappo la carta dal rotolo, le pulisco la bocca e i capelli dalla poltiglia di saliva e cibo masticato.

– Per favore, portami via.

Questo non posso farlo, ma non glielo dico. Tossisce ancora, si risistema la camicia e le spalline del reggiseno.

– Voglio andare via, andare via.

Provo a calmarla, ma ripete solo che vuole andare via. La convinco a fare due passi, all'aria fresca, perché lí dentro c'è un puzzo orrendo e si soffoca. Si lascia guidare a piedi nudi sulla ghiaia, come un automa. Poi si riabbottona i jeans, sospira e mi guarda bene:

– Io ti ho già visto.

– Vero. A casa del dottor D'Intrò.

Si tira indietro i capelli e mi squadra meglio.

– Sei della polizia?

Le faccio cenno di sí. Dai saloni del cottage scoppia un applauso che quasi copre il martello spietato della musica.

– E che ci fai qua?

– Missione riservata.

Ci pensa su un attimo.

– No, io invece lo so. È mio padre che ti ha mandato a sorvegliarmi.

– Tuo padre?

– Il *dottor D'Intrò*, come lo chiami tu.

– Andiamo via, andiamo in un posto dove c'è un albergo e c'è un aeroporto. Sono tre giorni che sto in mezzo alle pecore e ai cavalli.

Saliamo in macchina e chiudiamo fuori il fetore delle stalle.

– Posso accompagnarti al massimo fino ad Aberdeen.

– Mi va bene, mi va bene tutto, andiamo via da qui.

Sul cancello d'ingresso del Fyr Glennan vedo muoversi due torce. Il cielo pulito dal vento è senza luna.

– Io mi chiamo Rosa, comunque.

– Raffaella, – mi fa, prima di tirare giú il finestrino e urlare «teste di cazzo» ai due uomini che ci osservano uscire. Quelli però non fanno una piega. Le dico per la ventesima volta di stare calma, ma lei si imbizzarrisce ancora di piú.

– Tre giorni in questo posto di merda, e poi mi mandano a casa prima della sfilata.

Mena un paio di pugni sul cruscotto, poi si mette a piangere.

– E dài, non è la fine del mondo, – provo, ma lei riattacca. L'hanno esclusa all'ultimo momento, senza un motivo, sono delle merde. A lei, che era anche nei cataloghi. Stasera, che c'era tanta gente importante, gente che la poteva notare. Stasera, l'hanno messa fuori.

La ascolto, ma intanto guardo nello specchietto i due uomini spegnere le torce e sparire fra le auto parcheggiate. Anch'io, come la stronzetta bionda che mi ritrovo a dover scarrozzare fino ad Aberdeen, non vedo l'ora di essere lontana da questo posto.

Quando rallento davanti allo stemma di legno con le tre frecce, Raffaella divarica il telefonino con l'unghia laccata dell'indice. Appoggia la testa alla scocca della cintura di sicurezza fra i due finestrini e sbuffa, apettando che qualcuno le risponda.

Io vedo un'ombra lenta infilarsi fra le grandi querce che ci siamo appena lasciate alle spalle.

Se è un'auto, ha i fari spenti. Sparisce dalla mia visuale in pochi secondi, dietro uno sperone erboso che fa venire in mente la prua di una nave.

Raffaella riprende a piangere dopo poche parole.

– Che cazzo gli ha preso, a questi, pa'? M'hanno messo fuori, lo sai? Come no? Ci devi parlare subito. Digli che gli fai il culo, a questi. Fai vedere che hai le palle, che cazzo, devono avere paura di te, sennò mi considerano zero, hai capito? No, non sto calma, c'era tutto il mondo, stasera. E mi hanno messo da parte. Vaffanculo! Che cazzo faccio, ora?

Io vorrei far finta di non sentire. Quanto a lei, non si preoccupa minimamente che la stia ascoltando. È fuori di sé, parla a macchinetta, inceppandosi solo quando le sale un singhiozzo per la gola.

Guardo fuori. I veli di nebbia sui campi spogli trattengono a stento quello che rimane della luce del giorno.

In certi momenti la luce dei fari s'impasta di nebbia, in certi altri navighiamo in un buio solido, che preme sul parabrezza come per sfondarlo. E intanto questa tiene suo padre al telefono. Lo insulta, lo supplica, lo minaccia.

– Sta finendo la scheda, richiamami tu, richiamami, ho detto. Richiamami.

Io ascolto tutto ma penso ad altro. Mi ha superato una macchina, prima. Erano in due e li ho visti guardare verso di noi, frugare nel nostro abitacolo con un paio d'occhiate. Ora sono sicura di aver superato la stessa auto, ferma nell'oscurità, lungo il bordo della carreggiata.

In questo nulla senza luce, sbuca un'auto. Fari piccoli, è ancora lontana.

– Quanto ci metti per richiamarmi? – protesta Raffaella. – Io voglio sapere perché m'hanno trattato cosí, dopo tre giorni di prove in questo cazzo di posto. Cerchiamo un avvocato e poi tu gli fai anche il culo, okay? Digli che gli chiudi tutti i locali, e vediamo. Come sa-

rebbe che devo calmarmi? M'hanno trattato peggio di
una donna di servizio, dell'ultima battona, capisci? A
me, che sono figlia tua. Ma come si permettono?

I fari si sono avvicinati, sono rettangolari. È l'auto
di prima, non mi sbaglio. Qualcuno ci sta seguendo da
quando abbiamo lasciato Fyr Glennan.

Stavolta però non mi supera. Rimane dietro di me,
i fanali piantati nel mio retrovisore.

Accelero e spero di arrivare prima possibile sulla A90.

Le rarissime case che incontriamo le intuisco solo
dalla lanterna sulla porta. Non sono quasi mai sulla strada, e solo il buio uniforme le fa sembrare piú vicine.

A un certo punto mi prende la certezza devastante
che questo buio e questa autostrada non finiranno piú.

E intanto l'auto scura mi supera un'altra volta. Sono sempre in due, e quello sul sedile del passeggero si
volta, ne sono sicura. La targa non è britannica e la luce di posizione di destra è piú tenue.

Raffaella ha smesso di piangere ma non ne vuol sapere di calmarsi, dice di essere dimagrita tre chili in
dieci giorni, per questa sfilata. Il commissario capo
D'Intrò riesce a farsi ascoltare solo per pochi secondi.

L'auto ha finito il sorpasso, ma non si allontana, non
sparisce nel buio.

– Dove sono? Sto andando all'aeroporto. Cioè, mi
trovo una camera, poi domani prendo l'aereo e torno,
che cazzo sto a fare, qui? Con chi sono? Sono con la tua
collega che mi hai piazzato alle costole. Mi sta riportan-
do in città, domattina prendo l'aereo. Non fare finta di
niente. Come sarebbe chi è? Rosa, si chiama. È pure venuta a casa nostra, un giorno. Vuoi che te la passo?

Ma a quanto pare il commissario capo D'Intrò non
vuole parlarmi. Non ha niente da dirmi. E neppure io, a
questo punto. Lei invece ha ancora molte cose da dirgli.

La ricarica per il cellulare, la carta di credito prepa-
gata che sta a zero e il volo di domani da prenotare.

Le undici e venti. Sulla nostra sinistra sembra qua-

si spuntare un'alba, gelida e innaturale come un'ane-
stesia. Invece è un terminal petrolifero smisurato. Ma
almeno è un segno che il buio ci ha sputato fuori, in
qualche modo. Ora si tratta di arrivare all'albergo piú
vicino, senza abbandonare le strade principali.

La figlia di D'Introò si toglie gli stivali, si massaggia
i piedi e chiude gli occhi.

– Ma quanto cazzo ci mettiamo?
– Ci siamo quasi, – dico.

Un grande ponte illuminato ricorda il Golden Gate
di San Francisco.

– E cosa credono, di essere l'America, questi pez-
zenti?

Sulla grande rotonda riconosco la macchina scura
con il fanale difettoso. Rallenta e accosta senza mettere la freccia. Io seguo l'indicazione verso il centro città
e la supero sulla destra. Per qualche centinaio di metri
la osservo nel retrovisore. Rimane dov'è.

– Che cazzo fai, attenta!

Freno a mezzo metro da un furgoncino. La stronzetta blatera qualcosa, io penso solo che ci hanno molla-
to. Ci hanno seguito per tutti questi chilometri, e poi
ci lasciano andare cosí?

È entrata in camera sua senza nemmeno dare la buonanotte. Non che la cosa abbia una qualche importanza, rispetto a tutto il resto. Al come mai arrivando al
padre di Cocíss abbia incontrato la figlia di D'Introò. E
a chi dovrebbe «fare il culo» il commissario capo. Quali locali dovrebbe chiudere. Le cose che non so sono
ancora di piú di quelle che credevo di aver capito.

Sono al sesto piano e dalla mia camera d'albergo vedo le luci della torre di controllo dell'aeroporto. L'alba è lontana, il parcheggio è deserto, le vetrate buie.
La pioggia spruzza appena sulla finestra e non posso rimandare l'ultima decisione.

Ho messo le chiavi di Ferrera sul comodino, accanto al telefono.

Domani vado a Blackdog o no? Sembra solo un cattivo presagio nascosto da una coincidenza. Là sarò da sola, e il cane combattente sarà inferocito. Io non ho neppure una pistola. Non ho speranze di riportarlo in Italia, in nessuna maniera. Non ho nessuno dalla mia parte.

L'aereo per l'Italia forse è già negli hangar. Il volo parte di prima mattina e per un attimo tutto mi sembra semplice. Il tempo di prendere l'acqua dal frigobar, passare in rassegna i miei lividi e i dolori che mi pungono a ogni respiro.

Non ho piú nessuno dalla mia parte. Né qui né in Italia.

Entro in bagno ricordandomi di non guardarmi nello specchio per non vedere la kappa rossa che mi sfregia la pelle. Il mio marchio di colpa che sanguina ancora.

Non ho piú nessuno dalla mia parte.

Ma Cocíss si è inciso il mio nome addosso.

Alle sei e mezza chiudo la mia borsa nel bagagliaio. Le auto vicine grondano, l'asfalto trasuda umidità e i tetti neri sono lucidi, ma credo che spunterà il sole. Salgo in auto senza togliermi né sciarpa né cappellino. Anche se faceva schifo, ho fatto bene a buttarmi nello stomaco due tazze di caffè.

Fuori dalla città la nebbia diventa come ghiaccio polverizzato. Se fosse notte, ci si vedrebbe meglio. Invece una luce smorta si spande nella foschia e dilaga dappertutto. Sembra occupare ogni spazio libero, è leggera ma soffocante.

È domenica mattina. Intorno a me solo campi, almeno credo. Prima l'erba era scura, corta, adesso mi vedo intorno solo sterpaglie marroni, alte e secche. La strada finisce in un piazzale con dei container, un garage blu, un paio di camion con rimorchio.

Decido di sistemare l'auto fra la torre di container e il garage, non in vista e con il muso verso la strada.

Devo perlustrare uno a uno i vialetti che partono dal

piazzale. Mi ritrovo sovrastata da coni di terra smossa, alti almeno una decina di metri, e sento solo il richiamo delle cornacchie. Ma non le vedo, e questo me le fa immaginare come spiriti maligni che vagano sulla devastazione di un campo di battaglia (ma no, è solo un cantiere, è domenica mattina e non lavorano, tutto qua).

Passo davanti a una fila di case con dei numeri civici che mi sembrano surreali. Solo in un giardino noto un'auto parcheggiata. Ancora avanti trovo un paio di edifici bianchi, a un piano, dalle finestre quadrate. Uffici o magazzini, direi.

La casa grigia è l'ultima, prima che il terreno si sollevi appena. È alla congiunzione fra il vialetto e un fosso ripido d'acqua nera che esala vapore impalpabile. Sulla cassetta delle lettere c'è una sigla scolorita e il numero 21. Pare costruita con mattoni di carbone, il giardino è in abbandono ma gli infissi sono stati ritinti di recente, i vetri delle finestre sono puliti, la porta ha un pomello senza un filo di ruggine.

Prendo le chiavi (*torni in Italia, subito*).

Torno in Italia a farmi prendere a calci nel culo. Sempre che non abbia voglia di mettermi contro D'Intrò, di capire come mai inseguendo la belva Cocíss, il capozona piú feroce della 167, ho incontrato la figlia del commissario capo. Di chiedergli se la stronzetta ottiene regolarmente ingaggi minacciando ritorsioni da parte del padre. E cosa avrebbero da temere, gente come David Stevens, o come la McDougall e suo marito, da un poliziotto italiano.

No.

Infilo le chiavi nella toppa e mi dico che ho due ore per mettere su il mio piano. Che questo posto è proprio l'ideale, per il mio piano. Che questi lividi, questo graffio sulla faccia, questi sfregi che mi ha scritto addosso, sono tutti *assolutamente* l'ideale per il mio piano. Se D'Intrò non vuole mandare nessuno dall'Italia ad arrestare Cocíss, lo farò arrestare io, dalla polizia di qua.

Controllo che il mio telefono abbia campo e seleziono già i tre 9 che servono per chiamare il pronto intervento. Devo calcolare i tempi alla perfezione e recitare bene la mia parte.

Le assi di legno consumato mi scricchiolano sotto i piedi.

L'ingresso è occupato quasi per intero di schedari di metallo bianco panna, e anche la cucina è ingombra di scatole di cartone. In sala sono ammassati alla rinfusa hard disk a base larga, vecchi almeno di dieci o quindici anni, lampade da tavolo e stampanti a modulo continuo. Su tutto, un velo di polvere nera e granulosa.

Le pareti sono spoglie, al piano di sopra c'è un rubinetto che gocciola. Faccio scattare un interruttore, ma non succede niente. Decido di non salire, non ancora. Vado verso la porta che dà sul retro. Una vecchia stufa a legna, con il suo tubo marrone lucido, sembra quasi la cosa piú moderna e ben tenuta della casa. Una mensola ospita una parata di teiere, su uno scrittoio dozzinale ci sono dei portafoto di ceramica con dei ritratti a carboncino. Bambine e giovani ragazze vestite da contadine, con cappelli di paglia o fiori fra i capelli.

È uno scricchiolio, ma stavolta sembra un guaito spettrale.

Mi fermo subito e guardo i miei piedi. Sono immobili.

Non sono stata io, eppure l'ho sentito. Forse il vento che passa da qualche spiraglio.

Non si ripete, e riabbasso lo sguardo sullo scrittoio. Ci sono un paio di pipe annerite e un vaso con dell'erica secca. Sto per aprire la porta di una delle camere, quando noto qualcosa di rosso, rosso vivo come il sangue, come la spia di un allarme. Sta proprio in mezzo ai ritratti delle ragazzine.

Il portasapone di plastica a forma di rosa, con i brillantini, identico al mio. Ma non è possibile (è il mio, è quello che ha preso Cocíss), Cocíss è già qui (che mi aspetta?) Perché? Prendo il portasapone e sto quasi per chiamarlo, poi vedo che c'è qualcosa dentro.

Mentre lo apro, lancio un'occhiata su per le scale, nelle stanze coperte di polvere grigia. L'involucro bianco non è la coca che Cocíss ci teneva durante il nostro viaggio. È solo un pezzo di carta piegato in due.

Vado verso la porta per leggerlo alla luce. La scrittura è storta e orrenda, ci sono anche due cancellature. Ma io la conosco bene, cazzo.

«VATENE SUBITO». Oddio.

Il rubinetto di sopra smette improvvisamente di gocciolare.

Io mi aggrappo alla maniglia, stordita. Lo rileggo. «VATENE SUBITO». Mi ha scritto Cocíss.

Ora qualcuno sta facendo ghignare gli scalini, i passi sono come una frana che prende velocità.

La serratura è bloccata, sfondo il vetro a calci e mi butto a terra per strisciare fuori. Rotolo sui gradini e quando mi rialzo sento le urla ruvide, di gola. Con la coda dell'occhio faccio in tempo a vedere una sagoma che sbuca da dietro la staccionata, poi mi lancio in avanti nella nebbia, in mezzo alle baracche e alle torri sbilenche di copertoni.

Mi viene in mente di utilizzarle come scala per saltare oltre il reticolato e mi arrampico sulla colonna piú bassa. Li sento arrivare, ma intanto io salgo. È una grande idea, mi dico, poi affondo con le braccia in un copertone marcio e mi ritrovo a faccia in giú, incastrata fino alla vita, le gambe libere, senza piú appoggio.

Arrivano in pochi secondi. Sono lí sotto. Vagano nella nebbia e non possono vedermi. Per il momento.

– Dove cazzo è andata? – dice uno, in italiano.

– Si può sapere che cazzo hai fatto? Ti sei fatto accorgere?

– Macché, stavo di sopra, io.

– Ti ha visto?

– No, che non mi ha visto, ti dico.

– E allora come ha fatto a scappare da sé, 'sta troia?

Sprofondo lentamente, nel buco centrale della colonna di copertoni. Non riesco a fermarmi.

– Gli altri, dove stanno?

– Stanno verso il poligono di tiro, laggiú. Ma tu guarda se per questa troia *dimmerda*... Ma non se la poteva fare il ragazzetto, là?

– Ma chi, Cocíss?

– Eh, invece che pensarci noi quando già è arrivata qua. È pure piú pericoloso.

– Quello? Hai visto che macello ha fatto, giú?

– E l'ho visto, l'ho visto. Ma chi lo protegge, a quello, Japàn o lui in persona.

– Lui in persona.

– Ma che è, se lo incula per caso?

– Stammi bene a sentire, che non ti scappi detto mai piú.

– E che ho detto mai? Mica mi sente, il ragazzetto. L'hai mandato con gli altri sul fuoristrada.

– Per me, io non lo volevo proprio fra i piedi, stamani. Ma lascia perdere, ti dico solo di non dirla mai piú, questa cosa del capo.

– Ascoltami bene, troviamo 'sta troia, facciamo il lavoretto o lui ci incula a noi. Dove cazzo è... ma che nebbia *dimmerda*!

– E queste che sono? Gomme?

Ci sono dentro anche con le gambe, ormai. E i due sono proprio sotto di me. Parlottano ancora. Uno chiama al telefonino gli altri e ordina di pattugliare la spiaggia con il fuoristrada. Io devo fare qualcosa perché non riesco quasi piú a respirare.

Muovo le gambe. Al terzo tentativo la torre di copertoni ondeggia, altri due e sento che ce la posso fare, che basta l'ultimo sforzo e viene giú. Solo un altro tentativo, un altro e basta.

Mi capovolgo mentre uno dei due urla: – Attenzione!

Imprigionata nei copertoni rovino addosso ai due e rotolo sul terreno. I rimbalzi mi schiacciano il ventre e il costato, ma quando le grandi gomme si dividono rie-

sco a sgusciare e rimettermi in piedi. La frana di copertoni ha divelto un metro di reticolato e io salto di là.

Corro e neanche so verso dove, affondo nel vapore
bianco e spero che mi perdano di vista. D'un tratto la
terra spugnosa cede e mi inghiotte fino ai fianchi. Penso subito a salvare il mio cellulare e avanzo nella melma, a braccia alzate. Lo stagno è basso, ma la melma
mi avvinghia come una piovra. Il motore dell'auto alle mie spalle somiglia a un ululato. Mi aggrappo a una
roccia coperta di muschio giallo e mi tiro fuori dal fango. Mi arrampico sulla pietra scheggiata, poi rotolo di
sotto, a occhi chiusi, i cespugli mi frustano il viso. Davanti a me sbuca fra i cespugli una piccola casamatta
diroccata. È inclinata sopra un piedistallo di cemento
ormai a pezzi. Mi ci nascondo dentro giusto in tempo
per urlare nel telefonino che sono a Blackdog, sulla
spiaggia, che mi inseguono, che vogliono uccidermi.

Mi appiattisco sui cartoni puzzolenti e la cenere di
un falò. Sento vicinissimo il borbottio metallico del
fuoristrada che arranca sulle dune intorno a me. Sono
a pochi metri, vicinissimi. Poi qualcuno lancia una voce e il mezzo si allontana.

Qua sono in trappola. Mi butto carponi sulla sabbia
e vado avanti non so per quanto, curva sulle ginocchia,
mentre il vento fa fuggire i banchi di nebbia dalla spiaggia liscia color carne.

Alzo la testa e vedo il mare, sulla sinistra. Ma vedo
anche il muso del fuoristrada sbucare dalle dune alle
mie spalle. Provo a rimettermi a correre, le costole
schiacciate e i polmoni strizzati dalla fatica. Davanti a
me, l'aria si schiarisce e un puntino scuro che spunta
dalla nebbia diventa uno strano mezzo con delle grandi ruote.

Non riesco piú a respirare e non ho piú nebbia per
nascondermi. Piú che correre, barcollo, ma mi tengo in
piedi. Piego verso il mare, sulla sabbia dura, e il mezzo
davanti a me sterza immediatamente per venire a incrociare i miei passi. Quello che mi insegue fa lo stesso.

Preferirei morire di fatica o annegare, ma non riuscirò neppure a fare questo. Mi prenderanno e mi ammazzeranno loro. Chiudo gli occhi e mi fermo.

Quando li riapro il mezzo con le grandi ruote è talmente vicino che posso leggere una scritta blu sul fondo bianco. «Police». I due tizi in divisa saltano giú senza spegnere il motore e mi chiedono se è tutto a posto. Mi volto indietro, vedo il fuoristrada che rallenta e passa oltre, tornando verso le dune.

Riesco a sussurrare: – Aiutatemi, – o qualcosa del genere, credo.

Poi è come se alla bambina elettrica togliessero la corrente. E la lasciassero sprofondare nell'abbraccio buio di un abisso imperscrutabile, senza piú neppure il tempo di piangere o di avere paura.

Cinque

Anche se lunedí notte sono riemersa dal buio in una stanza d'ospedale, mentre il cielo nero colava a fiotti lucidi sui vetri, ho avuto subito la sensazione che i miei giorni nell'abisso non fossero finiti per il semplice fatto di riaprire gli occhi.

E anche se martedí Reja e un altro collega sono venuti a farmi dimettere e a riportarmi in Italia, ho capito che non sarei potuta tornare a casa mia. Che non avevo piú un posto mio, davvero. Che la parola tornare non aveva piú nessun senso, per me.

Martedí pomeriggio, verso le sette, Reja ha parcheggiato davanti alla casa dei miei genitori. Mi ha spiegato che per il momento lí sarei stata al sicuro. Anche perché essendo agli arresti domiciliari, due miei colleghi avrebbero sorvegliato costantemente il posto.

– Arresti domiciliari? E per cosa? – ho chiesto, con la mano sulla portiera.

– Favoreggiamento di latitante, – mi ha risposto.

– Ho capito. D'Intrò ha deciso di rovinarmi.

Reja mi ha guardato, il braccio intorno al poggiatesta.

– Non hai capito niente, collega. Ha deciso di proteggerti.

– Finalmente hanno deciso di proteggerci, – è stata la considerazione di mio padre, quando gli ho detto che il tipo che fumava davanti al cancello era Salvo, un mio collega, non una spia del direttore della banca. – Allora posso tornare a dormire tranquillo, di sopra.

– No, – gli ho risposto. – Di sopra per qualche giorno ci dormo io.

La sua delusione è durata poco, giusto il tempo di concludere che, in quanto figlia e poliziotta, rappresentavo un'ulteriore protezione contro avvocati e creditori armati di ruspe. È tornato soddisfatto nel seminterrato, fra i suoi documenti contabili, i suoi scontrini e le centinaia di ritagli di giornale conservati in album per fotografie, tutti di colore rigorosamente verde.

Mia madre mi ha abbracciato senza dire niente.

Ci sono abissi senza ritorno, anche se non sono piú profondi di un metro.

Giovedí mia madre mi sveglia alle sette con il telefono cordless in mano. Un vecchio modello pesante come un mattone, con l'antenna spezzata, tenuto insieme ormai solo dal nastro adesivo.

Il fruscio della linea è cosí forte che ho faticato a riconoscere la voce di Reja.

– Il dottor D'Intrò vuol parlare con te. Di persona –. Me lo faccio ripetere tre volte, ma non solo per il fruscio. – Vengono a prenderti alle nove e mezza. Fatti trovare pronta.

Pronta.

Mi spoglio dietro la tenda della doccia, per non correre il rischio di vedermi lo sfregio allo specchio. Non mi trucco neanche un po' e lascio che i capelli si asciughino da soli.

Dopo colazione, frugo fra i medicinali di mio padre e ingoio una mezza tavoletta arancione. Di nascosto da mia madre. Come faceva lui.

Pronta.

Pronta, alle nove e venti, davanti al cancello. Dall'edicola all'angolo vedo venirmi incontro Salvo, a passo rilassato, il giornale sottobraccio, una polo color corallo, molto abbondante, rimboccata alla meglio nei pantaloni.

Mi saluta senza sorridere e mi porge subito il quotidiano già gonfio e spiegazzato da una lettura. Il primo pensiero è che ci sia qualcosa che mi riguarda. Il collega solleva le sopracciglia, inforca gli occhiali da sole e perlustra con lo sguardo tutto l'isolato.

– Qua sono usciti di testa. Tutti quanti, – mormora.

È successo intorno alle dieci di mercoledí sera: da una moto in corsa hanno lanciato un sacco nero dell'immondizia contro il portone del Palazzo del Governatore, in cima alla salita chiamata Scesa di Mare, dove hanno gli uffici anche la procura della Repubblica e la Direzione distrettuale antimafia. È lí che lavorano la sostituto Massacesi e il capo commissario D'Intrò.

La stessa cosa è capitata, venti minuti minuti piú tardi, in corso Due Sicilie, precisamente al numero civico 182. Al 180 c'è l'*Happy Fish*, che ha appena riaperto i battenti con una nuova gestione. Quel pacco, però, era bianco, chiuso da un fiocco e da una corda con un cartellino. Sul cartellino c'era scritto «Per le famiglie Matello e Di Domenico».

Piú o meno alle dieci e mezza, Dora Antoniolo, sorella di Renzo Antoniolo e mancata sposa di Riccardo Capuano, si è vista recapitare, nel suo appartamento in fondo a un cortile di Vicolo Squadro, un mazzo di fiori e una pesante scatola rivestita di carta da pacchi rosso scuro.

Dora Antoniolo ha ribadito piú volte di non aver visto in viso gli sconosciuti che le hanno fatto la consegna, o forse di aver cancellato quei volti dalla memoria per lo shock.

Nella grossa scatola c'era in realtà una borsa-frigo, di quelle da picnic. La Antoniolo ha pensato che un lontano parente, magari uno di quelli emigrati in America da trent'anni, non sapesse niente della disgrazia accaduta al povero Riccardo e le avesse mandato un regalo di nozze.

Ma i corrieri veri non consegnano mai dopo le ot-

to di sera e la borsa frigo era troppo pesante per essere vuota.

Dentro, avvolta nella carta da macellaio grondante
di sangue, c'era la testa di Daniele Mastronero, detto
Cocíss, il piú giovane e spietato capozona che il quartiere della 167 ricordi.

Dietro gli occhiali a goccia incrinati, gli occhi sembravano ancora vivi per l'orrore, mi racconta D'Intrò,
nella minisuite all'ultimo piano di un albergo dell'Eur,
sterminato e discreto come un vecchio porto di transi-
to di spie della guerra fredda. Formica beige, piano cot-
tura con le piastre elettriche, divano in pelle, moquette in cocco.

Il commissario capo parla lentamente e suda nelle
sue maniche di camicia abbottonate. I giorni dell'a-
bisso stendono su tutta la città un cielo bianco e op-
primente.

Il commissario capo mi racconta di essere arrivato
in Questura che il sacco nero era già stato aperto dai
colleghi. Di essere anche andato all'obitorio a vedere
quella che ha definito «una specie di ricomposizione»
con l'altra parte del corpo lasciata davanti al civico 182
di corso Due Sicilie.

Credevo che i giornali non avessero lesinato in particolari, e invece lui si dilunga a raccontarmene di ine-
diti e raccapriccianti. Di proposito, con puntiglio. Il
corpo aveva abrasioni di corda ai polsi e alle caviglie,
spalle disarticolate e femori dislocati dalla sede. Dal-
l'esame dei resti sono quasi certi che quelle ecchimosi
si siano formate prima del decesso, e che quindi Cocíss
sia stato squartato ancora vivo. Gli hanno legato i polsi a un'auto, le caviglie a un'altra. Con ogni probabilità hanno usato dei trattori. Un'esecuzione cosí labo-
riosa non può essere stata decisa da qualche luogote-
nente. Al giovane capozona hanno dovuto anche
recidere un paio di tendini, forse avevano dei segacci
appositi (D'Intrò dice proprio cosí, «appositi»), per-

ché talvolta neppure i motori a scoppio riescono a strap-
parli. Questa è una punizione esemplare, un ordine dal-
l'alto, e io lo devo capire, perché anche un massacro
piú nero dell'abisso è una forma di comunicazione.
D'Introò, di mestiere, ci legge dentro, con la pazienza
di un minatore che striscia nei budelli della terra.

– Capirà anche che quella certa cosa come l'abbiamo vista noi l'hanno vista anche loro? – conclude.

– Cosa?

Mi guarda spazientito.

– Il suo nome, agente. r-o-s-a. Il Mastronero lo portava scritto con dei tagli nella pelle, qua davanti. Anche nello stato in cui l'hanno ridotto, si leggevano ancora bene. Non mi dirà che non ne sa niente.

– E lei non mi dirà che l'hanno ammazzato per
quello.

– No. Era già condannato. Ma credo che quei tagli
abbiano condannato anche lei. Oltre al fatto di aver
voluto inseguire il Mastronero, invece di lasciare che
finisse da solo in pasto alle belve come lui.

Mi siedo, ma non sul letto. Prendo la sedia dello
scrittoio e abbandono la borsa in terra (cosa mi è rimasto da perdere, cosa?)

– Ma siccome ero in auto con Raffaella, dottor D'Intrò, non mi hanno potuto ammazzare subito. Non potevano rischiare di uccidere la figlia del capo commissario. Bastava averla cacciata dal grande evento, bastava rimandargliela a casa in lacrime, per farle sapere che
poliziotte fra i coglioni non ne volevano, mai piú. È
questa la verità?

– La verità è che lei non rispetta le disposizioni di
servizio. E non segue neppure i consigli. La verità è
che a questo punto gli Incantalupo la vogliono morta
e questa è gente che non cambierà facilmente idea,
glielo garantisco.

– La credo, dottor D'Introò, la credo. Del resto mi
pare che lei li conosca davvero bene. È per questo che
non gli può fare il culo, come vorrebbe sua figlia?

– Lasci in pace mia figlia.

– Va bene. Allora mi dica... ci sono gli Incantalupo
dietro gente rispettabile come Ferrera, Stevens... la
McDougall? Dietro la Wca, le pizzerie *Mamma Maria*
o la collezione *Via Roma*... C'è l'impero di ghiaccio,
come lo chiama lei?

– E allora? Cosa crede di aver scoperto, me lo dica?

– Solo la punta dell'iceberg, – rispondo.

Mi afferra i gomiti e mi parla a voce bassa, facendo
finta di sorridere.

– Bene. Ora mi dica cosa succede, secondo lei, se un
giorno tutto il ghiaccio dei poli si scioglie.

– Vuol farmi un'altra lezioncina?

– No, voglio solo che mi risponda, – accosta lentamente il volto al mio, guardando verso la finestra.
– Avanti.

– Succede che il livello del mare si innalza.

– Esatto. E questo significherà che gran parte di noi
verrà travolta dalle acque e perderà tutto.

– Lei per primo.

– Per primo o per ultimo, non mi sembra importante. E non sta a lei giudicare.

– Capisco. Lei lo fa solo per il bene di sua figlia.

– Lei non ha figli, vero? – mi chiede, come se fosse
scontato. E siccome la risposta è scontata, non la aspetta neppure.

– Se li avesse, capirebbe cosa vuol dire vedere una
figlia di quindici anni diventare uno scheletro davanti
allo specchio, giorno dopo giorno, come se si fosse rin-
chiusa da sola in un campo di concentramento.

Mi stringe i gomiti, sempre piú forte.

– Capirebbe cosa vuol dire quando un collega ti chiama in piena notte per dirti che in quel certo privé hanno beccato una delegazione dei colombiani in piena
trattativa con un paio di pezzi grossi degli Scurante, e
che ad allietare la serata questi s'erano pure portati tre
o quattro ragazzine, strafatte di coca e amfetamine,
una neanche maggiorenne, e una che, insomma, il col-

lega ci gira intorno, si vergogna persino lui per me...
ma purtroppo è sicuro che sia proprio lei.

Le sue dita cominciano a farmi quasi male.

– Due mesi fa rientro da una missione all'estero e
Raffaella mi racconta di aver sorpreso mia moglie So-
nia a letto con un uomo. Mi fa persino vedere dei vestiti da uomo che non erano miei, mi consiglia di con-
trollarle il cellulare, «a quella lí». Mi dice che «quella
lí» vuole rovinarle la vita e la carriera, è gelosa e vuole farla diventare grassa e brutta perché neppure io le
voglia piú bene. La verità è che sua madre ha cercato
in ogni modo di farla mangiare, ha controllato che non
andasse a sputare tutto e le ha proibito di andare a un
provino perché non si reggeva letteralmente in piedi.
Vuol sapere una cosa? Quando Raffaella mi si è stretta addosso, con le braccia e le gambe, dicendomi che
al mondo solo io le voglio bene e posso aiutarla, le giuro che sono stato tentato di credere alle sue balle. Per
mezzo minuto, non di piú. Ma quel mezzo minuto vuol
dire tutto, capisce?

Si allontana da me con un sospiro appena percet-
tibile.

– Sono abituato a decidere io, come proteggere chi
mi sta accanto. Ho tentato di farlo anche con lei, mi
può credere.

Ho la sensazione che uno come lui non voglia compren-
sione. E che la maniera migliore per non offenderlo sia
continuare a chiedere spiegazioni, non giustificazioni.

– Anche l'agguato dei finti poliziotti era un modo
per proteggermi?

– A lei non avrebbero torto un capello, stia tranquilla. Era il Mastronero che volevano.

– E facendo finta di spalleggiare me, lei gliel'avrebbe consegnato.

D'Intrò si volta di scatto.

– Purché smettano di sparare, di ammazzare bambine per strada, di riempire i giardini di cadaveri per le
dosi tagliate con il detersivo, purché si trovi un attimo

di tregua in questo schifo... certo che glielo consegno, uno cosí. Non è lui che ha ammazzato Nunzia e Caterina? Risponda! È stato lui o no? Ora ne è convinta anche lei, vero? E allora, qual è il problema? Chi lo piange uno cosí? Lei? È cosí ingenua, agente? Solo perché le ha fatto un po' di sceneggiata? Il povero figlio di una tossica, orfano di padre... perché le ha detto di voler cambiare, magari persino di prendersi una cotta per lei? Ma come no! Era l'unica che gli poteva parare il culo! L'ha usata, capisce?

Lo so bene e lo capisco. Il piano di Cocíss ha funzionato, ma non fino in fondo, ed è quello per me il punto. Il mio piano neanche, eppure ora vogliono ammazzarmi. E perché? Che pericolo rappresento, adesso? Ho delle spiegazioni, un film tutto mio, ma decido che quest'uomo, il mito, il grande D'Intrò, non è degno di saperlo, almeno non ora. Cosí mi chiudo nel silenzio e lascio che il commissario capo riacquisti la calma per impartirmi la sua lezione. Su come devo lasciarmi docilmente screditare, processare e condannare, senza fare troppo scalpore però, perché nessuno ha da guadagnare dallo scoppio di un gran casino. Io per prima. L'importante è che gli Incantalupo ricevano i giusti segnali di tranquillità, che mi sappiano neutralizzata, sotto controllo.

– Non c'è altro da dire o da capire, al momento, – è la sua conclusione.

– Si sbaglia. Io vorrei sapere che fine ha fatto la sua guerra, dottor D'Intrò.

Mi si pianta davanti, si china con il busto, gli occhi chiusi da una specie di esasperazione. Abbassa il tono di voce, sibila e bofonchia.

– Nella guerra esistono le tregue, agente. Ed esiste la tattica, che poi è l'arte di scegliersi il nemico giusto al momento giusto. È cosí che si vince la guerra, se lo ricordi.

– E mi dica, il suo modello chi è? Churchill, Napoleone o Carlo Magno?

Si rimette la giacca, chiude il computer portatile e toglie la spina dalla presa. Scarta un cioccolatino di benvenuto e lascia la cartina sullo scrittoio.

– Le auguro tanta fortuna, agente.

(So che Cocíss mi ha usata, ma so anche che Cocíss avrebbe potuto uccidermi dieci volte, e che mi ha salvato la vita. Sono anche sicura che uccidermi non avrebbe comunque salvato la sua. Quello che mi angoscia è se abbia mai veramente pensato di usarmi anche come speranza. Se una parola in piú, o una in meno, quella notte, l'avrebbero potuto trattenere sull'orlo dell'abisso.

Quello che voglio capire è perché invece abbia sfidato cosí tanto la fortuna. Perché mi abbia usato per tornare da un padre cosí freddo. E cosí vicino all'abisso degli Incantalupo).

L'abisso di mio padre è un seminterrato pieno di ricevute, scritture private, atti giudiziari e planimetrie. Quasi tutti i giorni gli faccio un po' di compagnia, fra i cumuli di scartoffie da cui mi sono sempre tenuta alla larga. Non parliamo granché, ma almeno stiamo insieme. Leggendo un po' di corrispondenza, quasi mi sorprendo della grande mole di lavoro che quest'uomo trasandato aveva svolto poco prima del tracollo. Aveva proposto alla grande distribuzione prodotti biologici a prezzi concorrenziali e devo dire che il suo progetto sembra ancora oggi tutt'altro che azzardato.

Ritrovo una sua indagine di pochi anni fa sui prezzi praticati da grossisti di carne, frutta e verdura. Quando fra le varie sigle incontro la Dicar di Antoniolo Renzo & soci, ho come un tuffo al cuore. D'istinto vorrei chiedergli qualcosa, e invece mi tengo tutto dentro e aspetto che mia madre rientri dal giro della spesa. Le preparò un tè e ci mettiamo fuori, nel minuscolo giardino spelacchiato all'ombra del muro di cemento.

Mi racconta che un bel giorno mio padre venne chiamato dalla direzione generale di una catena di super-

mercati. Gli spiegarono che le sue offerte erano interessanti, ma che non potevano accettarle per non turbare i rapporti «consolidati» con altri grossisti di generi alimentari. Gente che aveva un certo peso e non
gradiva la concorrenza. Gente che avrebbe potuto creare loro parecchi problemi. Mio padre insistette, ma non
ci fu niente da fare. Anche a prezzi piú alti e a qualità
inferiore, i supermarket preferivano tenersi buoni fornitori come la Dicar. I contratti non arrivarono e le
banche persero, per cosí dire, entusiasmo. Di lí a un
anno iniziò la procedura fallimentare.

Ma il direttore di un supermercato lí vicino era una
persona cosí perbene, ricorda mia madre, che si disse disponibile ad assumere me come cassiera e mio fratello piú grande, ormai vicino alla laurea, come amministrativo.

Da questo punto in poi, la storia la conosco bene.

Mio fratello Diego accettò. Io invece volli iscrivermi a filosofia a tutti i costi.

Per la prima volta mi guardo lo sfregio allo specchio.
È orrendo. Pelle bianca e sangue scuro screpolato.
Piango, ma continuo a guardarlo.

Il Comune ha stanziato i soldi per seppellire Cocíss,
ma i suoi resti sono da otto giorni nella cella frigorifera
dell'obitorio. Due parroci di Travagliano hanno ricevuto pressioni per non celebrare il funerale, dei non meglio precisati comitati rionali hanno picchettato i due cimiteri cittadini con degli striscioni che dicevano «I nostri morti non ti vogliono» e «Vai a bruciare all'inferno».

Tutto organizzato in grande stile. Cosí bene che il
Comune e il prefetto hanno pensato di rimandare qualsiasi decisione per motivi di ordine pubblico, in attesa
che la situazione si calmi.

Io ho ricevuto l'avviso di garanzia, la conseguente
sospensione dal servizio e l'invito a comparire davanti a un sostituto procuratore di Firenze. Le versioni di

Reja, di D'Intrò e della procura antimafia convergono in maniera lineare: Cocíss si era offerto spontaneamente di collaborare ed era stato subito sottoposto a urgentissime misure di protezione. L'importanza del suo contributo è testimoniata dal blitz Antigone 2 e viene portata come motivazione per le procedure fuori dall'ordinario adottate. Il giorno in cui è stato riconosciuto come autore della strage delle Due Sicilie, io avevo il compito di consegnarlo a una squadra di militari di una caserma di Pisa. Ma in modo inspiegabile avrei gestito il trasferimento da sola, favorendo la fuga di Daniele Mastronero proprio mentre da collaboratore diventava ricercato per triplice omicidio.

La linea del mio avvocato è ammettere la negligenza grave per evitare il favoreggiamento continuato. Dice che, su quanto è successo da quella sera in poi, tutti hanno comunque interesse a stendere un velo di nebbia. Mi raccomanda in continuazione di non alzare la posta, di non minacciare nemmeno lontanamente di raccontare la verità. Diventerebbe un massacro utile solo a quelli che hanno vendicato le due bambine, mentre la polizia ha solo pasticciato, pur avendo fra le mani l'assassino di Nunzia e Caterina.

Un giorno cerco per telefono D'Intrò. Sembra spiacevolmente sorpreso di sentirmi. Prima di tutto, gli faccio i complimenti per sua figlia: alcuni giornali la dànno come la nuova fiamma di un famoso cantante neomelodico. Li hanno fotografati insieme al *Bistrot* di Baia Nerva, durante un galà. La cosa non lo mette di buon umore, ma quando gli parlo di una mia idea, promette di interessarsi, di fare quello che può.

L'idea mi riporta a Spaccavento, fra le unghiate del diavolo. A chiedere scusa a padre Jacopo e a domandare di nuovo una chiave a frate Jacques.

E poi ancora su un treno, scortata dal collega Salvo, a guardare dal finestrino il cielo del sud che scorre via, riflesso sulle rotaie immobili e arroventate dal sole.

(A ogni stazione leggo i cartelli, poi mi volto verso il posto accanto al mio. Cocíss mi ha usato, ma nessuno immagina davvero per cosa. Ho ancora davanti i suoi progressi fulminei, la sua spaventosa energia, un'energia che si ha solo alla sua età. La stessa che per anni ha usato per nascondere il suo disturbo. E diventare un capo. Nonostante.

Non era «scemo» e non era «pazzo», e mi ricordo di averglielo detto, almeno una volta, mi ricordo la sua smorfia di sollievo, cacciata via subito, per orgoglio.

Non è stato l'unico dislessico a raggiungere grandi risultati. Anche questo, gli avrei potuto raccontare. Forse gli avrebbe fatto piacere sapere che anche Einstein o Yeats avevano lottato contro questo disturbo.

No, forse avrei dovuto citargli qualche attore famoso o qualche condottiero. Qualche altro maschio alfa. Uno come Napoleone. O magari uno statista, come Churchill. O Carlo Magno, un imperatore. Sí, avrei dovuto citargli questi personaggi storici e dirgli che erano tutti dislessici, e pure i preferiti dal grande boss, dall'imprendibile Saro Incantalupo.

Un terzetto improbabile, ma guarda caso un terzetto di dislessici).

Mariella Mastronero sostiene di avere cinquecentonovantadue figli. Ha passato gli ultimi tre anni chiusa nella sua camera, tutto il giorno a cucire un enorme patchwork di toppe e scampoli di stoffa. Di tanto in tanto li scuce e li ricuce secondo un ordine che è nascosto in regioni della sua mente inaccessibili persino a lei. A ogni buon conto, sostiene di cucire il vestito che avvolgerà tutti insieme i suoi cinquecentonovantadue figli.

Mariella Mastronero ha sei anni piú di me, quattro denti in bocca, i seni appiattiti sul ventre. È alta, robusta, e non saprei dire se è stata una bella ragazza: è come se l'eroina, la malnutrizione, l'epatite e una specie di sindrome autistica in cui sprofonda per gran par-

te della giornata avessero alterato ogni segno del tempo e cancellato dal suo viso qualsiasi traccia logica del
passato. E qualsiasi somiglianza con suo figlio.

(Anche Miguel Angel Ferrera somiglia molto poco a
suo figlio, mi sono detta. Strano, in genere è guardando i figli che ci si aspetta di riconoscere qualche tratto
dei genitori. Spetta ai figli l'onere, o la condanna, della somiglianza.
Invece io la sto chiedendo a loro, questa prova. Ma
in Mariella Mastronero questa traccia è come illeggibi-
le. E anche in Miguel Angel Ferrera. Perché? Cosa ha
voluto cancellare, quell'uomo, dalla sua faccia? Nel
film che comincio a farmi, Miguel Angel Ferrera ha voluto cancellare un passato da venditore di dosi. Di pusher, di capopiazza, di capozona e poi avanti, su, gradino dopo gradino).

Nella 167 il figlio di Mariella Mastronero era per
tutti il «figlio di una dose». Una delle tante che sua madre si faceva dare in cambio di prestazioni in natura,
dato che i soldi non bastavano mai. Le voci dei quartieri sono spietate, come maledizioni si accaniscono
contro chi non può piú permettersi una reputazione.
Spesso sono equidistanti. Dal vero come dal falso.
Mariella Mastronero non vedeva Daniele ormai da
cinque o sei anni. Non ha mai riconosciuto una sola
volta la faccia di suo figlio alla televisione e lo psichia-
tra dubita che capirebbe realmente quello che gli è successo. Gli operatori mi dicono che ormai farle fare un
viaggio è impossibile. Il direttore della casa famiglia
mi chiede di lasciar perdere, hanno già passato due settimane difficili, nel terrore che il clan arrivasse a ven-
dicarsi persino su un relitto alla deriva come lei (ma
gli omicidi sono una forma di comunicazione, come dice D'Intrò).
La lascio nella sua camera colorata di un arancione
vivo, a strappare filoforte con i denti e a ricucire top-

pe come pezzi di un puzzle che, prima o poi, possa ac-
quistare un significato. Chissà per chi.

Io mi rimetto in viaggio ancora. Ritorno verso nord,
con un furgone.

(Ogni giorno, adesso, guardo allo specchio la mia cicatrice a forma di kappa. La pulisco e la medico. *Lettera tosta, la kappa,* gliel'ho insegnato io. Guardo la mia
e ripenso alle cicatrici di Cocíss. Quelle che nasconde-
va sotto i capelli, e quelle sotto gli occhi che invece non
voleva farsi togliere, lui che si curava le sopracciglia
con le pinzette.

Sfregi preziosi, penso. Come segni di appartenenza,
di riconoscimento. Ogni giorno vado avanti con il mio
film e immagino che Cocíss abbia pensato di doversi
far riconoscere, prima o poi, da qualcuno che non lo
vedeva da anni. Magari proprio da Miguel Angel Ferrera, il suo padre segreto).

Mi dispiace che Mariella Mastronero non ci sia,
adesso.

Parcheggio il furgone davanti al cancello che i frati
continuano a chiamare la Porta dei morti.

Lo stesso furgone di una ditta di macchinari radiogra-
fici con cui il corpo di Cocíss è stato fatto uscire, ieri pomeriggio, dall'obitorio del policlinico di Forte Santo, a
seicento chilometri da qui, per essere portato al forno cre-
matorio di una città vicina senza dare troppo nell'occhio.

È il momento in cui le colline sono piú scure del cielo. Prendo il bauletto metallico sigillato dal vano posteriore ed entro. La Porta dei morti non cigola.

Quando mi vede, padre Jacopo appoggia la vanga
sulla ghiaia e si asciuga la fronte.

– Dovrebbe bastare, no? – chiede a Joséphine, seduta su un pilastro di pietra con le lunghe gambe acca-
vallate.

Lei annuisce, seria, il collo fasciato da una sciarpa di
tulle viola. Non mi sorride come vorrebbe, ma mentre

le passo accanto mi accarezza con le dita energiche prima sul braccio, poi sulla schiena. Non c'è un alito di vento e la terra fra i sassi è scura.

Padre Jacopo preferisce non scendere troppo in profondità. Secondo gli archivi dell'abbazia in questo angolo del camposanto non sono state effettuate sepolture recenti, ma è meglio non rischiare. I frati venivano semplicemente avvolti in un sudario e non sempre la nuda terra fa il suo lavoro nello stesso tempo. A volte cento o duecento anni non bastano.

Duecentotrenta milioni di anni.

Una settimana.

Diciott'anni e un mese.

Comunque sia, sono tutti minuscoli spicchi di eternità.

(Forse sí, abbiamo tutti un padre gelido e indifferente, che ci marchia per sempre ma poi è come se ripudiasse la nostra somiglianza. Un abisso infinito e imperscrutabile. O forse no.

Io, però, di una cosa ormai sono sicura. In quell'abisso, gli occhi morti di Cocíss hanno visto la faccia di un padre spietato. Del padre segreto che gli aveva ordinato di ammazzare Riccardo Capuano per non far alleare due clan rivali. Del padre segreto che lo ha sacrificato quando la tattica ha suggerito che gli Scurante non erano piú i nemici giusti.

Sí. La faccia del senzafaccia, di Saro Incantalupo).

Appoggio l'urna, poi riempiamo la buca. Lo facciamo Joséphine e io. Con le mani. Padre Jacopo si appoggia alla vanga e si fa il segno della croce.

Sotto il porticato passa una fila di fantasmi bianchi. Le luci isolate sono sempre piú incerte, l'alba comincia, le vigne sulla collina spuntano dal buio come schiere ordinate.

Osservo l'ultimo dei fantasmi bianchi spalancare le porte della chiesa.

Forse anche lui ci guarda, prima di sparire fra le mura di pietra fredda.

In ginocchio, con le mani sporche di terra, abbraccio Joséphine e sento che anche lei mi stringe forte.

(Non piango. Neppure una lacrima, e mai piú.

Io non piangerò le lacrime acide della vendetta. Non ho diritto a nessun rancore, non ho il dovere di nessuna colpa.

E poi non ho piú niente da sciogliere, dentro di me. E poi dai miei occhi, con le lacrime, si potrebbe sciogliere via anche la faccia di Saro Incantalupo.

Cosí io non piango.

Io aspetterò).

Trattengo a me Joséphine, ma non il silenzio. Il silenzio finisce.

La voce è una pallida colonna di suono. È la prima funzione del mattino.

Il canto gregoriano arriva come da lontanissimo.

Aspetterò.

Aspetterò che il dolore diventi coraggio.

Ringraziamenti.

Grazie a Barbara, Simona, Luigi, Luciano e Rosario per quello che mi hanno saputo dire.

E a Paola Tavella, Maurizio Esposito e Giuseppe Ferraro per quello che hanno saputo scrivere.

Stampato per conto della Casa editrice Einaudi
Presso Mondadori Printing S.p.a., Stabilimento N.S.M., Cles (Trento)
nel mese di settembre 2007

C.L. 18958

Edizione								Anno			
1	2	3	4	5	6			2007	2008	2009	2010